哀怨诗·半缘修道半缘君

小情歌

那些逝去的花儿

皑皑 著

山东教育出版社

图书在版编目（CIP）数据

哀怨诗·半缘修道半缘君 / 皑皑著. — 济南：
山东教育出版社，2011
（小情歌系列）
ISBN 978-7-5328-6840-7

Ⅰ. ①哀… Ⅱ. ①皑… III. ①古典诗歌—诗歌欣赏—中国
IV. ①I207.22

中国版本图书馆CIP数据核字（2011）第079249号

哀怨诗·半缘修道半缘君

皑皑　著

出版策划：胡延东
责任编辑：姜天赟
主　　管：山东出版集团
出 版 者：山东教育出版社
（济南市纬一路321号　邮编：250001）
电　　话：（0531）82092663　传真：（0531）82092661
网　　址：http://www.sjs.com.cn
发 行 者：山东教育出版社
印　　刷：北京燕旭开拓印务有限公司
版　　次：2011年9月第1版第1次印刷
规　　格：710mm × 1000mm　1/16
印　　张：15印张
字　　数：180千字
书　　号：ISBN 978-7-5328-6840-7
定　　价：25.80元

（如印装质量有问题，请与印刷厂联系调换：010-89712507）　

前言 PREFACE

成长只是一瞬间的事，突然某一个新年，你发现自己不那么欣喜，只有无尽的厌倦。回忆起往事的时候，只模模糊糊记得轮廓，你甚至不如妈妈记得清楚。但是你一天比一天爱回忆。那些陈芝麻、烂谷子的琐碎，全当珍宝一样收藏，爱过的第一个人，第一次亲吻，第一次痛哭，第一次分别。

还有那些逝去的人，他们有的在你生命中非常重要，有的只是过客，但是有些即使只有几面之缘的人，若是听说了他的死亡，还是会无端地心中惨切——因为死亡是如此决绝，它将一切可能性都完全斩断，也因此断了你一条生命的线索。那个下午，与你擦肩而过的人不在了，从此那一秒变成了无依无托的空白。

随后，我们的线索渐渐断得越来越多、越频繁，每一个生命的死亡都宣告着我们生命中一部分的枯竭、留白，直到这个世界上只剩下自己，如同孤魂野鬼一样地飘荡着。

古希腊的哲学家留下的最珍贵的遗产中有这么一句：爱人，你是我的身份证。我是谁——只有在你的目光中才能得到求证。我们在露天用晚餐，坐在一个搭在水上的木板阳台上，周围一片白色：木板、桌子、椅子、桌布，一切都是白的。路灯柱漆成白色，灯光也是白色的。天上的月亮也是白色的，将周边照得一片白。这白色让你想起死亡？是的，这本来就是死亡。生命只存在于爱人和我之间，他人的目光只不过是对我们的祭奠。在一片白色中，任何玫瑰色的隐喻都将死亡，黑黑的花茎也不能幸存。我们与世隔绝吗？不，世界即使不能为我们提供乐趣，但至少可以提供谈资。世界是一个事物，我和你是另一个，全世界不能侵犯我们，我们可以嘲笑全世界。亲爱的，请你原谅，为了在我们的世界和另一个世界之间的穿梭，我不得不多准备了几张脸孔，在我们的世界里戏谑，在他们的世界里严肃。有时候这会让你陌生，甚至在回到你身边的时候，我的亲昵从生硬到柔软也需要几秒钟的转换时间。不过不要紧，你会重新给我的身份定义，唤起我对自己身份的回忆。你的身体上印着我的名字，我能念出声，循着声音避免迷失在那个无聊和痛苦的世界里。

因此，爱人的丢失是生命一半血液的丢失，是这世上最难承受之重。

所以元稹念叨着：“曾经沧海难为水，除却巫山不是云”。所以旷达如苏东坡也一吟双泪流：“十年生死两茫茫，不思量，自难忘”。他们互为骨血。他们一经离开，过往的生命意义消失了一半，而与此同时，残酷的记忆还会随着时光一点一点流逝。

诗人在哀悼妻子的同时，其实也是在哀悼自己不可避免也会消逝的年华。

好的、坏的、难得的、寻常的，只要没了踪影，就是独一无二的。因为那些青春的人儿、那些青春的小鸟儿，都将不再。

目录 CONTENTS

目录

CONTENTS

苏东坡《江城子·乙卯正月二十日夜记梦》：一生一会

十年生死两茫茫。不思量，自难忘。千里孤坟，无处话凄凉。纵使相逢应不识，尘满面、鬓如霜。夜来幽梦忽还乡，小轩窗，正梳妆。相顾无言，惟有泪千行。料得年年肠断处，明月夜、短松冈。

——苏东坡《江城子·乙卯正月二十日夜记梦》

一千年后，人们隐约还能知道王弗这个名字完全是靠苏东坡的大名，以及这首词的功劳——一个被苏东坡如此情真意切地长久怀念的女人，该是多么幸福，我们都这么想。于是她便成了一个符号，因为她的丈夫太耀眼了，她的感情，她的聪慧，全部消失在千年间的悼亡佳话里。

十年生死两茫茫，这句词几乎人人会诵，用语极其简单，却没有人读着不悲从中来的。这些年我很想你，我知道你也很想我，只是我们永隔阴阳。这样的感情也许没有单相思那么凄惨，那么惹人辛酸，却更加令人悲恸。

再浓厚的感情也抵不过命运的作弄，然而，尽管命运如此作弄你我，十年之后我依旧如此想念你，而我也知道，你也是如此想念我。这种笃定足以让我们笑对一切沧海桑田——这是一份连死神也无法摧毁的情感。而我之所以如此确定，是因为我知道你爱我多深。

不思量，自难忘。

还用得着想吗？有一种感情早已混合着血液留在了身体里，成为不可分割的一部分。每一次呼吸都有你的影子，哪怕举手投足，一动一静之间。这样的感情一生只有一次。是的，他后来娶了别的女人，是的，他后来也爱过她们，但是请你相信，那样一次年轻时候的爱情，从十八岁到二十九岁的爱情，最纯洁最不设防的爱情，一生真的只有一次而已。

只有那么一个王弗，爱着他不是因为他是鼎鼎有名的苏东坡，而只是因为他们在情窦初开的懵懂时分遇见了。她爱他的才华，心疼他的傻气，担心他的莽撞。这样的爱是最真实的，就像他们是平凡烟火中最普通的一对夫妻似的。

后人说起王弗总好像是她占了苏东坡的便宜似的，嫁给苏东坡是无上的荣耀似的。

其实当年，并不是这样的。

两情相悦，执子之手。一个十八岁的少年遇上一个十五岁的少女，原本只是最简单的相遇。有人说，一个男人最该珍惜的便是少年时遇见的女子，因为彼时他一无所有，是人生中最低迷的时候，而女子的此时则是这一生中最耀眼的年华。而当男人被岁月渐渐磨砺出光华来的时候，女人最光彩的容颜早已凋零。

即使聪明机灵文采斐然如苏东坡，又当如何？还不是大志未展，前途未卜？

史料上说王弗是苏东坡的贤内助，那可不是一句虚言。苏轼曾经在墓志铭上也记载过类似的事情。男人情商低点儿也很正常，不如女人心细如发。在结交朋友上，王弗给苏轼把关审查，断定过不可靠的人后来果然被证明不可靠。这让苏轼很是钦佩和感念，我猜想，旷达奔放如苏轼，对于杂七杂八的人情世故必然是深不谙其道的。满腹郁郁不平之气也在所难免。心高气傲加上脾气倔、不知变通，也就注定了苏轼一辈子仕途多舛，可惜王弗去世早，若是一直健在，苏轼是否可避免这许多宦海浮沉、大起大落呢？

当然这些都是也许了。唯一货真价实的是，苏轼对她是又敬又爱又依赖的。婚姻专家都说，男人是儿子，男人是父亲，男人是朋友。在人生的第一次相遇上，我们很欣慰地看见，苏轼最完整的一面确确实实留给了王弗。

我曾经看过一个著名歌手的访谈，他年轻的时候有过一个女朋友，那个时候他们很穷。某一年生日的时候他的女朋友节衣缩食地给他买了一个CD机，音色算不上顶好，但他很满足，感动得不行，当时觉得她是这世上对他最好的女人。那个CD机他一直保存着没舍得丢，听众都笑了，将它当做一段忆苦思甜的逸事来听。但是我看见那个歌手在回忆的时候，眼神变得异常温柔起来。也许时至今日，他仍然觉得那个CD机播放出来的音乐是世上最动人的，可惜已经没人相信了。

人们习惯了他的优秀，忘记了他也只是一个普通人。

这世上的知己有很多种，因为人本身也有很多面。仰慕你的优点，并能跟你一起谈人生谈理想的人固然算得上知己，但是知道你的袜子到底有多臭，知道你爱吃辣不吃葱的人是否比知己更令人难以割舍呢？而王弗是两者的结合。

所以苏轼在十年后，再一次梦见了她，“相顾无言，惟有泪千行”。话语在重逢的时候都显得多余，因为他们没什么可聊的，需要互相倾诉思念么？彼此的思念，彼此都看在眼里，记在心里，无须多说，像真理一样客观，连证明都不需要了。

梦中匆匆一见，深知此后经年。

在这样辛酸而幸福的时刻，他们唯有流着眼泪沉默。

陆游《沈园》：有一种痛，缠绵一生

城上斜阳画角哀，沈园非复旧池台。伤心桥下春波绿，曾是惊鸿照影来。

——陆游《沈园》

据说当年陆游走过的桥已经成了历史遗迹，它位于绍兴市都昌坊路南侧。这座桥全长10米，宽约3米，是一座南北走向的小型石拱桥。原来的名字叫做“罗汉桥”，后来因为陆游吟咏过它，便被当地人改名为“春波桥”。说实在的，就名字本身而言并不算美，比起断桥来更是差得远了。如果非得从诗词里挑字取名，我宁愿它叫做绿桥，哪怕取沈园的“沈”叫做沈桥，亦或者取唐婉的“婉”字叫做婉桥呢，也不失其婉约精巧。

不过如果说这世上还有比桥更耐得起风吹雨打的事物话，那就只剩下故事了。因此如果有一天我也去那座桥上走一走，看见了一千年前陆学士见过的那瞬间的春光，我也是宁愿相信这个桥真的叫做春波桥的。

很显然，在很多年后，当陆学士垂垂老矣，迈着沉重的步伐来到桥上的时候，记忆就像突然被打开的阀门里流出的水一样奔腾不息。那个女人去世很久了，但是每当他来到这儿，仿佛她还在，他还记得她的笑容呢，他还记得曾经在这座桥上发生的事呢，他们曾经一起来游园散步，共赏春光，现在只剩他一个人了。昔日的欢乐更衬托了如今的落寞，他已经老了，而回忆只能徒增他的伤心。

这不是我们能够想象的陆游，如果不是他跟唐婉之间的曲折伤感的故事，我们对陆游的了解大概只停留在中学时学过的那首诗“王师北定中原日，家祭无忘告乃翁”吧！铮铮铁骨的陆游，满腹无法实现的理想的陆游，在此时不过是一个在爱情面前无能为力的普通人而已。

婆媳关系难以相处看来由来已久了，不仅是现代女性的头号难题，也是古代女性的头号难题。只不过古代的男人不像现在一般容易夹在两边做受气包，因为在母亲与媳妇儿之间，母亲代表着某一种权威，在丈夫和妻子之间，丈夫也代表着一种权威。因此无论触犯了哪个权威，女人只有乖乖被扫地出门的份儿。有什么办法呢？

即使豪气干云如陆游，面对陆母的刁难，也是无计可施。史料上说，陆游和唐婉婚后“伉俪相得”、“琴瑟甚和”，是一对情投意合的恩爱夫妻。不料作为婚姻包办者之一的陆母，以命相克翁姑为由，不容儿媳，硬逼儿子休弃唐氏。陆游百般劝谏、哀求，均遭斥拒。于是，陆游为应付其母，将唐婉置于别馆，时时往来，被其母发现后断然隔绝，终于在婚后三年被迫仳离。后来陆游另娶王氏为妻，唐婉亦改嫁同郡宗子赵士诚为妻。

我不敢猜陆游后来对王氏怎么样，但是陆游留下的诗词每当提起唐婉都哀痛欲绝，而且每隔一些年月就要伤怀一番，这种伤悼之情并没有随着时间的流逝而淡化，一直到死。

我也不敢猜陆游在同意离婚的时候是一种什么样的心情，或许他以为离婚可以做缓兵之计使，距离和时间会令他的母亲改变心意；或许他以为时间终会淡化一切，既然无缘厮守，长痛不如短痛；或许他以为他们可以互相遵守诺言，即使不能一起生活也能做到一辈子心心相印。但是事实变化太快，转眼间他的母亲就又给他挑了一门亲事，转眼间唐婉就嫁给别人了。

但闻新人笑，谁知旧人哭。如果各自没有再结婚，说不定这也是一种凄凉的完美呢，说不定时间真的能将这种生别离淡化成一阵浅浅的惆怅，等到各自心上的烙印淡去了，还是能够爬起来继续上路接受命运安排的新归宿的吧。只可惜一切来得太快，命运在他们旧伤未去的时候，又给狠狠地补上一刀。这玩笑开大了，有点太欺负人了，连一点遗忘愈合的时间都不留给他们，何其残忍。

爱情是件很奇怪的东西，即使分手了，彼此的爱情还能拖着长长的尾音，不管是悲伤也好，怀念也好，怨恨也罢，总能余音绕梁一阵子的。一段感情真正的结束应该是另一段新恋情的开始吧，直到这个时候，前一段才算是死绝了。

而刚刚被迫分开的两个人怎么能接受世事转化得那么快？也许他们还曾经约好，离婚几个月之后就私奔，或者陆游也曾要求唐婉稍微忍耐一下，他很快就会说服母亲，假以时日就来接她回去云云，这是完全有可能的。毕竟他们是深爱着的。双方的再婚使这一切变得渺茫，此生再在一起的希望趋近于零了。

一别十年，又是十年。

直到他再一次看见她。她已经成为另一个人的妻，在别人的怀里受着呵护，早已物是人非事事休。她送来一壶酒，不知道想表达什么，也许只是叙旧罢了。却将他的心湖一下子搅得又碎又乱。

他脑子里只有一句话，那就是，她原本是他的，她原本该是他的，她曾经确确实实是他的——而她不再是他的了。也许他恨过母亲，恨过命运，但是他从来没有这么在文字中光明正大地表达过。“东风恶，欢情薄，一怀愁绪，几年离索”，他怨恨母亲的棒打鸳鸯，他也对她此刻躺在别人怀里这个事情表示失望和伤心。但愿君心似我心，定不负相思意。然而君心何在呢？

男人在这个时候总是可爱的，就像那个懦弱固执的焦仲卿，被迫与刘兰芝分开之后再见面的第一句话竟然是：“恭喜你呀，听说你攀上高枝儿了。”浓浓的妒意毫不掩饰，却极其令人欣慰。就是这般的小肚鸡肠才让人知道他究竟有多在意你呀！一个是小府吏，一个是倚剑书生，却都是一般幼稚，令人心疼。唐婉也必是疼了的，不然哪能写出那样令人心碎的词句来？

世情薄，人情恶，雨送黄昏花易落。
晓风干，泪痕残，
欲笺心事，独语斜栏，
难、难、难。
人成各，今非昨，病魂常似秋千索。
角声寒，夜阑珊，
怕人寻问，咽泪装欢，
瞒、瞒、瞒。

世事已变，你我早已天各一方，尽管在旁人眼里我看着还算幸福，然而一来确实身体状况每况愈下，二来我心中悲苦又有谁人知道？作为一个妇人，我的这些九曲回肠的心思该怎么说呢？只能在每个失眠的夜里望着窗外阑珊的夜色独自垂泪罢了，平常怕人询问，也只能勉强装出笑颜——别人不知道，难道你也不知道吗？

原来君心一直似我心。

也许这次陆游的一阕词成了唐婉的催命符，也许唐婉的身体确实早已油尽灯枯了，没多久，她就去世了，只留下了无尽的欷歔。

陆游这一辈子都在怀念她，想念她，不停不息地，一直到他八十多岁的时候，还拄着拐杖，步履蹒跚地来到沈园墙外眺望她的影子，一直到他临死的那一刻还做梦梦见她。从他断断续续的词作可窥见端倪。

这样也好，尽管他有他的家国责任，门第责任，不能效仿那个自挂东南枝的焦仲卿，跟着刘兰芝一起殒灭，但是至少他用一辈子的时间证明了一件事：有的爱确实是可以持续一生的，而且永远新鲜如昨。

贺铸《半死桐·鹧鸪天》：寻常恩爱才是真

重过阊门万事非。同来何事不同归。
梧桐半死清霜后，头白鸳鸯失伴飞。
原上草，露初晞。旧栖新垅两依依。
空床卧听南窗雨，谁复挑灯夜补衣。

——贺铸《半死桐·鹧鸪天》

很多史料显示，贺铸是个极其丑的男人。说他长身耸目，面色铁青，人称贺鬼头。幸好他生在宋朝，一个宽容祥和的年代，男子以气概为审美标准。我每想到这个都会庆幸，好在这个男人没有降生在魏晋时期，不然恐怕就要承受左思被女人丢烂水果吐唾沫的命运了。

一个样貌丑陋的男人，似乎并不适合春花秋月地玩点文艺腔，理应战场厮杀，或者卯足力气仕途钻营。然而贺铸大部分时间担任的是文职，竟然在淫词艳曲上还颇有些成就，而且可叹的是，他一辈子都没有当过大官，直到晚年，靠着校雠文字打发时间，最后终老于一间寺庙里。

一个粗线条长相的男人，一个酷爱豪饮，在圈中以豪情著称的男人，我们一般不喜爱去猜他的内心到底有多温柔，他是否心细如发，是否敏感多情——我们关心的也不是这个。就像在三国里只有周公瑾才配得上在刀兵相见的战争间隙，现身出来拨弄一段儿女情长，谁会关心张飞有没有夫人，是否爱过哪家姑娘，是否有过离别愁绪呢？尽管后来的史料都证明，可能张飞比关羽有文化多了，而且张飞着实很爱美人，生平一大爱好就是画美人图，还画得像模像样的。

可是这世间的美少年有几个？大部分男人都有着一张并不出彩的脸，不够才华横溢的脑袋，不那么功成名就的一生。在不被聚光灯照耀的台下，他们的感情就不值得动容吗？他们的离别就不配有伤痛的血泪吗？

你听，他说，当我又经过阊门的时候，一切都已经不同了。当初我们一起来的，现在你却先我一步而去。我现在就像那失去一半的梧桐树，在凋零的秋季，一个人在寒风中瑟瑟发抖，又像那失却了同伴的鸳鸯，我如今已经华发斑驳，在最孤独寂寞的时候失去了你，这叫我情何以堪呢？

平凡夫妻之间最深刻的誓言就是陪伴了吧？没有那么多华丽的辞藻，也没有大风大浪。他们就像诗经最早的时候所吟咏的那样，执子之手，与子偕老。你不是帝王将相或者翩翩佳公子，我也不是什么倾国倾城的大家闺秀，我们只是红尘俗世中最普通的两个男女罢了。

我们没有那么显赫的身份地位让自己与众不同，只有在彼此眼中，我们才是特别的。其实最美的感情不正是这样吗？它并不轻视平凡的人，它的美好和独一无二是一视同仁的。

一直觉得《诗经》之所以被称为最美的诗歌是有道理的，因为诗经里的爱恨没有将任何东西美化，显得拙朴而真实。一个最普通的农妇的爱恨和想念也一并跟帝王将相、君子诸侯的爱情故事排在一起，丝毫不显得寒碜。本来就是嘛，我爱你，又不是因为你多么有地位，多么被万人景仰。

但是当《诗经》被那帮子文人墨客垄断了之后，确实美得多了，深得多了。却也失去了原先的那股子平实真切的韵味儿。让人忘记了爱情最美妙的所在并不是海誓山盟，惊涛骇浪，而是真真实实的陪伴。

我又不由得想到那个民歌里的小公务员了，那个公务员叫做焦仲卿。《孔雀东南飞》整首诗都没有对这个男人有过多的描写，就知道他有个母亲，恐怕还是个老寡妇，工作想必是兢兢业业，但是也没什么成就，长得也就一般——文弱书生吧，否则在已经开始注重外表的汉朝，不可能提都不提一下的。他娶了一个很美很聪明的女人，从此也立下生死契阔的誓言。但是他们的生活并不是吟风弄月，而是再普通不过。焦仲卿去上班，刘兰芝在家勤勤恳恳地干活儿。

如何被母亲拆散的事情就不多提了，此时我们已经无法去追问老太太的心理动机——反正就是看儿媳妇怎么都不顺眼，不然也不至于那么决绝。我感动的是他们决定把誓言遵守下去了，焦仲卿曾经想着让刘兰芝先回去避避风头，或许等他发达了，翅膀硬了再来接她回家。在母亲要将村里有名的大美女秦罗敷介绍给他的时候，焦仲卿拒绝了，他说，这辈子我若是不能跟刘兰芝在一起，我愿意孤老终身。这个懦弱而又善良的男人，竟是如此固执，如此深情。他不是很有出息（刘兰芝后来相亲的那户人家可比他强多了），也不是很有魄力，不然也不至于被老妈掣肘。但是，他也可以用一生来做葬礼，来赌一个关于爱情的誓言。人家都说蚂蚁搬动面包屑比大象卷起一棵树更令人尊敬，又说一个男人愿意在只有100块的时候给你99块，比在有100万的时候给你10万更有诚意，诚如斯言，正是因为我们用来证明爱意的原本就不多，在倾其所有的一刹那才显得这么惊天动地。

刘兰芝被逼婚之后，他们约定了一同赴死。尽管我们不提倡随随便便去死，但是死亡是一种勇气，为了爱情死亡更是一种值得尊敬的傻气；尽管我们不提倡男人随随便便把老妈抛在脑后，但是在他抛在脑后的一刹那，我是更宁愿感动落泪的。这个男人把他很重视的孝道和责任抛在脑后，只为了成全与子偕老的约定。

在滚滚历史长河中，有几个男人愿意为了女人去死？我想，大多数男人更愿意一边继续生活一边悼念那逝去的爱情吧！尽管理智和社会责任感都教育我们，切不可感情用事，但是那些感情用事的家伙就是这样很干脆地把理智派比下去了。

当然，有些时候，他们并不能得到理解。

《世说新语》里曾经有这么一个故事，“荀奉倩与妇至笃，冬月妇病热，乃出中庭自取冷，还以身熨之。妇亡，奉倩后少时亦卒。以是获讥于世。”荀奉倩跟他夫人感情很好，冬天他夫人生了发热的病，他就跑到冰天雪地里冻着，回来用身体给她降温。后来他的夫人还是死了，他没过多久也死了。因此周围人都笑他傻。为什么呢？因为他是尚书令荀灿的儿子，前途无量，要风得风要雨得雨，为了一个妇人去死，也太不值得了。因此，在《世说新语》的分类里，他被划归“惑溺”一类，也就是脑子有病的意思。因为他不会算账，用自己前程似锦的人生，去给一个妇人陪葬，显然是亏了。然而爱情之美不就是美在这里吗？她也许只是个普通的女人，顶多漂亮些，但是我想以荀奉倩的身份地位，找到比她漂亮的不难——只是因为她是他的妻，他们之间有过生则同床、死则同穴的约定，这么简单的约定罢了！

所幸，时间是清白的，后人提起荀奉倩的时候不再说他是个傻子，也不再嘲笑他。而是给了他一句诗“痴情莫若荀奉倩”来夸奖他。

而那个傻大个贺铸呢？虽然没有傻气到去死，他毕竟是个大汉，这种事料想他从来没有想过，他只是用他的阅历和坚强承受住了命运给他的打击。只是他后来终身未再娶，晚年青灯伴古佛，死在了一家寺庙里。请不要恶意地猜测他不续娶是因为长得难看把姑娘吓跑的原因罢，毕竟他也是一个五品的官员，比上不足比下有余了。我猜，一定是在他简单的感情世界里，他的妻子从来就只有一个人，从前是她，以后，一辈子都是她。那个女人现在已经没有名字了，大概是因为她不会吟诗作对，也许因为她不是美女，而且最重要的是她也许是正常死亡，她便被所有人忘了，然而在他心里，她的离去何尝不是世界被抽空的感觉呢？她为他做的最多的事就是陪在他身边忙忙碌碌，或是在夜里点一盏灯，替他补衣服。

所以，从此以后每一个夜里都成了煎熬，因为身边的床空了，在这风雨萧瑟的午夜时分，再也没有人替他补衣裳了。

潘岳《悼亡诗》：最美的男人，最美的相思

荏苒冬春谢，寒暑忽流易。
之子归穷泉，重壤永幽隔。
私怀谁克从，淹留亦何益。
黾勉恭朝命，回心反初役。
望庐思其人，入室想所历。
帏屏无仿佛，翰默有余迹。
流芳未及歇，遗挂犹在壁。
怅怳如或存，回遑忡惊惕。
如彼翰林鸟，双栖一朝只。
如彼游川鱼，比目中路析。
春风缘隟来，晨留承檐滴。
寝息何时忘，沈忧日盈积。
庶几有时衰，庄缶犹可击。

——潘岳《悼亡诗》

就像人们总是怀疑长得太帅的男人其心难测一样，对于外表太华丽的语言我们也习惯性地怀疑它的诚意。潘岳算是两个都赶上了，长得号称古今第一美男，后人形容男人长得美都说是貌比潘安；写的诗词也是以美艳华丽

著称。对于一个这样的男人他的感情里有几分真几分假，你能算得出来吗？不过不管怎么样，千载之下大家都是被感动了的，可见他确实写得好。

让人跌破眼镜的是这个男人竟然专情得不像话。

潘岳跟杨肇的女儿十二岁就订婚了，这个时候一般人还情窦未开呢，他的命运就已经跟她连在了一起。尤其可贵的是，他们从订婚到最后结婚中间隔了十七年，在这十七年之间潘岳为杨氏写了不少诗。

诗一：静居怀所欢，登城望四泽。漫漫三千里，迢迢远行客。驰情恋朱颜，寸阴过盈尺。夜愁极清晨，朝悲终日夕。山川信悠永，愿言良弗获。引领讯归云，沉思不可释。

诗二：乐情既来追，我心亦还顾。形体隔不达，精爽交中咱。不见山上松，隆冬不易故？不见陵涧柏，岁寒守一度？无谓希见疏，在远分弥固！

独处的时候我就想你，每当想你的时候我就会登高远望，希望可以看见你，可是你离我那么远啊，我一个漂泊在外的浪子何时才能回到你的身边跟你长相厮守呢？时常因为想你想得太深觉得时间过得太慢。想你想得白天黑夜不分，就是这么分分秒秒地忙与停息，你我路途遥远，想要传个音信也那么难。我就这么天天盼着，惆怅不已。

即使在快乐的时候，我还是难以忘记你。尽管我们人不在一起，但是我知道我们心心相印。你没看见那山涧里的松柏吗？即使在最严寒的时候也不改初心，所以别害怕，虽然我们不怎么见面，但是时间和距离反而使我们更加坚定。

这些情话谁都会说，但是又有几个人能做到？

潘岳做到了。

总觉得那样的故事是一幅不真实的图画，一个美貌如花的少年，白衣胜雪，在高楼亭台处极目远眺，他在思念一个人。从十二岁开始一直思念到二十九岁。如此的固执和痴情极其适合出现在琼瑶的小说里，但是这竟然发生了，虽然那是将近两千年以前的事情，但是至少是发生过。这也足以令人欣慰了。

他在二十九岁的时候娶了她。这一起就是四十年，直到他五十二岁的时候她生病离开了他。

大概是因为现在的年代一切变化得太快的原因，我们很难想象一个人在十二岁遇见了一个可以纠缠一生的人，毕竟一生这么长，这一辈子值得他抛弃妻子的事情太多——何况他有那么好的条件。关于他长得如何好，《世说新语》里曾经记录过这么一件事：他只要出城散步就会引起的不小轰动，说是当时的妇女们，全都争相来看他，看到他都走过了，还看不够，把手拉起来形成一道坚固的墙拦住他，若是他出门坐车，连老太太都要往他的车上投水果以示对他的爱慕，等到回家的时候，车都被水果装满了。作为对比，《世说新语》也非常阴险地记录了另一件事，当时另一个大才子左思看见潘岳每次上街散步都很有收获，也效仿他出门散步，结果被人吐了一车的唾沫星子。刘义庆（《世说新语》的编纂者）别有用心地记录这个事情显得有点缺德，但是说明了那个时候的女人不是对什么人都舍得死命往车里扔水果的；也说明相对于才华这种很浮云的事，女人很显然更容易被外在美俘虏；也足以说明潘岳到底长得多妖孽了。一个男人长得好已经够惹众怒的了，还那么文采斐然。关于他的文采多少是有点争议的，但是在当时有人曾经这么形容潘安的才华，叫陆才如海，潘才如江，或者干脆就叫潘江陆海。一个才貌双全的男人这么早订婚，这简直是天理难容的，他不去拈个花惹个草都对不起这世人给他的万千宠爱。

史料没有记载潘岳到底有没有家里红旗不倒，外面彩旗飘飘，但是根据现代的八卦娱乐精神，对于一个受关注度这么高的美男子，按理说一旦有点蛛丝马迹、风吹草动的就该上头条了，不弄个满城风雨是绝对不会罢休的。哪怕他什么也没做，也难保不出现一点绯闻，但是不管正史还是野史都没有谈到这个事儿。我们姑且就相信他确实什么都没做罢，真是一件令人扼腕叹息外加羡慕嫉妒恨的事。

现在能够考证的只有他留下的那些悼亡诗，在他的悼亡诗之前，还没有人明确地提出来给亡故的妻子写诗的说法，他是第一人。因为没有涉嫌抄袭的因素，我不得不承认，这个男人是真诚的。他写了三首，每一首都情真意切，令人潸然。

“荏苒冬春谢，寒暑忽流易。”

一句荏苒，洪流般的光阴就这么轰轰烈烈地奔涌而亡。春草枯荣依旧，只是看春的人如今只剩了自己，时间过得真快啊，逝去的光阴是如此无情，带走了你，真没想到，我们也分别了一年了。

你孤零零地住在黄泉的那头，你还好吗？我多想穿越这崇山峻岭般的冰凉黄土去见你，可是这幽深的生死永隔，我该怎么穿越，你告诉我好吗？想起我们年轻的时候也是隔了两处，多年难得见一次，早就把思念的苦涩滋味尝尽了，原本以为结了婚就长相厮守不离不弃了，你还是先我一步。真是世事无常。

一年过去了，我找也找不到你，即使我再也不愿意承认，我是再也见不到你了。这个伤心之地，徒增我的伤悲，你都不在了，我留下来干吗呢？就让我回到那个尔虞我诈的官场吧，反正一切都已经没有意义了。你的音容笑貌丝毫不放过我，墙壁上，帷幕边，每每看见就惹我悲催，我还是想问一句，难道真是所谓的情深不寿吗？我们这么恩爱，为何上天忍心让我们阴阳两隔？

“如彼翰林鸟，双栖一朝只。如彼游川鱼，比目中路析。”

原本是比翼的鸟儿比目的鱼，那些如飞翔如游曳的欢乐都哪去了呢？那些生死契阔、山无陵天地合，就都只能是诗句里的典故了吗？如今，痴人说梦，唯如尔耳。就这么念着，春天终于还是来了。

日子久了，又是一年春好处。但是奇怪的是你的影子没有随着时光的流逝而淡去，反而越来越深刻。这可怎么办？不是说时间是治愈一切的良药吗？我越来越怀疑我这辈子都没办法淡化这种伤悲了。听说庄子在妻子死去的时候彻悟了生死的道理，得到了某种解脱，我会有解脱的那天吗？我什么时候才能把你忘记？别怪我这么狠心，我真的、真的，只是太想你了。

这个时候他已经五十三岁了，据说他在三十九岁时就已经早生华发，这个时候也该满头银丝了。当年俊秀的少年，此刻应该是一副清癯的老帅哥模样，青丝变霜雪，唯一不变的是他对她的痴心。

很多人质疑过潘岳的人品，说他人格跟文格相分离。然而我始终还是相信文如其人，正如相由心生。那么一个俊美无俦的男子，将一首情歌从青梅竹马唱到山长水阔，那些政治上的腥风血雨已经随着历史滚滚的尘埃而淡去，如今我们只能看见那样一个潘岳，一袭白衣，微有些羞涩，也许还有一点软弱，但是他执著地，将他一生的爱情坚守成一个既唯美又完满的童话故事。

虽然我有时候难免居心叵测地用一个老女人的虚荣心来怀疑他的爱情是否如同他表达出来的那么纯洁无瑕——但是对比一下他其他的诗歌作品就能很明显地发现，这些为他妻子所写的情书脱下了华丽的外衣，它们质朴真实地让人忘记了这是一个大才子所写，忘记了这是一个大帅哥所写。所以，还是感动的吧？至少，他让我们还可以相信王子跟公主是可以走到最后的，是可以爱到底的，这也算是这滚滚红尘中的一丝安慰了。

元稹《悼亡诗》：一个人的金玉满堂

昔日戏言身后事，今朝都到眼前来。

衣裳已施行看尽，针线犹存未忍开。

尚想旧情怜婢仆，也曾因梦送钱财。

诚知此恨人人有，贫贱夫妻百事哀。

——元稹《悼亡诗》

将一个朝夕相处的人从生命中删除会是什么感觉？是一种尖锐的刺痛，还是一种钝钝的重击之痛？

其实谁都有一样的体会。古今中外，谁也逃不掉。人人都说爱情相处到了最后只剩下亲情，互相依靠在这冷漠而又多变的世界里存活下去，身边有伴至少让人觉得温暖。那种感情叫做“两个人”，两个人，既没有一个人的孤单冷清，又没有许多人的热闹喧嚣。安静平和，温馨感人。

然而，夫妻一起正常死亡的概率实在是太小太小，滚滚红尘中，不是你先我而去，就我先你而去。所以庄子说：相濡以沫，不如相忘于江湖。两条以唾沫互相湿润维持生命的鱼儿，它们知道这样的行为有多徒劳吗？依偎在一起迟早都得死，不如各自忘掉对方，在更为广阔的天地中寻找生活吧。但是两个人的魔力很大，是个人都无法抗拒，因此我们永远学不来庄老先生的洒脱旷达，只能深陷凡夫俗子的爱恨里了。

他跟她在生的时候也曾经打趣说笑，说到身后之事该当如何如何，好像生离死别跟他们离得很远似的。尤其是男人，一般来说男人总是想得比女人少，神经粗大些。因此即使提到了身后事，都觉得是一场玩笑。而女人不一样。

恋爱中的女人最大的毛病就是神经过敏，最爱幻想一些悲剧的情节来吓唬自己，或者检测情人的真心。你爱我吗？如果有一天我死了，你该怎么办？如果我跟你妈同时掉在河里了，你会怎么做？弄得男人很头大。

一想到有一天自己先他而去，他多半哭个几天又去找了别人，心里就纠结得吃不下饭；反过来一想万一是对方先走一步，剩下自己一个人孤独地留在人世间，从此没有人嘘寒问暖了，没有一双宽厚的大掌牵着自己的手了，更是忍不住泪如雨下，好像明天就是死期似的。

而男人在这个时候往往不能理解女人的敏感和多虑，我猜元稹当时跟韦从提起身后事的时候也是这么一番光景吧？韦从身子弱，难免想得多，有一天她突然说起，相公，若是我以后过身了，便把我的衣物送了别人吧，好歹也算是做了善事积了福分，我从家里带来的丫头——是我从小到大的玩伴，请看在我的薄面上一定善待她们，我的那些针线活计，虽然我手拙，做得不如别人的精巧，你也姑且收着做个纪念吧！他就哭笑不得地摇摇头，告诉她，傻瓜，我们是要长命百岁的，可别多想了。

没想到这一天这么快就来了。简直可以用猝不及防来形容。

他的事业才刚要开始起步，他终于可以让她过上她早就该过上的体面生活了。她却这样突如其来地把死亡推在他的面前。现实狠狠抽了他两巴掌，生离死别可不是一句玩笑话，当你不把它当回事儿时，它偏偏就来了。

于是，他含着满腔的悲痛，一件一件地按照她昔日的嘱咐来办后事，衣服都施舍给了别人，他的妻子一向是一个善良温柔的女人，每送出去一些物品，都会得到别人的感激和盛赞，夫人实在是个好人啊！只可惜……别人的欷歔更是增加了他的痛楚，他几乎无法用平和的心态去完成这件事，这是多么大的折磨？

她做的针线活好好地放在家里的柜子里，他连拆开查看都不敢。所谓一个至爱之人的离去，让我们失去的远远不只他而已，还有一半的自己，血肉模糊的自己。从此心房空了一半，不管我用什么填补，都无法填补这其中的萧瑟与寂寞。因为我们曾在彼此的生命中注入过心血，这心血的逝去使我觉得空虚，未来的心血无处投放又让我觉得寂寞。

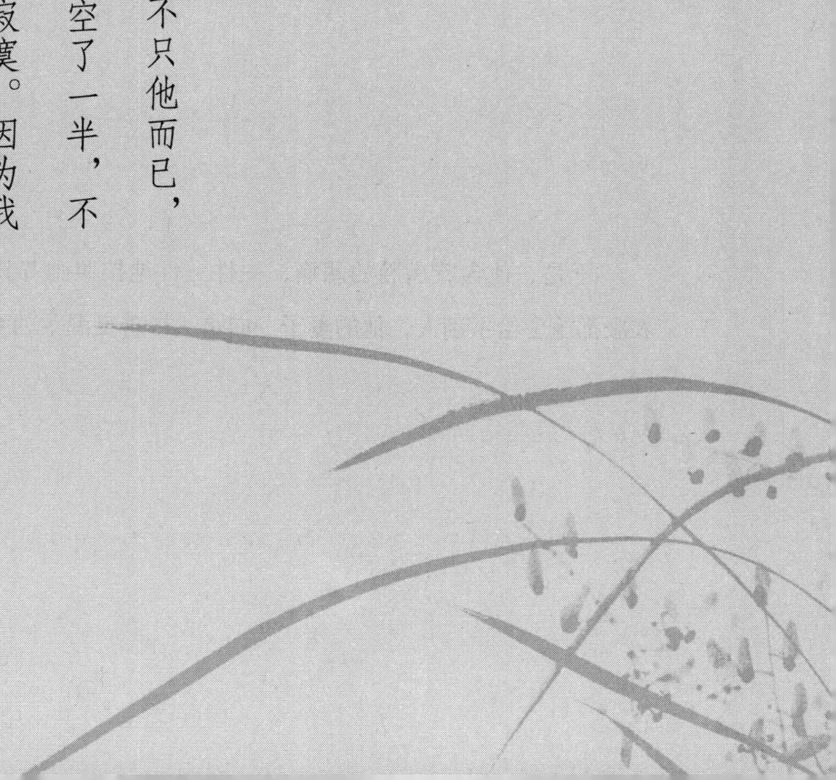

昔日戏言身后事，今朝都到眼前来。
衣裳已施行看尽，针线犹存未忍开。
尚想旧情怜婢仆，也曾因梦送钱财。
诚知此恨人人有，贫贱夫妻百事哀。

——元稹《悼亡诗》

“近乡情更怯，不敢问来人”，这一包针线绣品里全是她留下的一颦一笑，她的含辛茹苦、任劳任怨，如今她走了——教他如何守着这一室的寂寞孤独熬过漫漫长夜。不如罢了，罢了。男儿有泪不轻弹，他也是生怕自己看了她的遗迹之后又崩溃吧？

她走之后，他遵着她的嘱咐善待她的奴婢。真是奇怪，平常见了并不觉得那些奴婢有什么特别的好处，但是她一离开之后看着也越发觉得亲切可爱了起来。他会在下午时分，从府里下班回来，便踱步到丫头的院子里看看。嘘寒问暖几句，那是她随身带来的丫头，跟她从小一起长大的。尽管他们平常也聊过很多年幼时候的荒唐事、趣事，然而总有遗漏吧？他连蛛丝马迹都不忍放过，于是他问她们，夫人年幼时究竟是什么模样？什么时候开始读书的？读书的时候可有挨过先生的板子？她爱荡秋千，是否是从小就有的习惯？她的针线活儿做得这么好，是跟她娘亲学的吗？可有因此吃过苦？

丫头们一一作答，小姐自小聪敏过人，四五岁时老爷就给请了私塾先生教小姐诗词歌赋，真真是过目不忘，连先生都夸小姐比一般男娃更聪明呢！样貌更是从小就粉雕玉琢的，人见人爱。针线活儿是跟老夫人学的，小姐对姑爷用心，自然就比一般人做得精巧，但是平日小姐也算是娇生惯养，哪会吃得什么苦？

他点点头，是啊，他差点忘了，她是大家闺秀，高官之女。若非跟了他，早就享尽了荣华富贵，也不用如此操劳，甚至——会比现在长寿些吧？如此，竟是他害了她，思及此，不由又是一阵伤感，丫头们自知失言，默默退下了，只留下他独自在斜阳里沉默不语。自从嫁给了他，她便成了一个温良恭俭让俱全的模范妻子，吃苦耐劳，无所不能。家里的大大小小的衣裳，多半是她亲手做的。他的袜子、衣裳，一针一线，都是她挑灯夜战的成果。她还烧得一手好菜，仿佛照着他的口味量身而做一般的熨帖。经济拮据，她便想着法子让生活变得有滋有味，万般慧心，都用在经营他们的生活上了。因此日子尽管艰苦，但是其乐融融，在贫困里，他们才能感受到彼此的爱惜和依赖。

如今她去了，他不知道别人面对亡妻是一种什么样的感觉，传说中庄子都能快活地击鼓而歌，因为他参透了生死的道理，悟出来他的妻子现在正超越了生死，达到了永恒，这对于她来说是件好事儿，因此庄子很开心。这个境界听起来似乎不错，但是为什么要达到这种境界这么难?

他苦思不得其解，他走到走廊边就会看见她依稀倚着门对她笑，再仔细一看，又什么都没有了，门边空落落的；他走进房门就依稀能够看见她坐在窗边刺绣，还能听见她温柔的声音：夫君，刚给你纳了双鞋，过来看看合脚不？可是一回神，却又是幻觉；花园里，小径上，你在的时候你是一切，你不在的时候一切是你。尤其当他想到，从此以后，他在任何时间、任何地点都无法再看到她的笑容，无法听到她的低声细语的时候，那种巨大的虚空向他沉沉地压过来——整个灵魂像被掏空了似的，这一瞬间，他终于想明白了，是的，他始终没有办法做到如此旷达的境界，是因为，他们早已不是两个人了。

自从他们在一起，耳鬓厮磨，软语温存。他们互诉衷肠，彼此照应，他为她的一声咳嗽而揪心，她为他工作不顺而悉心安慰——就这样，他们的生命连同灵魂早已渐渐融合成一个人了，深入骨血，不可分离。她的离去不止是一个人的离去，而是他的一大半也随着她去了。

那个去世的女歌手阿桑有一副好嗓子，她唱过一首叫做《叶子》的歌，其中有一句词每每听到都能引出我几分酸楚："我一个人吃饭旅行，到处走走停停；也一个人看书写信，自己对话谈心，只是心又飘到了哪里？就连自己看也看不清，我想我不仅仅是失去你。"

一个至爱之人的离去，让我们失去的远远不只他而已，还有一半的自己，血肉模糊的自己。从此心房空了一半，不管我用什么填补，都无法填补这其中的萧瑟与寂寞。因为我们曾在彼此的生命中注入过心血，这心血的逝去使我觉得空虚，未来的心血无处投放又让我觉得寂寞。

而他的遗憾更深一层，那就是患难夫妻之间更有一种相濡以沫的深情，那是那些在他风光无限时待在他身边的人所不能分享的深情。他们在最苦难的时候不离不弃，却在他将要出头时阴阳永隔。

他该拿什么来报答她呢？怕她在那头受苦，因此去了寺庙给她捐香油钱，希望她能有好日子过，尽管她从来都不是一个浮夸奢侈的女人，但是他还能为她做什么呢？

“惟将终夜长开眼，报答平生未展眉”。这是一句多么痛彻心扉的话，我只有整夜整夜地想你，除了思念和爱情，再也没有任何东西能够回应你所给我的一切。我的爱妻，只有我知道，你为我受了一辈子的苦。

而黄泉下面的她若听到这句话总该瞑目了，因为一个女人所追求的，说到底也就是“痴情”二字而已，只要他看得见她的好，他愿意记得她的好——甚至，他用整晚的时间不睡，只为了想念她，吃再多的苦又有什么关系！

唐寅《绮疏遗恨·砧杵》：一生颠沛，只为相遇

忍抛砧杵谢芳菲，敲断叮咚梦不归。闻说夜台侵骨冷，可怜无路寄寒衣。

——唐寅《绮疏遗恨·砧杵》

说到唐伯虎，恐怕大家的第一反应就是周星驰瞪着大大的眼睛叫着“秋香姐”的镜头了，可惜的是，事实上唐伯虎并没有认识过什么秋香，更别提为她做出卖身华府的举动了。不过值得高兴的是，唐伯虎本身的爱情故事比电影上的还要一波三折，还要传奇，还要浪漫。现实生活中的唐伯虎也比电影里的更加狷介，更加疯狂。为了女人去当奴隶算什么？他做过的惊世骇俗的事儿多了去了。那句人人脱口能诵的诗是他的真实写照：“世人笑我太疯癫，我笑世人看不穿。”

爱上一个才子不容易，爱上一个与世俗作战的才子更不容易。因为那样的男人敏感，脆弱，且基本上有一个通病——那就是没钱，生活必然是艰苦的。聪明的女人最好别去搭理这样的男人，因为他们不仅不能让你的美貌延长保质期，反而还会缩短它。更何况，过于有才气的男人大多数是薄情的，薄情往往比多情更惨淡，因为他们心中最爱的永远是他们自己。可惜能够欣赏他们的女人永远都不会是凡夫俗子，因此也就注定了这些女人要享受痛并快乐着的滋味儿了。

她是他的第三任妻子，也是最特别的一个。她有一个很旖旎风情的名

字叫做九娘——沈九娘。

史料上记载她是官妓出身，什么意思呢？也就是公妓的一种，专门用来给当官的消遣用的，从汉武帝时期就有了。不过所谓官妓，也不仅仅是满足官僚阶层，社会各界人士都可以享用她们的声色服务。但是她们又不同于暗娼，接触的大多都是上流社会的人，吸纳的都是高端文化。为了满足客户需求，官妓本身也颇具文学艺术修养，吟诗作对，以便跟文人酬唱应答。有些慧黠灵气的女子甚至比一般男子更加有才情。

才子跟妓女的不老传说从唐朝就开始了，似乎这是一对绝妙的组合。其实确然，男子我总是喜欢天真烂漫些的，经历的世事少，便能保持有一份单纯的赤子之心。从逆境过来的男人总让人忍不住想防他一防，他们大多在贫贱时特别容易卑躬屈膝，在发达了以后又锱铢必较、颐指气使，想必男人生来就是为了征服世界的，长期的不得志会导致心理失衡等诸多疾病。这样的例子太多了，主父偃年轻的时候受人白眼，发达了之后给了父老乡亲一些钱，从此跟他们断了瓜葛；苏秦发达了之后，他嫂子趴在地上迎接他，他乐得哈哈大笑，想必一口恶气这时才出了——现在书里论坛里讨论着的“凤凰男”不就是这样么？

而女人呢，我更喜欢阅尽些沧桑的，有些人情世故的。她们大多知恩而聪敏，容易原谅，也少了些女人家容易有的小器与计较，豁达得多。未经世事的女人，我习惯性避免接触，总觉得她们要不就失之浮华，要不就流于枯燥无味，反正是无趣了。

然后就这样，他们相遇了。

一个很有才的男人要不就混得极惨，要不就混得极好。唐寅属于前者，在她之前，他刚经历了两次不幸的婚姻。第一次是造化弄人，他在19岁的时候便娶了徐氏为妻，没有什么佳话传出来，但是也没有什么丑闻，可见是一桩平淡的婚姻。很显然，上天并不愿意给这个男人一个平庸的家庭生活，在他二十五岁那年，他的父母、妻子、妹妹相继去世了，一下子全世界都抛弃了他，他陷入了极大的痛苦之中。直到现在，我们都很难假设一个人还要多么不幸才能赶得上当时的唐伯虎，即使是天将降大任于斯人也，也不至于弄得这么残酷。

大概受打击过头了，他在两年后又娶了一个长得很漂亮的女人何氏。家庭生活究竟幸福与否我们不得而知，他第二年旋即考上了乡试解元，正是春风得意的时候——不幸的是上天没有停止对这个天才的捉弄，又把他卷进了科场舞弊案中，他一下子从山顶跌至谷底。接二连三地，他失去了亲人、仕途和尊严。他跟何氏时有争吵，史料上记载说何氏因为唐寅官场失利的原因对他指指戳戳态度冷淡。其实可以想见，一个遭受如此打击的男人，难免有些心灰意冷，神经过敏。何氏究竟是什么人品，我们现在也无法确知，然而她的势利刻薄无论真假都或多或少反映了一个男人的落魄。如果是真的，那唐寅真是够受羞辱的，被自己的女人瞧不起的滋味可不好受；如果是假的，那么唐寅受到的打击已经足以让他风声鹤唳草木皆兵了。不管怎么样，都令人心疼欷歔——毕竟那么恃才傲物的一个男子，如何能受得了这般待遇？

因此，他遇见她莫若是一场救赎，哪怕此刻我想到这一节都不免觉得心里一块大石落地了。好在上天没有完全灭绝人性，一个人的运气怎么能差到那种地步去？他终于遇见她了，他的救星，他的知己。他们互相掩着伤痕累累的身体，来到彼此身边，也许是为了这一刻的相聚，他们才如此受尽折磨吧。

一直很喜欢一句歌词："如果没遇上那么多转弯怎能来到你身旁，现在往回看每一步混乱原来都暗藏方向。"施人诚的歌词一直给我一种声嘶力竭的感觉，那样磅礴的脆弱之美。在这样盛大的相遇下，过往的一切都变得不那么重要。

她是官妓，自是通晓人情世故；她有一颗慧心，自是倾慕他的才华。从此结伴天涯，他们两走到一起，也做起喂马劈柴的事儿，总让我有一种神仙眷侣归隐的感觉，就像杨过和小龙女一般，他们拥有着历经沧桑的身体，和一颗圣洁清澈的心。

他已经无路于功名，被变幻莫测的仕途弄得心力交瘁。她对他说：“功名无指望，才名应远扬。”这样的见识也值得唐寅如此深爱了，的确，一千年以后谁还记得某一年的状元叫什么名儿？哪怕是那些宰相也未见得有几个能被后人知晓，反倒是用文字或者画笔留下自己痕迹的人，会被人记很久。唐寅自此遇知音，他的画作也从那个时候开始多了起来，他遍访名山大川，创作出许多壮美的画作。

当然，一个能够快意人生的男人背后，也必有一个操劳过度的女人，尤其是这个男人还不会当官，不会做生意。很快她就积劳成疾——可以想象，一个十指不沾春阳水的女人，为了他甘愿从锦衣玉食中脱身而出，至君处仍清白如莲，然而岁月生活何其磨人？

再后来又是一次灭门之灾，他画画出了名气，便被南昌宁王唤去作画，结果发现宁王正在做搜集民女献给皇上的事儿。按理说这种事很正常，但是不巧的是，这些女人中有他好友的意中人——据推测也应该是沈九娘的闺蜜。于是他坚决不从，装疯卖傻，费劲周折才回了家。史料上说他真疯了，其实不难想象他在王府里受了什么罪，不然何至于靠这招蒙混过关？也许当时真的被折磨得有些痴傻了也没准儿。

总之，当一个受尽折磨半疯癫的丈夫回来时，九娘终于被最后一根稻草压垮，很快就离开人世了。

我没见过比唐寅和沈九娘更加颠簸的爱情，也没见过比唐寅混得更惨的文人，而他竟然什么话都没说，不像一些骚客整日把惆怅悲伤挂在嘴边，也许真正的痛楚反而是无言的。就像他以为老天终于饶过了他，怜悯了他，结果却还是把她——他唯一的寄托给带走了。

据说唐寅的后半生确实有些疯癫。不用怀疑，我相信是真的，不是佯狂，而是真的。反正清醒的世界一点好处都没有，为什么不疯癫？面对一个如此不公的世界，我为什么还要继续用你们的语言你们的逻辑说话？

从此他带着他五岁的女儿过着艰难的生活，当时他四十二岁，至死未再娶，反而皈依了佛门，在苏州的桃花庵，青灯古佛了此残生。

他为她写了十首诗，取材于她平常用过的器具，尺子、刀、针、灯擎、砧杵等，用语都十分简单，我总觉得面对这样的离别，任何语句都没有办法表达其万一，不如不说了。他都疯了，肉体本能的哀痛总要比语言来得更直接更真实。

他们爱桃花，住的地方叫桃花庵，给女儿取名桃笙——多么精巧的名字！

桃花总因其过分妖艳而被人待见或者不待见，但是没有人能够否认三四月份桃花烂漫时那夺人心魄的美丽——尽管风流总被雨打风吹去，正如他们之间的爱情。后来金庸笔下也有一个狂恋桃花的人，也有些痴痴傻傻的性格，也有一个极其聪慧的女儿，那就是黄药师——这个男人大概是金庸笔下最讨人喜欢的男人形象了，至少没有人会讨厌他，我看这里面也未尝没有唐寅的影子。

不过依着桃花度过最后十年，总给我一种十分惬意的感觉，大约是桃花本身的隐喻——那种脱离俗世的旖旎，素净点儿的就想到桃花源，妖媚点儿的，又想到王家卫的电影《东邪西毒》中那片火红。总之，那是一种疗伤的颜色，带着些微的醉意与疯癫，爱情的最高境界，多少残酷也好，思念也罢，只希望他们最终能在那一片桃花里重逢吧。

李益《写情》：爱情，赢不了懦弱

水纹珍簟思悠悠，千里佳期一夕休。从此无心爱良夜，任他明月下西楼。

——李益《写情》

月亮还是那个月亮，只是不好看了。从前它圆缺一回，尚且能盼得时间过去，一个月，又一个月，归期近了，下一个月圆时分便是我们重逢的日子，月亮此时不是月亮，是相思的信号；待到归家，携手看月，管它是芽儿还是盘子，天涯共此时，有你在身边，月亮只是一个象征，只是它圆得那么皎洁，那么无瑕，仿佛是一种见证似的。

现在一切又还有什么意义呢？我一个人站在桥上，桥下水波粼粼，月亮还是碎碎地洒在里面，千年不变。等待再也没尽头了，我孤身一人站在这桥上，看着这阴晴圆缺的月亮干什么呢？它不会把你带回来。这才知道，原来美的从来不是月亮，而是你深情凝视我的眼眸。昨日种种欢好，今日都成一百倍的折磨。思念的极致不是痛楚，而是如我这般，独自对月，无人对酌的孤寂和空虚，左边，右边，无处不在。

听老人说，蝴蝶飞不过沧海，是啊，这样一种徒劳，就像我站在时空的这头妄图通过思念去触摸你凋谢的容颜一般徒劳。然而，老人又说，蝴蝶飞不过沧海不是因为沧海有多辽阔，而是因为沧海尽头没了等待——如此说来，你在那一头，也许早已经过了奈何桥，喝了孟婆汤，把这一世的情缘给忘了罢。活着的痛苦也许就在于，我们永远无法选择自己的记忆，独守着一份记忆的时候，那月亮反倒成了一种辛辣的嘲笑。昔日两人，今日单影，世事无常。

生活中最美好的理由，全都跟着你去了。月亮也好，流水也罢，它们都是如此冷漠地存在，不管我的孤单，还是兀自明亮着，奔流着，真叫我看透了这分分合合——罢了，既然如此，我也不再管你的死活了，再美好的夜又有什么意思呢？月亮升起，月亮落下，原本就是最简单的自然规律而已，等待切切实实明白这个道理，所有的浪漫和美好都索然无味，也许是我老了罢，也许是我终究变得世俗了罢，如果冷漠是遗忘必经的步骤，那么原谅我吧，那些自说自话的夜，谁能体会我的苦楚？

李益还是一如既往地千回百转，尽管他的名字被扯得四分五裂。

作为一个边塞诗人，他的成名作是一首戍边思乡诗：

> 回乐峰前沙似雪，受降城下月如霜。
> 不知何处吹芦管，一夜征人尽望乡。
>
> ——李益《夜上受降城闻笛》

学过中学语文的人都应该很熟悉这首诗，如霜般清冷的月光下，是边关的茫茫大地——一声呜咽的芦管，在这漠北奏起了一阵荒凉。士兵们都无心作战，倚着这清辉，思念起家乡，家乡热腾腾的饭菜，门口那等着他回来的妻。意境何其荒凉。

前两句铺景，后两句急转直下，婉转寄出哀思。这就是李益，一个千回百转得有些奇怪的男人。

除了这首诗，他还在另一个迥异的场景里被人们所熟知，那就是蒋防的《霍小玉传》中的男主角。他跟所有进京赶考的秀才一样，来到了繁华的长安，唯一不同的是，他此时已经状元及第，只不过是等着委任罢了。因此心境就更加闲适了。功名就在眼前，美人恩就没什么消受不得的了。

霍小玉原本是霍王爷的私生女，尽管名分不正，但到底也是生于大富大贵之家，只是因为安史之乱，才颠沛流离至民间，随着母亲沦落成娼妓。然而瘦死的骆驼比马大，骨子里的文化浸染使她从一开始就比一般人懂得诗词歌赋，再加上母亲的把关和刻意培养，她成为一个完美的女性，漂亮、聪明、有才华——因为经历过战乱和灾祸，因此比一般女子更懂得珍惜。

其实这样的相遇从一开始就是个悲剧的基调，没有其他，就因为她是个妓女，而他是个状元爷。但是爱情是何其盲目，即使上帝告诉你他百分之九十九是个骗子，你们百分之九十九没有结果，你也会欣喜万分，眼里只看得到那存在希望的百分之一。因此，尽管上帝一开始就安排好了悲剧的结尾，也丝毫没有影响这一段进行着的爱情的美好和令人艳羡。她貌美，他多才，他风流，她也颇有见地，琴瑟和鸣，多么和谐！

他岂是无情之人？能写出那种千回百转的句子来的怎么会是无情之人？我们相信他握着她的手的时候的诚意，他对她说，等我回来。他去老家接受委任了，他也爱她蕙质兰心，妙如解语之花，他当然希望能与她白头偕老，他在那一刻确实是相信他会回来接她的，他从来没想要骗她，然而……

就跟每一个类似的故事一样，不知道这是否已经成为一个咒语，每一个临行前赌咒发誓说自己一定会回来的男人，最后都没有回来。他也一样。原因一直都是赤裸裸的、不容忽视的，只是爱情在盲目的时候，是真的盲目着的。他未来将有大发展，而毫无疑问，她会阻碍他。他以前应该也想到过这一层，但是在她身边，在他们甜蜜的时候，他相信他能为她舍弃一些什么，或者为她乐观地相信未来。然而一旦他们分开，枕边的温度变冷，男人啊，就忘记了她的泪眼。

他不是存心骗她的，但是他的无心更叫人伤心。

徐静蕾执导的《一个陌生女人的来信》中，那个作家不也是吗？谁敢说他爱着她的时候是假的呢？谁敢说，他在对她说，等我回来，过两天我就来接你的时候，是没有诚意的呢？只是外面的世界多大啊，男人的世界永远比女人的大很多倍，他们在离开你的时候，就会发现原来他的未来是泰山，而你不过只是一片挡着他眼睛的叶子罢了。能怨得了谁呢？

女人最后都凋零了，在此生唯一一次的爱情里凋零了。只不过，霍小玉终究是武将的女儿，身上流淌着决绝的血液。她临死前抓着他，用最恶毒的誓言对他说："我做鬼也不会放过你。不仅是你，连你老婆都不放过，你不会有好日子过的。"

他后来娶了的女人叫卢氏，是个门当户对的女子。史料上记载他非常爱她，爱到有一点变态的地步。说他善妒，时常怀疑卢氏跟某人有染，导致家庭暴力时时发生，夫妻之间极其不和谐。谁也不知道真相是什么，然而不管怎么样，那一场在长安风花雪月的情事终究是在他的心里刻下了深深的烙印。当年以霍小玉的刚烈，赌咒发誓许下了那么可怕的咒怨，叫他如何心能安？

从此无心爱良夜，任他明月下高楼。

这样的深情之语不会从一个阴险狡诈或者冷漠无情的男人嘴里吟出来的，他是一个十足十的文人骚客，他有一颗比谁都易感的心。

一个软弱的男人的爱情，常常叫女人无所适从。他不是不爱你，他只是没办法为了你们之间的爱情而做些什么。在激烈的爱恨面前，他们的第一反应就是畏缩，然而他们不是不贪恋那样光芒璀璨的爱情，他们只是有那么一点害怕与自惭形秽罢了。

十年前，当我还是个孩子，第一次看了那部经典日剧《东京爱情故事》就永远被赤名莉香那灿烂勇敢的笑容给折服了。她像世间最美的烟花一样照亮了永尾完治的生命，一如唐朝的霍小玉，聪慧，漂亮且历经世故，但是她比谁都有一颗热爱生命向往完美的心。那个被她爱上的男人，有着善良易感的心，有着英俊的外表。他也爱她，爱得那么被动，那么不胜惶恐。

也许男人最终爱的都是自己能够控制的局面，爱情也一样，完美的女人令人望而生畏，所以永尾完治选择了关口里美，而李益选择了离开霍小玉。年轻的时候，我总是为这个结局而大哭，讨厌悲剧的结尾，长大了便渐渐明白，悲剧的从来就不是结尾，而是开始。从那个刚烈的女人爱上那个柔软的男人，结局早已注定了，只是他们拖到最后一刻才承认而已。

这样的悲剧岂止一幕？李碧华的小说《胭脂扣》里那多情婉转的十三少，何尝不是在生死攸关的最后一刻放弃了他的爱情？留下她一个人在阴阳两界反反复复地寻找，女人对于爱情的执著总是叫男人汗颜。她们永远都不懂这世上有一个词叫做瓦全。而男人不一样，男人的眼界太大了。

因此，他宁可失去她，然后再在一个孤单的明月夜，流着眼泪怀念她。宁可让全世界的月亮都没了颜色，也不愿意为了她而改变什么。

杜牧《叹花》：我的美，与你无关

自恨寻芳到已迟，往年曾见未开时。如今风摆花狼藉，绿叶成荫子满枝。

——杜牧《叹花》

我一直觉得唐朝是一个很好的时代，不仅仅因为唐朝没有形成让女人节衣缩食的审美癖好，还因为它一定程度上的无情。你看，宰相的孙子混得一般般的并不止是杜甫一个人。杜甫是杜审言的孙子，杜审言官至宰相，到了杜甫却只能穿着麻衣来见天子，一直到中年还只是个小小的工部郎，勉强维持温饱以上、小康以下，到老越加落魄，最后潦倒地死于船上。

号称小杜甫的杜牧也是如此，他的远祖杜预是西晋著名的政治家和学者。曾祖杜希望为玄宗时边塞名将，爱好文学。祖父杜佑，是中唐著名的政治家、史学家，先后任德宗、顺宗、宪宗三朝宰相，一生好学，博古通今，著有《通典》二百卷。这样地位显赫的家庭，按理说是要风得风要雨得雨的，然而他这一辈子的官做得并不大，一直都是文职始终，最大的时候做到的是“中书舍人”。

但是他倒是一点都没有心理不平衡，反而很满足于自己一介闲散官员的身份。这又一次印证了我对于男人的判断：从小锦衣玉食的男人得失心不太重，从小看惯了功名的人对功名也没有太大的奢求，相反，他们更愿意享受生活本身的乐趣。他有足够的精力、财力和闲情逸致来培养他的艺术细胞和小资情调。当然，他不是不真诚的，因为他没有伪装的必要，也不需要通过虚情假意来向谁证明什么，所以尽管他的官位做得不高，但是的确称得上是集万千宠爱于一身的。这万千宠爱来自于他的才华。

杜牧就是这样一个男人，关于他的才华，后人用“小杜甫”来称呼他，不要以为加了一个“小”字，分量就不够重了，要知道在后世人的眼里，“诗圣”杜甫是无法超越的，这称呼并不像今天的“天王”“天后”那么廉价，毕竟这么多朝代下来，提起“诗圣”，也只有他一个人而已。所以，小诗圣的评价是相当高的了。

这样一个男人，他会有什么得不到的东西吗？

是的，我们从来不曾如此信仰过上天，他公平地将喜怒哀乐平均分配给每一个人。也让每一个人都有永远无法超越的东西，那就是年华。

他遇见她的时候，她恰恰是最美好的年纪。那年她十三岁，还太小了。他一见便惊为天人，发誓要将其迎娶，但是那时他只是做客来到湖州，并没有立刻迎娶她的条件，便先下聘礼，约定十年内必来想娶，如不来，则她可另嫁。十年后，她二十有余，大约正是一朵芍药灿然开放等待采撷的时机。

不过，别忘了啊，他是在什么场合遇见她的。是在一次寻芳大会上。

我猜杜牧一定是双子座，要么就是射手座吧？对于美女总是有着孜孜不倦的热情，尽管这种特质远处观看倒也不失为一种热爱生活的方式，然而多情的反面就是薄情，这点谁也都清楚。今日他因样貌而爱上她，他日也照样会爱上别人。

其实杜牧后来的表现已经很令人意外了，远远超出了一个花花公子能够达到的程度。他一直到四十多岁都在尽力往湖州调动，最终调动成功了。当他来到湖州的时候已经超过了十年之期四年，有一次寻芳到那个小女孩儿的家里，那个时候她已经嫁为人妻三年了，并且生了三个孩子。杜牧出言责怪，女孩儿的母亲说，原本约定的是十年，期限已经过了。杜牧只能作罢。

历史有时候总是显得非常温情，把这样一次重逢淡化得不动声色。其实我们完全可以想象，十四年后，她成为一个妇人，我们不必猜想一个妇人究竟要如何才算得好看，男人对于女人最美好的印象永远是留在扎着麻花辫的十七岁。贾宝玉的一句话把真相说尽了，女儿家一旦嫁了人就成了鱼目，干燥且暗淡了。她们的光彩会慢慢被生活的琐事消磨掉，把女孩子时候的灵气淹没在无穷无尽的柴米油盐酱醋茶里。也许她们会变得世俗计较，不再相信浪漫月光，不再容易脸红，不再有梦想，是的，生活总是这样的。女人们都是戏台上的演员，而男人作为观众，总是带着审美或者鉴赏的态度在观赏。

杜牧那样一个男人，他总是浪漫的，富有诗意的，当他见到领着三个孩子操劳的她的时候会有什么感觉？

如今风摆花狼藉。这是他对她的评价，可以想见，她是多么的贫瘠且暗淡，至少不再那么光彩了。于是他说，唉，我来得迟了，当年也没见过花开的时候，等我来了的时候，已经剩下一盘狼籍了。若是她知道他这么评价如今的自己，是否心头会隐隐刺痛呢？多么薄情的男人！我们在这个时候到底要不要去猜，那个女孩儿对他是否有爱情。十三岁正是懵懂不知事的时候，突然有个男人跑来说要娶她，并且以十年为期，她也就这么应了。这么美丽的女子，来提亲的人应该不少，一年复一年，怕是门槛都踏破了，但是她始终没有嫁，死守着那个十年的约定——那么，还是有一点喜欢的吧？她一直等他到二十三岁，寻常的女人早就嫁了，何况那么天姿国色的她？她在盛开的时候，他没来摘，她也没让任何人摘，就这么枯萎在寂寞的枝头。

约定。是的，约定。

杜牧至少有一件事说对了，他错过了她，不仅错过了她的美貌，也错过了她的年华。的确，每一个人总要有年华被另一些人错过，我们总要被这样那样的人辜负。幸运的是，年华在每一段时间都有属于自己的芳华，只是那些香味，只有酿酒的人才懂罢了。

比方说她，她那个时候已经是人妻，是三个孩子的娘，她曾经信守诺言等了一个男人整整十年，等不到了，便嫁了。我们可以想象她步态安稳，也没有怨恨，也没有声嘶力竭，就这样从从容容，在自己二十四岁的时候嫁人——二十四，哪怕在现在也该被父母催着相亲好几次了，而她倒是不急，理应多得是男人愿意等她。

然后她穿着大红袍子，戴着盖头，也许有一些惆怅，但是很多的是知命，成为了另一个人的妻子，那个人不是她想象了十年的那个。

她生了孩子，洗衣，做饭，刺绣，打扫。她脸色丰腴起来，少了灵秀多了内蕴，她的心中也许充满了温柔和慈爱，对于生活的顺遂的快乐。只是，那些不是他给她的，因此，他也没有这个福气看见罢了——她的另一种美，他没有福气看到。

于是他说她凋零了，其实他只是错过了她的年华。

这种事情杜牧做得并不少，他刚去宣州的时候就看上了好朋友府中的歌姬，张好好，并且为她写了很多诗，可惜被好朋友沈氏抢了先纳为小妾。多年后，张好好再遇杜牧却是在街边卖酒，重操卓文君故业，也令杜牧十分伤感，当即写下闻名千古的《张好好歌》，概叹时光无情，生生将红颜蹉跎。

但是他也只是慨叹一番而已，没有哭，也没有笑。他只是滚滚红尘中的一名寻芳客，而那些芳华总归有自己的人生要走，他那般逍遥便那般逍遥去吧，也许那样一个男子就只适合在远远的、远远的地方看你两眼，而后各自相忘。因为他陪不了你漫漫人生路，也陪不了你在岁月中沉淀下自己的美好。就当他是一个观赏刹那烟火的游客罢了，一生一遇，也就足够了，而你，注定只是他生命里的风景。

许多年后，杜牧已经老了，他回到了京城，写下千古名句“十年一觉扬州梦，赢得青楼薄幸名”，这句倒是又有几分苍凉了。虽然我们不知道他这一生这么多次遇见和错过究竟在他的心里留下了什么烙印，但是至少有一点是清楚的，那就是——当他蓦然回首的时候，阑珊的灯火下，竟然没有一个影子属于他。哪怕是不那么鲜艳了的，凋零了的，也都凋零在了别人的家里，他所拥有的只是色彩斑斓的扬州梦而已。

而那个在湖州被他错过的女子，只是梦里的一个剪影，证明他这一生的孤寂。我想知道，在他梦醒的一刹那，他是否想起过那初遇的时候，十三岁的她，睁着大大的水汪汪的眼睛，用一种未知世事的单纯盯着他看，一眼万年；又或者，他是否记得他们重逢的时候，二十七岁的她，穿着寻常衣饰，在溪边浣洗，抬起头看见他，露出惆怅而又羞涩的微笑？当他再一次想起的时候，是否会觉得，二十七岁的她也是美好的呢？

而他终于能够承认，他一生漂泊，不受羁绊，固然能够欣赏到万千世界最新鲜最动人心魄的美丽，却终于也品尝到了烟花散尽后的寂寞。

此岸，彼岸。你我终究只是擦肩而已。

李煜《浪淘沙令》：如果世界顷刻毁灭，你还爱我吗？

帘外雨潺潺，春意阑珊。

罗衾不耐五更寒。

梦里不知身是客，一晌贪欢。

独自莫凭栏，无限江山，

别时容易见时难。

流水落花春去也，天上人间。

——李煜《浪淘沙令》

后代念及李煜的诗词中有一句相当出名：“作个才人真绝代，可怜薄命作君王”。意思是说要是做才子的话，倒是绝代好才，可惜了生在帝王家，连小命都没能保住。但是我想，如果不是身在帝王家的一番周折，李煜倒也未必能被激发出最大的词人潜质出来。宋太宗坐在龙椅上的时候也曾半真半假地用非常贱格的语气感叹道，要是这李煜能把他写词精力的一半用在治理国家上，这龙椅也不是我坐的了。

但是，他们如何晓得，有些人就是不爱江山爱美人，有些人就是对权力没兴趣。他们总是以为我们辛辛苦苦辛劳得来的，就是他们轻而易举得到的。历史总是这么一个巨大的错位和讽刺，没有野心的文人站在天下权力中心，接受来自四面八方的攻击，成为所有野心家的假想敌。其实他们想要的，只不过是其他人轻易丢弃的。

清人有诗云：国家不幸诗家幸，赋到沧桑句便工。这算是一种有点残忍但是确确实实的补偿效应吧。只有铺天盖地的灾祸和变故砸下来，敏感的诗人才能捕捉到生命瞬间的火花、那些苍凉和悲哀、改变和失去。

想曾经，他也不过是一介富家子，顶多尊贵些，离王位还很远。如果不是命运作弄，他完完全全可以像一般的皇子那样，做一个普通的王爷，吟诗作画，游山玩水，最后优游卒岁。他的父亲李璟也是一个词人，一阕“菡萏香消翠叶残，西风愁起绿波间。还与韶光共憔悴，不堪看！细雨梦回鸡塞远，小楼吹彻玉笙寒。多少泪珠无限恨，倚阑干。”也成为文学史上难得的清丽凄婉之作，尤其是那句细雨梦回鸡塞远，小楼吹彻玉笙寒，既工整又旁逸斜出。有人说，这就是晚唐气象，气数已尽的征兆，或许是吧。末代皇帝总是给人一种萧索而温柔的感觉。大约是隐约感觉到了时代的终结（他们总是比老百姓更加容易觉察出这一点），手中的力量渐渐地无法挽救大厦的倾颓，不如缩手，带着一点寂寞和伤怀，去看着风暴将他们的城堡以摧枯拉朽的力量摧毁。

这样一个南唐中主李璟，也如此这般预感到了末世的来临。他偏爱小儿子李煜，因为他跟他一样温柔慈悲，敏感多思——其实这样的人多么不适合当皇帝，却又多么适合穿着锦衣在衰败的宫殿里念词，给一个即将终结的朝代唱一曲挽歌呢？他对李煜的偏爱像极了袁绍对袁尚的偏爱，据说袁绍是个帅哥，而他的三个儿子里就袁尚长得帅，跟他像，他就极其喜欢他，结果酿成了大祸。

可见废立之事还是不能按着自己的喜好乱来。一个好人未必是一个好君主，一个好词人更不会是一个好君主。李煜还有个大哥叫李弘冀，那个家伙是一个特别想当皇帝的人，只怕从一出生就开始两眼盯着王位了。史书上记载他性格特别善猜忌，不过巧的是他的弟弟们，除了李煜之外的四个全都死光了。而李煜又是最小的一个，最寄情山水不问世事的一个。当时他被封为安定公，就因为惧怕李弘冀猜忌，不敢参与政事。在此期间，他曾给自己取号“钟隐”、“钟峰隐者”、“莲峰居士”，表明自己的志趣在于秀丽的山水之间，同时也表明自己无意与兄长争位。我猜，正是这番寄情山水才能保得住自己的小命吧，毕竟在皇位争夺战里，猝死，而且全部猝死——太反常了，反常得太正常了。

而那个自小目睹着王位混战，在不动声色间一次次地接受兄长逐个儿离开自己的事实的李煜，又有谁知道他内心的苦楚和惶恐？

所幸，所幸，他真的不是故作浪荡，或许他真的是浪荡。至少，他有一颗很适合浪荡的心，便在这山水间、美人间醉了去了。

哪晓得世事无常，李璟曾经说过自己要施行“兄死弟及”，结果李弘翼一急就把李璟的弟弟给杀了。这一举动更是摆明了告诉李璟，皇位是我的，谁也别跟我抢。如果事态就这样发展下去，李煜倒也安生了。可是，李弘翼把该杀的杀完之后自己却暴死了，这死的又是很蹊跷，现在继承王位的只剩下李煜一个人了。这一个弱柳扶风的男人，民间评价他“生于深宫之中，长于妇人之手”，“性宽恕，威令不素著”，好生戒杀，死后，江南人闻之，“皆巷哭为斋”。意思是，他像贾宝玉一样在女人堆里长大，性格很宽恕，没有什么威信，但是仁慈宽爱，死的时候江南人听说了，满大街都在哭他。就连他兄长猝死，都没有任何人会猜忌与他有关——哪怕他是唯一的获益者。

于是他的爱情，他的人生便成了关乎天下苍生的事。

那个时候他年纪不大，大小周后陪伴在身侧，成日拈花弄玉，浪荡浮生。其实他求的从来就是一晌贪欢，身为皇子，他目睹的生离死别、不动声色间的灰飞烟灭还少吗？睁开眼睛的时候全是腐坏，不如闭着眼睛，享受这片刻的欢愉了。所以他的爱浓妆艳抹，他的词轻佻放纵，妖冶如花。

末世的欢爱总是甜得发腻，有一种明日即末日的急切。在这种急切里，人人都有燃烧的欲望。她瘦瘦的身体在夜间绽放，宛如一朵妖艳的罂粟花。

晚妆初过，
沉檀轻注些儿个。
向人微露丁香颗，
一曲清歌，
暂引樱桃破。
罗袖裛残殷色可，
杯深旋被香醪涴。
绣床斜凭娇无那，
烂嚼红茸，
笑向檀郎唾。

好一个旖旎的打情骂俏的场面！晚上化了妆，点燃了一株熏香，室内春色融融，她轻启娇醇，柔柔地开唱了。丝滑柔软的衣服包裹着曼妙的身躯，一杯杯佳酿饮尽只添得双颊绯红，她跳着跳着便跳到了绣床边，带着些微的撒娇与挑逗，软软倚着，嚼烂了口中的红茸，半羞半嗔地唾了他一口。词到这里戛然而止，天知道接下来会发生什么？一个十五岁的女子，又恰好具备了成年女子的风韵，她熟知自己的美好，并很善于展示自己的优势。他就这样被勾引着，并且沉溺其中。

后主当年是以写这种花间小词闻名的，而且似乎只写过这种风情万种的小词。大厦将倾，他感觉到了，却不肯睁眼。他还是大好年华啊，他并不是故意生在这帝王之家啊，凭什么他的人生只能在极致的欢愉和极致的凄惨中度过呢？所以他与她的欢爱，带着末世伴侣的凄凉和悲惨，像是两个牵手走向死亡的同志。

直到赵家的铁骑把一切彻底碾碎。

他被软禁了，一切都过去了。小周后着实美貌，这美貌也成了她的软肋。

宋太祖赵匡胤死后，宋太宗赵光义继位，据说宋太宗赵光义多次强奸小周后。宋人王在《默记》中说："李国主小周后，随后主归朝，封郑国夫人，例随命妇入宫，每一入辄数日，而出必大泣，骂后主，声闻于外，后主多婉转避之。"古代画家还绘有《熙陵幸小周后图》，元人冯海粟曾在画上题诗："江南剩有李花开，也被君王强折来"。明人沈德符《野获编》中："宋人画《熙陵幸小周后图》，太宗戴幞头，面黔色而体肥，周后肢体纤弱，数宫人抱持之，周后作蹙额不胜之状"。姚叔祥在《见只篇》自称看过张纪临摹此画，画中小周后头戴花冠，身子裸露，"两足穿红袜，袜仅至半胫耳"，"裸身凭五侍女，两人承腋，两人承股"。

这是一幅怎么样的人间惨剧，昔日的爱人被敌人拖去强奸凌辱，情人的口中叫喊着他的名字，她在骂他，在求救，而他只能在墙的另一侧默默垂下他高贵的头颅。

梦里不知身是客，一晌贪欢。落花流水春去也，天上人间。

他的欷歔带有一点宿命的味道，仿佛他只是他生命的看客，他没有自杀，也没有救她，我们无法看清那个软弱的男人当时是什么心情。史料上只是说他，听到小周后的叫喊声的时候就躲得远远地。无法面对吧？这是对一个男人最大的嘲讽，当一切都变成了过眼烟云的时候，当华美的衣裳从身上褪下，他连一个平凡男人的幸福都没有。

也许他从来就没有奢望过平凡男人的幸福，不然他何以能够如此淡定地看待她的哭泣？她的屈辱？他早就料知有这么一天的吧！

昔日的欢愉已经享受过了，是时候他身为阶下囚，在清醒中偿还前半生的罪孽了。人生如梦，想必当他倚着铁栏杆对着窗外眺望的时候，他已经把一切都看透了。

当然，赵光义没有容他，这是另一种男人之间的战争，宋太宗用牵机毒杀了他。牵机药有人说是中药马钱子，服后破坏中枢神经系统，全身抽搐，头脚缩在一起，状极痛苦。后人说他死得太惨了，可是到了这个地步，生或者死，怎么个死法还有关系吗？

小周后闻讯也自杀身亡。她的情人终于抛下她了，曾经的欢爱此刻都显得那么荒凉，不由得让我想到《霸王别姬》里的段小楼，他爱的究竟是她的什么？仅仅是她的容颜而已吗？那样一个误将自己当做帝王的男人，在失去希望之后，女人又算得了什么呢？

小周后也是如此啊，她把青春都奉献给了这个男人，所有的爱情和美好，真的，假的一切，都给了他，她陪他经历了极致的欢愉和极致的屈辱，最后一起死亡，可是啊，她竟然从来——从来就没有接近过他的心。

谁能告诉她，在他饮下毒药的一刹那，在他回忆往昔的时候，可有她跟他之间的爱情的一席之地。而她的一切，她的全部，她的所有——他，到底爱过她吗？还是，这一切仅仅是一场欢愉而已，一场为了死亡的欢愉，一场为了告别的狂欢？

落花流水春去也，天上人间。

晏几道《阮郎归》：浅斟低唱，无伤大雅

旧香残粉似当初，人情恨不如。一春犹有数行书，秋来书更疏。

衾凤冷，枕鸳孤，愁肠待酒舒。梦魂纵有也成虚，那堪和梦无。

——晏几道《阮郎归》

做梦总是梦不见她，如果离开了一个人，最后的，最卑微的奢求就是在梦里尚能够相见吧？如果一个人恨你恨到极致，是否连梦中相会都不肯？所以白居易先生在描写李隆基的时候说道：“悠悠生死别经年，魂魄不曾来入梦。”每每读到都难免潸然，如果爱一个人爱到连梦里相见都是奢求，那我们冰冷而干涸的灵魂要通过什么来得到拯救呢？何况他不是别人，是晏几道，那样一个柔软得连最刻薄的男人都不忍心鄙视他的男子。他的想念是一把刀，是一碗毒酒，夜夜啃噬着他的心，他的骨。而固执傻气的他却连回避都不肯。

说起他的父亲名气就要大过他许多了，晏殊是宋朝宰相，做官做得风生水起。到了晏几道却因他不受世俗约束，生性高傲，不慕势利，从不利用父势或借助其父门生故吏满天下的有利条件，谋取功名，因而仕途很不得意，一生只做过颍昌府许田镇监、开封府推官等小吏。就他本人来说，是很得他父亲同僚的喜爱的，苏轼曾经数次想要帮助他，却被他委婉拒绝了。

史料记载苏轼很喜欢他的长短句，掩了黄庭坚要见见他，晏几道说，现在当朝为官的大半都是家里的常客我都没有工夫见呢，很明显不知好歹。其实很容易理解，如果他想为大官，自己的父亲就是一人之下万人之上的宰

相。但是事实就是这样，正如孔老夫子所说：不义而富且贵，于我如浮云。对于晏几道来说也是这样。

一个没有尝过人世间疾苦的孩子，总是对物质权贵以外的世界抱有很多幻想。就像大观园里含玉出身的贾二爷，用一双琉璃一样透明无垢的眼睛打量这个世界，发现了现实世界的肮脏和功利，宁可沉醉女儿国。想必小山也是这样的人吧？

女儿家在他的眼里都是水做的，都是干净美好的，都是脱离俗世的。即使那些在别人眼里看起来肮脏的青楼女子，看在他眼里都是值得百分之百珍惜的琉璃水晶。她带着一身的风尘，婉转开放在他的手心，洗去在人世间沾染的灰尘与疲倦，安然盛开，如同一朵未经世事的昙花。他是如此珍惜她，爱护她，那样一个有着纯净的赤子之心的男人用那样一种珍视的眼神凝视她，她瞬间觉得自己变成这世界上唯一一朵开放的花。

当然，他没有娶她，哪怕是做一个小妾。那样的女子本来就不适合在后院高墙里锁着、耗着，只适合在浑浊压抑的空气里坐久了，面对日复一日的贤良淑德的妻子、黄脸婆腻歪了，才出来呼吸一下新鲜空气的男人，山花永远比家花鲜艳啊。

于是他拖着一盏琥珀酒，看着她在他面前翩翩如蝶，听她樱桃小口婉转吟唱，唱着他填写的新词小曲，恰到好处地表达出他想表达的旖旎与哀愁。他爱她年轻貌美，爱她蕙质兰心，灵巧多才，爱她如同爱她那仿佛永不逝去的青春年华。

然而世事多舛，歌女的命运总是这样，在盛开的一刹那极尽妍丽之事，而后尘归尘，土归土。有的女人从良嫁人，从此布衣荆钗，淘米浣纱，有的嫁入豪门成了一房小妾，在钩心斗角中磨耗时间。从云端到地面，总是有一个令人尴尬的楼梯。而他当然永远找不到她了。

厢房里还有她用剩的胭脂香粉，她曾经在这梳妆打扮，妆罢问檀郎，花强妾貌强？这一切还历历在目，宛如昨日，但是佳人已逝，他甚至不知道她的音信。很是让人感叹人情浅薄如水吧？两情欢好的瞬间如同浮生一梦。

春天还有信来的，到了秋天连信都没有了，她在干嘛呢？是否也在别人家的府里做着一样的事呢，也一样把水袖甩给别的男人吗？或者她已经嫁人了？虽然他已经看淡了许多离别，然而想到那些生命中的过客还是难免惆怅，毕竟每一个过客在经过的时候都以为自己会留下来的。

每当想念她的时候，就会觉得床褥寒冷，枕头边空落落的，于是和衣起来喝酒，仿佛只有那酒精才能舒缓自己离别的愁绪。那种愁绪淡淡的，平常忙碌的时候倒也未必想得起，但是每个花好月圆夜，每个桨声灯影的船头，每当酒酣风暖——那些她曾经陪伴着的场合于今时今日都显得有些落寞。当然，只是一些落寞而已。

那就做梦吧，好歹做梦也能梦见，尽管那是不真实的自欺欺人，他心里也清楚，但是为了贪图瞬间的温存，做梦他也愿意啊。谁知道，连个梦都做不到，真是别后无期了。

做梦是一件很奇怪的事，也许是上天给有情人的最后一个特权吧？人的一生有三分之一的时间在睡眠，梦里的场景又是那么真实。文森特·莫顿说过，如果人生本来就是一场梦境，那么活在哪个梦里又有什么关系？因此，如果梦里能够时时相见，也算是一种慰藉吧？记得很久以前,袁惟仁写过一首歌，歌名叫做“想念”。

我在异乡的夜半醒来
看着完全陌生的窗外
没有一盏熟悉的灯可以打开
原来习惯是那么难改
我在异乡的街道徘徊
听着完全陌生的对白
当初那么多的勇气让我离开
我却连时差都调不回来

我的夜晚是你的白天
当我思念时你正入眠
戴的手表是你的时间
回想着你疼爱我的脸
我的夜晚是你的白天
当你醒时我梦里相见
只为了和你再见一面
我会不分昼夜地想念

初听时很是动心于这种单纯的执著，只为了在梦里多见一面，我会不分昼夜地想念。他相信着，梦里是另一个世界，另一个有她的世界，为了那个虚幻世界的美好，他宁可放弃现实世界的一切，只为与她在梦里相见。庄子都说，梦与现实，孰真孰假，每一个存在的瞬间都是真实的，不管是梦还是现实。所以人们往往选择自我欺骗，一直很心疼《东邪西毒》里的慕容嫣，为了一个深爱的男人幻化成两个人格，假装自己有一个阻挠自己跟黄药师在一起的恶哥哥，冒充自己的哥哥来买凶杀人——至少这个虚幻的现实有一个功用，那就是让一切显得不那么绝望，至少她可以假装他是爱她的，在这个虚幻的梦境里。

当然，我们可以肯定，小山的感情必然没有这么铭心刻骨，他想念她的时候只不过是在一个有酒喝没人陪的黄昏，他对她的想念毋宁说是对已经逝去的青春岁月的怀念，或者说是对某一种美好的事物凋零的怀念。正如贾宝玉也是这么怀念远嫁的史湘云的，那些大观园的女孩子们纷纷沦落成泥土，洁净之物渐渐被世俗玷污，就如同梦想、青春和单纯——这些好的东西，总是这么容易衰败。时间就是这么无情，不可逆转，不管你躲在什么里面，时光总能把你慢慢改变。

她就竖立在那里，成为一个路标，路标的名字叫做青春。她的娇笑，她的憨态可掬，她的舞姿翩跹，都是不可再有的美好。正如他也渐渐失去了欣赏这些的兴致，他也不能够心无旁骛地听着音乐击着节拍，轻轻和着。那样美好的时光真是一去不复返。

那些消失的记忆，之所以显得格外美好正是因为它存在的时间极短，时光还来不及将其腐蚀。因此智者总在试图告诉我们，不要轻易去寻找初恋的对象，绝对会失望的。没错儿，假设小山真的再见云、红等歌女，她们彼时已经成了寻常女子，更甚者成了没趣儿的妇人，那倒不如丢失在时光的隧道里。这样，他还能时时想念，她在他的心里成了一道雕塑，永远、永远都那么美好。

每个人的心中应该都有这么一个不能触碰的记忆，这么一个时时旋转的青涩身影，他慢慢地会变成别人的丈夫，别人的父亲，但是在你的心里，他永远都是那个跳跃在篮球场上挥汗如雨的男孩儿，那一刻，我们都还年轻。

元稹《离思》：半真半假，半缘修道半缘君

曾经沧海难为水，除却巫山不是云。

取次花丛懒回顾，半缘修道半缘君。

——元稹《离思》

这首诗到底有多红？

知道元稹的必然有限，甚至我都怀疑除了念半边字的秀才之外到底有几个人能读对他的名字。但是几乎所有人都能在十几岁就知道前半句，在二十几岁知道后半句。

这首诗的魔力就像弗拉基米尔·纳博科夫形容“洛丽塔”三个字一样，充斥着一种不可言说的语言美感，在舌尖和上腭之间旋转，然后缓缓刺中你的心脏。

我已经见识过沧海水的丰沛辽阔了，从今以后让我如何面对那些涓涓细流？我已然见识过巫山云雾的迷蒙震撼，从此，还有什么云彩能打动我？而你，就是我的沧海水，我的巫山云。还有比这更动人的情话吗？尤其是在年轻的时候，想象力的极限就是上大学，爱慕的男生也如同这沧海水、巫山云一般无可取代。每一个相逢都像是一场宿命一般唯一而神圣，仿佛人生的长度经受不了那么多次的跌宕起伏。但是，每个人都会长大，都会见识生命究竟有多长。

到了二十几岁。我们更感兴趣的却是后半句“取次花丛懒回顾，半缘

修道半缘君”。那又似乎是另一番境界，亲爱的，我仍在忙碌，我甚至在花红柳绿中穿梭。但是你知道么？那只是我在逢场作戏，在烟雾缭绕的寂寞里，如果我还能有一滴眼泪，那一定是为你而流。你是我的真实，我是你的真实。

这算是一个理由吧？或者算是一个解释？仿佛是年轻时许了沧海桑田的诺言，到了长大后无法实现，于是我想告诉你，我之所以屈身于那些曾经被我戏称为“涓涓细流”的女子，只是一种虚与委蛇而已。因为我毕竟还是要生活的。

更可怕的是那个“半”字，我今天为什么不将那些花花草草放在心上，一半是因为我看透了世间的寂寥，一半是因为对你的誓约。每每读到这句，便会涌起一阵心酸，那是一个背影萧瑟的男人，从半斑的白发到指间的烟蒂都透露了一种绝望后的淡然。你忍不住想问，是什么让他变得如此形只影单？

当一个男人告诉你他因你而不幸绝对比当一个男人告诉你他因你而幸福要来的有冲击力。因为摧毁一个人的力量要远远大于绵软无力的幸福。还有什么比这句话更能带给一个女人足够的荣耀呢？还有什么比这句话更能让女人获得足够的自我认同感呢？

许久以后，也有不少女作家代替女人说出心声，说我不希望分开之后他过得好，最好是从此不幸。希望他从此以后，每抽一支签都是下下签。每走一步路都是下坡路。因为即使分开了，我还是想占据他心里最重要的位置。这就是全天下女人共同的野心。这个野心现在都不见得有几个男人摸得透。而一千多年前的这个男人摸透了，而且摸得很准。

元稹是谁？

他是白居易最好的朋友，他是薛涛的小情人，流传后世的名剧《西厢记》是出自他的脚本，而且他还给崔莺莺安排了一个从良失败的结局。他有才，而且风流。能写出诗的男人啊，他们本身跟他们出现在诗里的形象绝对是截然两样。

他在诗里只有一个身份：就是韦从的男人，一个爱韦从至死的男人。然而后世有谁记得韦从呢？除了度娘和百科全书，又有谁知道那个元稹的妻子叫什么名字？但是，在当时，她必然是名满京都的，名气甚至大过元稹。

她是太子少保的女儿，她聪慧、美丽，并没有作为高官之女的清高娇惯，反而知书达礼且勤俭持家。据元稹的记载，韦从时常不太好意思劳烦下人做事，怕累着她们，宁可自己多做一点，逢年过节或者做了噩梦也会想到去庙里做做慈善。

那个时候元稹才是个秘书省校对郎，这个官位大约相当于现在文化部下属小机构的一个文员，差不多也是目前大学生考入公务员的初级阶段。这样门不当户不对的亲事居然也成了，唐朝真是一个令人神往的时代。梁洛施要是生在唐朝可能早就成少奶奶了。

可惜那个时候还没有《星周刊》，已经留不下关于他们相识相爱的只言片语，只晓得婚后尽管清贫，但是恩爱甜蜜。韦从死得早，大约是因病去世，她去世的时候元稹正要升官监察御史。大喜大悲，让人不得不感慨命运的无常。一个妙龄女子，前二十年万千宠爱在一身，嫁做元稹妇之后一路清贫，丈夫事业刚要有点起色，却又香消玉殒，将这个自己用温柔和地位灌溉起来的男人拱手送给未知的女人，这世上还有比这更惨的事儿么。

所幸，元稹为她写了很多诗。在她死后。

也许有些迟了吧，但是总归是写了的。元稹作为一个典型的凤凰男，没有在发家致富之后急欲跟自己高攀富贵女的过去划清界限已经很不容易了，这也许正是一个天真烂漫的男人的好处吧？爱是纯粹的，恨也是纯粹的。他的爱里没有自卑，也没有怨怼，只有一派脉脉含情的怀念。天长地久毕竟只是个神话，人生无论如何都要继续。

至少在某一刻，曾经被如此深深地爱着与怀念着，也是值得欣慰的。如此，就让我们忽略他跟薛涛好上的那年刚好是韦从去世那年的事实吧！

李商隐《房中曲》：此情不似人间有

蔷薇泣幽素，翠带花钱小。娇郎痴若云，抱日西帘晓。
枕是龙宫石，割得秋波色。玉簟失柔肤，但见蒙罗碧。
忆得前年春，未语含悲辛。归来已不见，锦瑟长于人。
今日涧底松，明日山头檗。愁到天地翻，相看不相识。

——李商隐《房中曲》

这个男人是一个传奇，不因为他长得如何帅，也不因为他的人格多么高尚，也不因为他多么豪放旷达，不是因为这个男人多么有能耐，多么为民请命，甚至连一些绯闻都说不上有，古往今来没有一个男人在没有什么有迹可循的绯闻情事的情况下，被千载的女人惦记的。他只模模糊糊地说了几句呓语，就把全世界的人俘虏了。甚至他的呓语里面没有出现任何一个女人，甚至没有出现一句明确的表白之语，他征服别人的只是那一腔年华的感伤，是的，感伤。

感伤不等同于哀伤，它比哀伤轻薄缥缈，也更加不绝如缕，虽然不易察觉，但是一旦察觉就难以摆脱；也不等同于悲痛，它远比悲痛从容，但是比悲痛持久。感伤的瞬间不需要抱着谁哭，也不需要向谁倾诉，只是有一些场景——某一个落日的黄昏，或者某一个初雪的冬天，你在水中看见了自己的脸，或者看见了别人的脸，风带来了一些凉凉的湿润，你便想徐徐叹那么一口气，为着那些擦肩而过的，得到的终于又失去的，得到的终于又变味的，还有那些永远无法触摸的永恒。

这些情绪不是一个金戈铁马的战士所能领略的，也不是那些擅长风花雪月的纨绔子弟所能感知的，它需要一点点的理想主义，和一点点易感的柔情。

也许这样的男人是一个梦，就像月光一样，兼具清冷与温柔，多变与永恒，但是多么幸运，他曾经存在过。没有留下什么过分旖旎的传说，任凭那些不甘心的后人一点点地根据他的词句来拼凑、来猜测他的点点滴滴。他从来不过分张扬，他的词不是一曲情歌，也不是一场号哭，更不是清幽的哽咽，而只是一声声那淡淡的、细若游丝的叹息。

曾经有人说过，当你身处荒无人烟的小岛，四周除了自己没有别人的时候，你所有的表情和语言都会消失，你将不会笑，不会哭，因为哭与笑都是带有表演性质的表情——那个时候唯一剩下的，就是叹息。因为低沉的叹息是人最真实的情绪。因此，李商隐什么都没有说，什么都没有做，他只留给我们一个可供无限怀想的背影，和一声若有若无的叹息。

拥有这样的情绪的男人是不一样的，他的眼睛比一般人多几分水汽，哪怕他跟贩毒走卒吃的一样的饭，说着一样的话，你都有理由相信，那个男人别有深意！认了吧，上帝从来就不是公平的。所以千古之下，人们为他迷醉，即使他跟所有人一样，也爱过，也恨过，也试图遗忘过，也最终被记忆打败，最后被时间救赎过。

他跟妻子王氏相识的过程没有人提起，好像王氏只是李商隐的一个背景，作为资料被提及的存在一般，他们的故事没有波折，也没有什么浪漫的东西，甚至王氏早亡也没有掀起任何波澜，一般来说一个早亡的女人总能引起读者的柔软情绪，然而李商隐的妻子没这个福分，只是因为这个男人实在是太耀眼了。

可惜的是，李商隐并没有像我们恶意期许的那样不爱任何女人，不食人间烟火，他没有被千载的粉丝所拥有，至少他曾经被一个女人所独占，而且是完完全全的，非常彻底。

许多年之后，我们还在读他的那首《夜雨寄内》。

君问归期未有期，巴山夜雨涨秋池；
何当共剪西窗烛，却话巴山夜雨时。

你问我什么时候回来，其实我也不知道。问归期，就是一种想念的表达吧？你什么时候回来？言下之意，我想念你，其实李商隐和妻子自从婚后就很少在一起，都是天各一方。异地之恋，是为了夫君的前程，那个女人能做的就是一遍一遍地询问归期。

想起了那首闺房词“忽见陌头杨柳色，悔教夫婿觅封侯”。一个女子倚着满地垂柳，想起送别夫君的情景，那个时候他们彼此还是青葱年华，新婚燕尔，她跟所有的女人一样催促夫君去考取功名，以为有了功名才能有幸福。谁想夫君一去千万里，归期遥遥。千金容易得，知心也难求。那些如同浮云的功名利禄哪里能比得过有情人在身边朝夕相伴呢？可是男人志在四方啊，女人只能倚着陌头杨柳，眺望征途。

王氏倒算是个幸运的，因为他的夫君至少也在想念她。

你问我归期呢，我也在同样问着自己，什么时候才能回到你身旁？在这个山雨弥漫的夜晚，这是一个多么适合思念的季节，他独坐孤灯前，给她回信，笔尖下尽是绵延不绝的思念，就像这绵延不绝的雨一样。这个秋季的雨会有什么不同？让他想到了什么呢？不管怎么样，这个夜晚对于他们双方来说都是极其特别的，因为他在这个夜晚铭刻了一个思念的瞬间，就像一张极具辨识度的书签，插在苍白的岁月里，来日翻起这页，还有彼时的痕迹。

比方说，当他终于得以跟她见面以慰相思的时候，他可以顺利翻到这一夜，那日的思念就如同那夜的雨一样磅礴。他们依偎在烛火下，像是离别已久但是毫不见外的知己，聊着家常或许还有人生、理想，诉说着不浅不淡的思念，自然而然，温馨真切。那种情感是拥抱的情感，是牵手的温度，也许有一点情欲，但是只有一点点而已。他们之间所拥有的，更多的是依恋与默契。

西窗下，红烛边，一盏淡酒，促膝谈心，这个场面已经够美好的了，何况那两个人还是夫妻？那更让人羡慕不来了。都说夫妻之间是聊不来的，所有的男人都在外面控诉自己的妻子不能体会他的感情，都是哭诉自己的寂寞，而李商隐不，他很享受跟妻子谈心的时光，那么的安静美好。

于是你知道，他确实是一个不一般的男人，但是他的特别不在于他眼高于顶，不食人间烟火，而是他确确实实的知道自己生在尘世，而且他如此感激在尘世中陪伴他的女人。

几年之后，那个时候他三十九岁，王氏因病去世，可悲的是，他还没能见到她最后一面，那个时候他仍然在外面漂泊，为了生计，或者是为了理想。我们无法去猜测他的哀伤，他的哀伤里究竟有些什么成分？有悔恨吧？也有现世倏忽的感慨吧？四十二岁给自己的《樊南乙集》写序说“三年已来，丧失家道，平居忽忽不乐，始克意事佛，方愿打钟扫地，为清凉山行者”，至四十六岁去世，未再娶。

在东川柳仲郢幕府时，柳有将歌伎张懿仙相赠之意，李商隐写了《李夫人三首》，第一首是“一带不结心，两股方安髻。惭愧白茅人，月没教星替”。大意是说：一条带子是打不出好的同心结的，而也只有双股的钗，才能将发髻好好地固定。我也很明白这道理，很感激你贵为封疆大吏，却来关心我的微末琐事。然而，月亮隐没了，星星怎么替代得了月亮那光彩？这境界和意思大约等同于元稹的那句“曾经沧海难为水，除却巫山不是云”了，然而李商隐终究没有再娶，而元稹在同一年就跟薛涛发生了一段感情。当然，在这里我无意评价谁对谁错，感情发生的任何一个阶段都是值得尊重的，然而我又不得不感到庆幸，是的，李商隐确实是一个不一样的男人。

王氏死后，李商隐对她始终念念不忘，写了很多诗歌来纪念她，比如《李夫人三首》后二首：“剩结茱萸枝，多擘秋莲的。独自有波光，彩囊盛不得。蛮丝系条脱，妍眼和香屑。寿宫不惜铸南人，柔肠早被秋眸割”，在他的心目中，李夫人是多么美好的存在。又比如《正月崇让宅》“密锁重关掩绿苔，廊深阁迥此徘徊。先知风起月含晕，尚自露寒花未开。蝙拂帘旌终展转，鼠翻窗网小惊猜。背灯独共馀香语，不觉犹歌起夜来”；比如《王十二兄与畏之员外相访见招小饮以悼亡日近不去因寄》“谢傅门庭旧末行，今朝歌管属檀郎。更无人处帘垂地，欲拂尘时簟竟床。嵇氏幼男犹可悯，左家娇女岂能忘。秋霖腹疾俱难遣，万里西风夜正长”。可以说他的想念是情真意切的，无处不在的，但是并不是那么摧心肝，比起晏几道的伤感来，似是弱了几分，然而，这才是李商隐，我们可以相信他的眼角是没有眼泪的，他的哀苦都藏在眉头，锁在眼底。

然而尽管是这样地想念着，在《房中曲》的结末他却要说“今日涧底松，明日山头檗。愁到天地翻，相看不相识”：涧底的松树将永不得见天日，而山头的黄檗，是从心里往外苦的，他们都没有欢愉的日子。现在是幽明路隔，等到一日天翻地转，即使终于在地下重见了，我们也将不再认识。上面的这些诗，《房中曲》大约不会是写得最晚的，尽管是那么念念不忘，他还要这样说，尽管是这样说了，而他仍是那样念念不忘。他等着下面会面的日子，天人永隔不可怕，因为他总能等到泉下相逢的一刻。然而他担心的是他们到了地下也变成“纵然相逢应不识”的陌路人了，一切记忆被抛开，那么多曾经欢好的岁月就相当于没有存在过了。诗人就是诗人，他有一双感伤的眼睛，因为他挑选了时光当敌人，注定一败涂地。然而，这才是那个留给我们一个背影和一声叹息的李商隐，独一无二的男人。

从王氏去世，到他去世，总共九年，他没有再娶。没有新的记忆来抹杀前缘，那么我们不得不带着嫉妒之心祝福他，到了地下也能遇到那个令他魂牵梦萦的女人吧！

白居易《见元九悼亡诗因以此寄》：旁观者的十分之一心痛

夜泪暗销明月幌，春肠遥断牡丹庭。

人间此病治无药，唯有楞伽四卷经。

——白居易《见元九悼亡诗因以此寄》

潘岳曾经在悼亡的时候羡慕过庄子，因为庄子的妻子死的时候他不但没有感觉悲痛，反而鼓盆而歌，认为自己参透了生命的真谛。潘岳说，我做不到，我什么时候才能做到呢？智慧有时候跟感情背道而驰，参透越多的智慧，人的感情就会越来越稀薄，越吝啬。潘岳参不透，因此他不像后来被尊称为南华真人的庄子一样成为神一般的存在，而只是一个普通的性情男人，他的悼亡诗触动每一个人心底最柔软的部分。因为做不到忘记，在感情面前太过强大的人往往显得比较寡情，最令人珍惜的就是男人那一刹那的软弱。

白居易则把希望寄托在佛教经典上，以为人世间的苦楚光凭一己之力是无法解决的，必须借由四大皆空的佛法来普度空虚的心灵。乍一读，我不由对白居易的豁达心胸而击节赞叹，然而再一核查典故，其实这不是白居易的悼亡诗，而是他见了元稹的悼亡诗之后创作的唱和之作。元稹丧妻之后心情极为沉痛，写下悼亡诗数首，每首都是经典，最广为人知的是“取次花丛懒回顾，半缘修道半缘君”“曾经沧海难为水，除却巫山不是云”“惟将终夜长开眼，报答平生未展眉”，这些呕心沥血的句子，读之就让人心微痛。

白居易见了好友元稹的诗，忍不住跟着吟唱了一首以作宽慰，难怪有点站着说话不腰疼的感觉。不知道元稹读了会有什么感想？

白居易的一生倒是没有什么可细嚼出来的大苦楚，尽管仕途不算是登峰造极地顺畅，但是也算有忧国忧民的本钱了。他在贞元二十六年（800年）二十九岁时中进士，先后任秘书省校书郎、盩至尉、翰林学士，元和年间任左拾遗，写了大量讽喻诗，代表作是《秦中吟》十首，和《新乐府》五十首，这些诗使权贵切齿、扼腕、变色。元和六年，白居易母亲因患神经失常病死在长安，白居易按当时的规矩，回故乡守孝三年，服孝结束后回到长安，皇帝安排他做了左赞善大夫。元和十年六月，白居易四十四岁时，宰相武元衡和御史中丞裴度遭人暗杀，武元衡当场身死，裴度受了重伤。对如此大事，当时掌权的宦官集团和旧官僚集团居然保持镇静，不急于处理。白居易十分气愤，便上疏力主严缉凶手，以肃法纪。可是那些掌权者非但不褒奖他热心国事，反而说他是东宫官，抢在谏官之前议论朝政是一种僭越行为；还说他母亲是看花时掉到井里死的，他写赏花的诗和关于井的诗，有伤孝道，这样的人不配做左赞善大夫陪太子读书，应驱逐出京。于是他被贬为江州司马。实际上他获罪的原因还是那些讽喻诗。

贬官江州给白居易以沉重打击，他说自己是“面上灭除忧喜色，胸中消尽是非心”，早年的佛道思想滋长。三年后他升任忠州刺史。元和十五年，唐宪宗暴死在长安，唐穆宗继位，穆宗爱他的才华，把他召回了长安，先后做司门员外郎、主客郎中知制诰、中书舍人等。但当时朝中很乱，大臣间争权夺利，明争暗斗；穆宗政治荒怠，不听劝谏。于是他极力请求外放，穆宗长庆二年出任杭州刺史，杭州任满后任苏州刺史。晚年以太子宾客分司东都。七十岁致仕。

这一辈子虽然有点小波澜，但是整体上来说是优游卒岁的，他爱喝酒，爱聚会，爱美女，也爱美景，并且在他的有生之年这些物质声色享受都是可以被满足的，而且是时常被实施的，他的不少诗歌和散文作品里就记叙了他如何呼朋唤友在山林里饮酒作乐，写诗酬唱。一个早年颇有抱负，且一直顺风顺水，中年突然遭遇了小打击的男人，纵情山水从此看得开还是很好理解的，何况像白居易那么聪明的男人？生活可以出现意外，但是他有能力快速地调整过来，因此“江州司马青衫湿”的白居易只是一个瞬间的白居易，那个男人有着超乎你想象的心理力量。他不仅想得开，还很爱让别人想得开。

其中最让后人诟病的例子就是逼死关盼盼，关盼盼原是徐州名妓，后被徐州守帅张愔纳为妾室。白居易远游徐州，张愔设宴款待他，席间，还让宠妾关盼盼歌舞助兴，白居易大为赞赏关盼盼才艺，写下了“醉娇胜不得，风袅牡丹花”一诗。两年后张愔病逝，姬妾们作猢狲散，只有关盼盼难忘恩情，移居旧宅燕子楼，矢志守节，过着与世隔绝的生活。

一晃，十年过去了。白居易听闻了关盼盼守节一事，认为她既已坚持这么久，何不索性以死殉夫，留下贞节烈妇的名声，成就千古美谈呢。于是提笔作诗，托人转交关盼盼，只见上书：

黄金不惜买娥眉，
拣得如花四五枚。
歌舞教成心力尽，
一朝身去不相随。

关盼盼看到这首诗，立刻大哭一场。她之所以不死，是唯恐别人误会张愔自私，让爱妾殉身，反辱没了张愔名声，所以苟延残喘，偷生了这些年。而白居易竟以诗作讽，逼她殉夫，怎不悲愤？性情贞烈的关盼盼在十天后绝食身亡。一个出身风尘的女子，本来就无法以忠诚贞洁来要求她，就算良家妇女为亡夫守节，也只是个人选择，或取决于夫妻感情。像关盼盼这样痴情重义的，只能说是张愔的福分，遇上一个知恩图报情深意切的女子。注意，关盼盼守了十年，而不是一年半载地摆摆姿势，沽名钓誉。惨淡哀戚地活十年，不是更难于一死了之吗？但是，向来都很悲天悯人的白居易不仅不同情她的境遇，还狠推一把，认为她应该自杀殉情，用粗暴的男权主义给她指出一条绝路，译成口语就是，你怎么不去死？

殉葬这种事有多么不人道，已不用再三论证，而殉情，完全要看个人意愿，你死了，我也无法独活，那我们就一起去。可白居易作为一个旁观者，有什么资格指手画脚呢？

吃人的礼教终于生吞了关盼盼，她临死前念了一句，儿童不识冲天物，漫把青泥汗雪毫——你白居易稚若幼童，怎识得我冰清玉洁。

她以自己高贵的死，回敬了大诗人白居易。白居易听闻死讯也大为后悔。若干年后，他归隐洛阳香山，心知时日不多，就遣散了侍姬樊素与小蛮，不想她们重蹈关盼盼的悲剧。其实这次又不一样了，樊素跟小蛮追随白居易多年，这次一被遣散，如何度日？白居易则又没考虑清楚两个爱妾的后路，当然，这作为一种忏悔，心意倒是做到了。

金代诗人元好问发出千古一问："问世间情为何物，直教人生死相许。"殊不知，情到深处并不是简单的行为规范所能衡量的。留在人世间的人不是因为不够爱，因为活着——背负着某种责任的活着比死亡更需要勇气，如果不是因为情，谁能承受得了日复一日的寂寞空闺？而那为了石崇纵身一跃的绿珠，当然也有她为爱而死，生死相许的刚烈。只要至情至性，皆是感人肺腑的，可惜白居易至死都没有明白这个道理。

白居易逝世时，时年75岁。葬于龙门山。他去世后，唐宣宗写诗悼念他说："缀玉连珠六十年，谁教冥路作诗仙？浮云不系名居易，造化无为字乐天。童子解吟《长恨》曲，胡儿能唱《琵琶》篇。文章已满行人耳。一度思卿一怆然。"

柳永《蝶恋花》：憔悴知为谁

伫倚危楼风细细。望极春愁，黯黯生天际。草色烟光残照里。无言谁会凭阑意。

拟把疏狂图一醉。对酒当歌，强乐还无味。衣带渐宽终不悔。为伊消得人憔悴。

——柳永《蝶恋花》

读书的时候对教材上一句话印象很深，“凡有井水处，皆能歌柳词”，很让我怀疑当时的民众品位是否真有这么高，因为我实在没有办法把柳永的词跟现今流行的“爱情不是你想买”“亲爱的，你慢慢飞”这类的流行歌曲联系起来——没办法，他的影响力实在太大了。

在中国浩如烟海的文学大家中，死后形成节日祭悼民俗的只有两人，一位是屈原，另一位就是柳永。自北宋仁宗到南宋高宗的上百年间，为了祭奠这位词人，清明节风行“吊柳七”的民俗，也叫“上风流冢”。据说仁宗皇帝听说了这件“奇事”，不太相信，就派了一名大臣前往柳永的葬地乐游原上探看虚实，结果大臣回来后，不仅证实确有其事，还抄录了一首在民间广为流传的诗：“乐游原上妓如云，尽上风流柳七坟；可笑纷纷缙绅辈，怜才不及众红裙。”仁宗看后，不禁为自己埋没了人才而脸红。当然，宋仁宗是否真的脸红了，我们也不知道，毕竟他又不是不认识柳永，甚至柳永考功名三番两次受阻挠就是因为宋仁宗，而宋仁宗也确实因为柳永的一阕词而艳羡不已，发了疯地想去江南过秋天。柳永的才华，他是清楚不过的。只不过皇帝有皇帝的考虑，知识分子不适合做官，这个道理每一个当皇帝的人都懂，只不过知识分子的后人喜欢杜撰出一些皇帝脸红的事迹来安抚自己的失落罢了。当然，做人不必如我这般刻薄，毕竟柳永的词不仅获得了庶民的喜爱，也获得了王国维的青睐。

王国维在《人间词话》里说："古今之成大事业、大学问者，必经过此三种之境界：'昨夜西风凋碧树，独上高楼，望尽天涯路'，此第一境也。'衣带渐宽终不悔，为伊消得人憔悴'，此第二境也。'众里寻他千百度，蓦然回首，那人正在灯火阑珊处'，此第三境也。此等语皆非大词人不能道。"王国维借用柳永的这两句词来说明成大事业、做大学问的人所必须具备的忘我、坚忍、锲而不舍的精神，虽然和词的原意不合，但足见他对这两句词非常欣赏。

这首词也应该是令所有柳永的粉丝们第一次感到惊艳的佳作吧？

"黯然消魂者，惟别而已矣。"江淹的千古名句道出了千古人们的心声。他久久地站立在高楼之上，轻轻吹拂着他的面颊的春风勾起了他对远方情人的相思之情，于是在目力所及的天际，一股愁绪黯然升起并迅速蔓延开来。让愁绪生于天际，是为了让这愁绪由远而近、由小而大。思念是一种莫可名状的东西，由淡而浓，由浅而深，原以为不经意，却没想到是那么无所不在。他的相思是那样的博大、那样的久长，也给无形的相思赋予了一种如云似雾的形象，使人们仿佛看到了愁绪的翻涌、思念的流动。另外，魂牵梦萦的情人远在他乡，人们不由得会产生这样的联想——那生于天际的愁绪或许就是她"放飞"的？虽然天各一方，无法相见，但思念的愁绪将两人紧紧地联系在了一起。

"草色烟光残照里"，那一片衰退的景象，就像秋风扫落叶后总能给人一种苍茫而悲伤的感受。不过有这么一个智者说过"一切景语皆情语"，她在的时候她是一切，她不在的时候一切是她——那被思念填满的心面对着寒烟衰草所感受到的寒冷与凄惶又岂是风景所能表达的。秋天是分别的季节，也是合家欢乐去郊游的季节，在别人临风放纸鸢感慨秋色醉人的时候，这一切都失去了味道，只因为眼前的景色里没有她的出现。这既是他眼前的实景，也是他内心愁苦的写照。草色青青、暮霭氤氲，黄昏的落日将一抹斜阳泼洒在苍茫的大地上，使得目力所及是那样的空旷寂寥。然而，更加寂寥的是内心，思念已经使他的内心如眼前的大地般荒芜。一个“残”字，道出了他的无奈和凄凉。是的，除了思念，他还能做什么呢？他只能默默“无言”，独倚高楼，极目远方，遥寄相思。此时无声胜有声，这里的“无言”，胜过万语千言，包含万千思绪，囊括万千风情。可是，有谁能理解这种无言凭阑念远相思之意呢？远方的情人，你能理解吗？很少有人没有尝过相思之苦，然而苦到让人无法“会”意、不能理解，当是苦到了极致。

借酒消愁不是一门独门秘籍了，是个人都会用，所以他也曾豁然开朗，想痛痛快快地大醉一场，“对酒当歌”，强作欢颜，借此放纵身心，把苦涩的愁绪抛到九霄云外。然而，思念是根植于心的，用酒来麻醉自己和强迫自己开心，简直就是自欺欺人，到头来不仅没有排遣愁苦，反而使自己越发地感到无聊、无趣、无味。不过他并不是以此来说明“借酒浇愁愁更愁”这一尽人皆知的道理，而是进一步体会到了自己对她的思念原来是如此之深，如果不是试图遗忘过，你又怎么能够知道自己忘不了她呢？

“衣带渐宽终不悔，为伊消得人憔悴。”这两句是全词之睛、通篇之警策。这是一句我以为中国人，哪怕初学中国话的外国人都知道的名言警句，既然“对酒当歌”也无法排遣心中的愁苦，那么就索性任由自己的愁绪漫天飞舞，让相思来得更猛烈些吧！相思是一种折磨，但这种折磨苦中含蜜，为了心爱的人，哪怕被相思折磨得瘦骨嶙峋、憔悴老去也在所不惜！一个“终”字，使得一个对爱情忠贞不渝、至死靡他的才子词人的形象跃然纸上。

柳永专情不专我倒是不清楚，但是多情是一定的。这又是一个家里世代当官，连儿子侄子都当官，就是他自己混得很惨的家伙，我甚至怀疑皇帝跟他有仇故意跟他作对呢！他年轻的时候来到京城，立刻深陷烟花之地。传说中宋仁宗是看不惯柳永的清高和轻佻。想来也是，作风问题是大问题，任你再有才华，无益于社会风气那么就是没用的，何况柳永的社会影响力这么大，更容易助长不正之风，宋仁宗的决定也可以理解了。

柳永的态度就是，你踱我比你更踱，你不让我当官，我偏偏就不爱当这个官了，便越发纵情声色，其实是十足的小孩子心性，表面淡定内心蛋疼，心中未曾一刻把功名和抱负放下过。他还是想要功名的，他还是希望走上一条通达于仕途的道路。于是他或是去漫游，或是辗转于改官的途中。漫长的道路、漫长的希望与寂寞中，柳永写下了大量的羁旅行役之词。这类作品向来是受历代学者称赞的。吴曾《能改斋漫录》卷一六载：晁无咎云："世言柳耆卿曲俗，非也，如《八声甘州》云：'渐霜风凄紧，关河冷落，残照当楼。'此真唐人语，不减唐人高处矣。"《八声甘州》就是一首羁旅行役之词。清人陈廷焯《词坛丛话》也曾说："秦写山川之景，柳写羁旅之情，俱臻绝顶，有不可以言语形容者。"柳永的羁旅行词约为六十首，占全词的近四分之一。可见他心中关于仕途经济一刻不曾忘怀。

但是一直到最后，他都没有能够达到他的理想，所幸他是柳郎，没有变成柳大人，那些不羁而又潇洒的词作岂是一个仕途顺畅的人所能写出来的？如果他成为循规蹈矩的柳大人，想必不会有这么多女人心甘情愿成为他的知己了。

其中最为人津津乐道的就是谢玉英，她色佳才秀，最爱唱柳永的词。柳永才高气傲，恼了仁 宗，不得重用，中科举而只得个余杭县宰。途经江州，照例流浪妓家，结识谢玉英，见其书房有一册"柳七新词"，都是她用蝇头小楷抄录的。因而与她一读而知心，才情相配。临别时，柳永写新词表示永不变心，谢玉英则发誓从此闭门谢客以待柳郎。

柳永在余杭任上三年，又结识了许多江浙名妓，但未忘谢玉英。任满回京，到江州与她相会。不想玉英又接新客，陪人喝酒去了。柳永十分惆怅，在花墙上赋词一首，述三年前恩爱光景，又表今日失约之不快。最后道："见说兰台宋玉，多才多艺善赋，试问朝朝暮暮，行云何处去？"

谢玉英回来见到柳永词，叹他果然是多情才子，自愧未守前盟，就卖掉家私赶往东京寻柳永。几经周折，谢玉英在东京名妓陈师师家找到了柳永。久别重逢，种种情怀难以诉说，两人再修前好。谢玉英就在陈师师东院住下，与柳永如夫妻一般生活。

后来柳永出言不逊，得罪朝官，仁宗罢了他屯田员外郎，圣谕道："任作白衣卿相，风前月下填词。"从此，专出入名妓花楼，衣食都由名妓们供给，都求他赐一词以抬高身价。他也乐得漫游名妓之家以填词为业，自称"奉旨填词柳三变"。

柳永尽情放浪多年，身心俱伤，死在名妓赵香香家。他既无家室，也无财产，死后无人过问。谢玉英、陈师师一班名妓念他的才学和情痴，凑一笔钱为他安葬。谢玉英曾与他拟为夫妻，为他戴重孝，众妓都为他戴孝守丧。出殡之时，东京满城妓女都来了，半城缟素，一片哀声。这便是"群妓合金葬柳七"的佳话。

谢玉英痛思柳郎，哀伤过度，两个月后便死去。陈师师等念她情重，葬她于柳永墓旁。

这个佳话远远比做了多么大的官要风流多了，此中既有友情又有爱情还有知己惺惺相惜之情，凡夫俗子哪能体会到这么许多？都说婊子无情，戏子无义，那必然是用无情无义的眼光去看他们的，这其中的情与义远比红尘中的一般情爱更加义薄云天，无所顾忌。

他死了，很多年后，还是有很多人在唱着他的歌，即使今时今日我们仍然无法知道，他的衣带究竟是为了什么而渐宽的，他终究找到那灯火阑珊处的人儿了吗？故事就此留白。

李清照《孤雁儿》：飓风一样的女人和溪水一样的男人

藤床纸帐朝眠起，说不尽无佳思。
沈香断续玉炉寒，伴我情怀如水，
笛声三弄，梅心惊破，多少春情意。
小风疏雨萧萧地，又催下千行泪，
吹箫人去玉楼空，肠断与谁同倚，
一枝折得，人间天上，没个人堪寄。

——李清照《孤雁儿》

一直以为李清照是古代女子中活得最拉风最幸福的，当然，那些勾栏中的女人也有活得潇洒的，但是作为良家女子能够纵情饮酒且乘船远游并且名载史册可供考察的，除了李清照我想不出第二个人。最早读李清照的词是那首大家都耳熟能详的《如梦令》：

昨夜雨疏风骤，浓睡不消残酒。
试问卷帘人，却道海棠依旧。
知否？知否？应是绿肥红瘦。

记得读中学的时候，语文老师尴尬地用了很多语言来向我们解释为什么李清照是一个天真烂漫的姑娘，她热爱生活，热爱生命，热爱自然，最后一句“惜花”之语便是明证。然而我们懵懵懂懂的心里一直有另一个李清照的形象出现，当然，她并不是不热爱生活，不热爱生命，不热爱自然，然而这首诗的中心只有两个，一是这是一首宿醉后的小令，二是这个姑娘自然不做作，想到哪儿说到哪儿，哪里会有林黛玉的“惜花”之情？毫无疑问，她嚣张，有才华，而且她很清楚地知道这一点，她就像一匹自由且漂亮的马，纵情地毫无愧疚地驰骋在这个尚且以女性为卑下地位的时代。

李清照，她不是一个为封建时代而存在的女人，我甚至以为她的地位以及在女权主义发展上的意义要远远大于武则天，毕竟武则天反抗到最后，还是不得不承认自己手里的一切都是偷来的，她没有李清照的那种自然自在，仿佛男人可以拥有的一切，她也毫无疑问地值得拥有。曾经有人用“清理端庄”来形容李清照，这些学者的好意我很想替李清照心领了，因为他们怕那些惊世骇俗的所谓“不良嗜好”会影响李清照大才女的形象。殊不知，恰恰相反，这个女人身上最值得敬佩的就是“真实”，没错，正如她丝毫不避讳地在她的诗词里、她的生活里所表现出来的那样，她就是一个不折不扣的“酒鬼”“色鬼”“赌鬼”。

李清照的《打马图序》中，一开始就教训人说：你们赌博为啥就不能像我一样精通呢？其实赌博没什么窍门，找到抢先的办法就行了，所以只有专心致志地赌，才能立于不败之地。所谓“博者无他，争先术耳，故专者能之”也。随后，李清照在她的文章中列了二十多种赌博游戏方式。在这些五花八门的赌博游戏中，有的她嫌太鄙俗；有的她嫌只凭运气，显示不出智慧；有的她嫌太难，会玩的人太少，她根本就找不到对手——瞧瞧，李清照俨然是个“赌博专家”。她说过这么一句话：“使千万世后，知命辞打马，始自易安居士也。”原来，李清照写这篇《打马图序》，除了得意洋洋、生怕别人不知道自己精通赌博之外，她最主要的目的，还是要让后辈子孙都知道，“命辞打马”这种赌博游戏，就是李清照开创的。

说到酒鬼，李清照虽然没有专门的文章写自己好酒，可她词里面的蛛丝马迹多着呢。如今能读到的李清照的词大概有五十八首(含存疑之作)，提到酒和喝酒的就有二十六首。

李清照不但好酒，而且还好喝烈酒。她写过这么一句词“险韵诗成，扶头酒醒”。“扶头酒”并不是一种酒的名字，而是指酒性很烈，让人容易喝醉的酒。而且她喝酒随时看兴致，没有什么章法，处处可以喝酒，时时能找到理由，赏菊花的时候，“不如随分尊前醉，莫负东篱菊蕊黄”——菊花开了，喝酒；赏梅花的时候，“年年雪里，常插梅花醉”—— 梅花开了，喝酒；赏荼花的时候，“金尊倒，拼了尽烛，不管黄昏”——荼花开了，喝酒……一年四季都有花开花落，于是她就一年四季都泡在酒缸里了。

说李清照好色，也不是无迹可寻，比如这首《丑奴儿》：“晚来一阵风兼雨，洗尽炎光。理罢笙簧，却对菱花淡淡妆。绛绡缕薄冰肌莹，雪腻酥香。笑语檀郎：今夜纱厨枕簟凉。”

晚上一阵风雨，把白天的炎热洗涤干净了，弹完管弦，又对着菱花镜细细妆扮。我穿着薄薄地透明的纱衣，皮肤白腻细滑，很是诱惑，我就这样对着我的老公说：今晚的凉席很凉快哦。

这无异于一封“遗情书”啊，当时的词人王灼就炮轰说：“这种不知羞耻的话居然也敢写出来，从古至今的大家闺秀，有文采的又不止她李清照一个人，就没见过这样大胆放肆的！”足以看出李清照的“大胆”。

娶她的男人叫赵明诚，我们对赵明诚的了解除了他是李清照的老公以外，几乎一无所知，中文系的人可能还会知道赵明诚做过些考据金石等方面的工作，别的呢？他是什么性格的，他爱好什么，他帅吗，有什么情怀吗？这一切都在李清照的光芒下成为了一片模糊的阴影。然后人们都说看一个男人是怎么样的，只要看她身边的女人；同理亦然，因此赵明诚是怎么样的男人，我们看李清照就知道了。就从王灼的评价，我们完全可以猜想李清照在当时是一股怎么样的飓风！男人都对她又恨又惧，因为她要分享他们一直独享的东西；女人对她恐怕也是各种羡慕嫉妒恨，因为李清照拥有了她们所不能拥有的，尽管她再怎么潇洒，再怎么满不在乎，毕竟是处在世俗的对立面，潇洒却也难免壮烈。

寻常男人哪敢碰她？不懂她的人嫌她不守妇道，懂得她的男人想必又会嫌她太过于难以掌握，该死的男人的脸面和自尊心，以及所谓的掌控力会被眼前这个漂亮聪明不拘一格的女人完全砸碎。这个世界上只有一种男人配得起她，欣赏得起她。他一定要足够聪敏，才能欣赏她的才华，与她吟诗作对而毫不逊色；他一定要足够包容，才能带着微笑去欣赏她所有世俗眼里的缺点；他必须足够温柔体贴，才能由得她宿醉，好赌，在想必不太规律的生活方式里保证健康；最后，他必须很爱很爱她——这样的奇女子不是寻常夫妻的恩爱所能打发的，她能勾引你，对你调情，你得有足够的激情与之相对才行。

因此，在我们看见李清照卓绝的身姿的时候，不得不面对这样一个事实，她确实有资本幸福快乐折腾得瑟，因为她的老公是一个多情温柔体贴聪敏的男人，换做是任何人都得得意忘形呀。

风筝之所以能够扶摇而上，不就是因为深知那个牵线的人会护你一生吗？游子之所以敢远游不归，不就是明知道身后永远都有一盏母亲点的烛光吗？如此的大爱是无疆的，它就这样成就了一个中国文学史上最传奇、最伟大的女词人。

因此，这样的伴侣一旦失去，就如同风筝断了线，游子突闻没有了家。那何止是一种怆然，因为她是如此卓绝，这世上能懂她的仅此一个，他的臂弯深沉如海，她才敢肆意遨游，他去了，她就如同一只失去水的鱼，连呼吸都不能。

藤床还是那个藤床，甚至还是那凉席、那凉枕，只是再也没有人坐着看她娇小，看她故作诱惑地逗他了。她的一切，从此再也没有人能够回应，也没有人能够为她叫好。窗外笛声凄厉，引起她一阵心惊，没错，这不是梦，他确确实实是不在了。梅花开得再好，折下一枝，又能寄给谁呢？

时值战乱，儿女情长原本就容易被铁蹄践踏，赵明诚去世之后，李清照孤身陷在南方，语言不通加上性格本就狷傲，想必吃了不少苦头。当寂寂人定初的时候，她的心中该有多么苦楚？如果她的丈夫还在，她还将是一个全世界最幸福的女人，也许是一个女英雄也说不定，但是她的翅膀折断了，再也不能飞。后来，她屈节嫁给了一个骗子张汝川，甚至遭到家庭暴力，心高气傲的李清照没有吃了闷亏了事，而是报官告发了张汝川买官等行为，自己也因此连坐入狱。这段不到100天的婚姻又宣告结束。如果不是因为她是李格非的女儿，家底尚在，她难免跟张汝川一样身陷囹圄了。不得不说，她即使吃了再大的亏，也是一个宁为玉碎不为瓦全的女人，可是究竟是什么样的孤独和寂寞让她宁可下嫁给赵明诚以外的别人呢？寂寞啊，时光啊，到底什么力量让她肯再嫁给别人，我不懂，但是我能够理解那一腔空室的幽叹。

她原本就是众矢之的，再加上改嫁，再加上告发自己的丈夫，所有女人没做过的事儿尽被她做尽了，何况她此时已经是一个孤苦的中年女子，花样年华凋落之后，任是怎么样的风情和潇洒终究显得尴尬。尤其是，那个最爱她的人，那个心无旁骛地爱她的男人，已经永远地离开了，她永远地失去了他。

到晚年，李清照开始完成丈夫的工作，收集整理金石，编写《金石录》，完成赵明诚的未竟之志，聊作安慰。金兵的横行肆虐激起她强烈的爱国情感，她积极主张北伐收复中原，可是南宋王朝的腐朽无能和偏安一隅，使李清照的希望成为幻影。李清照在南渡初期，还写过一首雄浑奔放的《夏日绝句》："生当作人杰，死亦为鬼雄。至今思项羽，不肯过江东。"借项羽的宁死不屈反讽徽宗父子的丧权辱国，意思表达得痛快淋漓，表达对宋王朝的愤恨。是的，哪怕落魄到这个份儿上，她依旧有一颗高贵的头颅。

然而，多年的背井离乡，她那颗已经残碎的心，又因她的改嫁问题遭到士大夫阶层的污诟渲染，受到了更严重的残害。她无依无靠，呼告无门，贫困忧苦，流徙飘泊，最后寂寞地死在江南。

其实她的生命在他死去的那一刻，也随之凋零，折翼的天使无法飞翔，然而年少轻狂的她如何肯信？她实在太过于得天独厚了，也实在是低估了其他男人跟赵明诚之间的差距，她在他的溺爱下，过了许多年身在福中不知福的幸福岁月，然后在他离去的岁月里一点点尝尽了人世间的丑陋和残酷。

最后，她说“寻寻觅觅，冷冷清清，凄凄惨惨戚戚”，她终于成了一个老妇人，没有人欣赏她，没有人愿意陪伴她，她的灵魂和美好的一切都寂寞地生了青苔。在她最后死去的一刹那，她应该是幸福的，因为另一个世界是有他的，那个温柔敦厚的男人，因此她还可以再做回那个豪放不羁的女人，找回她的幸福。

韦庄《悼亡诗三首》：动心迟了一点，便是错过一生

悔　恨

六七年来春又秋，也同欢笑也同愁。
才闻及第心先喜，试说求婚泪便流。
几为妒来频敛黛，每思闲事不梳头。
如今悔恨将何益，肠断千休与万休。

独　吟

默默无言恻恻悲，闲吟独傍菊花篱。
只今已作经年别，此后知为几岁期。
开箧每寻遗念物，倚楼空缀悼亡诗。
夜来孤枕空肠断，窗月斜辉梦觉时。

悼亡姬

凤去鸾归不可寻，十洲仙路彩云深。
若无少女花应老，为有姮娥月易沈。
竹叶岂能消积恨，丁香空解结同心。
湘江水阔苍梧远，何处相思弄舜琴？

——韦庄

韦庄是个写艳情词的，当时被称作“花间词”，内容就是吟风弄月，花前月下，缠缠绵绵一类的。说实在的，我以前对这类男人没有好感，总觉得一个整天花前月下的男人是不是容易心态不健康。一旦开始联想，总是首先想到一个浓妆艳抹的男人，穿着锦衣刺绣，神态妖娆的样子。怎么想怎么不能接受，一个大男人动不动模仿闺房女儿情到底像什么样子，图的什么呀！后来才知道，他们写词其实主要是用来给妓女们唱歌使的，相当于现在的词作者，一联想到林夕的高度和等级，我立刻对这票花间词派的人充满了好感，都是艺术家啊。

不过当时的女人们感情生活似乎很匮乏，永远只晓得对着镜子垂泪，要不就是愁老公不回来，要不就是愁年华不回来，也不知道是那个时代的女人集体枯燥乏味，还是那个时代的词作者集体无视女人细腻的内心世界，当然，我更愿意是后者。我更宁愿现在千篇一律的闺阁词的出现是因为那个年代的男人根本无心去了解女人在想什么，在他们眼中，他们更愿意女人什么都不想，只是静止在那里，像一幅供他们欣赏的画，假设那幅画某一天丢失了，毁坏了，他们便心痛不已。即使我多么不愿意承认，那个时候男人多数还是把女人当玩具当宠物，却还是不得不承认，多数男人确实是这样的，能够注意到女人细腻婉转心思的只是少数，注意到还愿意理解的更是屈指可数。

韦庄在其中算是不错的，至少在他的悼亡词中承认了她的嫉妒，而且带着感恩和悔恨的心情。

很不幸，这个男人是个凤凰男。我对凤凰男倒是没有敌意，但是根据许许多多的目击证人的证词，凤凰男的心目中最轻最轻的就是感情，最重最重的就是前途。所以当凤凰男的女人如果你想要爱情，那么就是缘木求鱼了。

眼前这个被韦庄悼念的女人显然就是想要爱情了。她是他的姬，姬不是妻子，根据唐朝的风俗，贵族后裔的男人在正式娶妻之前是可以收纳一些没有名分的女人的。说实在的，韦庄在四十岁之前是不得志的，他家祖上倒是挺有出息的，可惜到了他父亲那辈就家道中落，也算是穷苦出身。大约正是因为这样，他也一直没有正式娶妻的打算。也许是想等功成名就之后再考虑成家罢。他娶她只不过是因为一种“将就”，她也许是一个青楼女子，也许是一个穷苦人家的女儿，他这么毫无名分地一娶，让人不敢把她猜得多么高贵。都说男人对女人最大的尊重就是娶她回家，而她就这么默默地来到他的房间，奉献自己的青春和卑微的感情。

他也许不是不喜欢她，只是没看得那么重，他一心求功名，跟士大夫的往来场合，逛逛窑子，写写艳词可能都比跟她在一起厮守来得重要，毕竟，姬妾不是用来厮守的，只不过是用来照顾他的。但是她也是正值娇俏年华，这世上怎么会有不盼望情有独钟的女人呢？在这漫长的六七年里，她照顾他的起居，陪他度过漫漫考功名之路——可千万不要小瞧了古时候的考功名，考取的概率要远远小于现在的考大学，应该略等于考公务员吧？有的人考了一辈子也没考上，范进的故事可不是杜撰来的——因此，尽管人人都夸韦庄聪明，他也是足足考了很多很多年才考上的。我们即使保守一点估计他从十八岁开始考，一直到四十岁那年才在长安应试成功，期间足足考了二十多年。二十年啊，对于一个出身微寒，一心想考取功名的男人来说，这是多么漫长的折磨。而在这漫长的折磨里，他身后的女人所承受的压力与委屈又哪能比他少？她又图他什么呢？

一个女人把最宝贵的青春年华给了一个一无所有的男人，无非是图情有所专，她愿意陪着他吃苦，陪着他慢慢接近梦想。但是从一开始，他虚位以待的女人就不是她，即使他只是一个尚未立身的男人，他还没有一丁点功名利禄，那个时候他都三十五岁了还看不到一点希望，即使如此——他心目中足以匹配他的女人也不是她。

她就这样默默地付出着，幻想着，也许他一辈子也考不上功名，一辈子不娶妻，她也就是他的唯一了，毕竟她多么年轻，根据推测，韦庄应该比她大十五岁以上，那么这么一算，一辈子也不算太长。然而，她又是多么不忍心看着他蹉跎自己的理想，两难。

不管你愿意还是不愿意，该发生的总归会发生，他一直考到了四十岁，终于考上了功名。应试长安成功。她比他还高兴，欢欣鼓舞，激动地泪流满面，不是为了苦熬出来终于得见天日，而是纯粹地为了他的欢喜而欢喜。然而，正如该发生的好事儿拦都拦不住一样，该发生的悲剧也永远无法避免。随着进士及第，随之而来的就是再娶的问题。此时的媒婆都望风而来，时不时地带来相配的姑娘的消息，她便终日蹙眉沉默。前人有女子说，“忽见陌头杨柳色，悔教夫婿觅封侯”。假若要是知道封侯之后，便是夫妻分离的结果，那个女人断然不会同意丈夫去追寻功名。而她，早就知道这一切，早就看见了这个结果，却无能为力阻止它发生，因为她爱他，她甚至拼命促进了这样一个结果。最后尘埃落定，她的男人终于能够去做官，光耀门楣了，她终于让她的男人有资格去娶一个更好的女人了。是的，那些蹉跎的青春就像春末那零落的花瓣一样，带着伤感与哀悼。

他安慰她，没事的，尽管你不是我的正妻，可是我们一起走过的路是不会抹杀的，我们的情分是永远不变的，他握着她的手，满眼的欢喜。他以为她会懂，他以为她只是一时的嫉妒而已。她笑着摇摇头，本就不是大家闺秀，她哪里来的资格嫉妒，只不过，爱人啊，我要的从来就不是锦衣玉食，否则也不会甘心跟你一起过了这么多年的庶民生活。只不过愿得一心人，白首不相离罢了，我要的，从来就是独一无二的感情，只不过，这样的愿望，在这个繁花似锦的世界里是多么奢望！

她渐渐地不爱言语了，只爱倚着窗子发呆，庭院慢慢变得越来越热闹了，新的姑娘来了，新的客人来了，而她知道，属于她的最美好的时光已经一去不复返。他看着她也感到无奈，毕竟他曾经以为她是一个懂事的姑娘，没想到也是善妒。感情想要酿得浓烈是多么困难，而想要冷却又是多么容易，只消一两个嫌恶的眼神就足够了。

韦庄应试不久，就碰上了战乱，滞留了很久，与弟妹都失散了，据猜测他的姬妾就是在这段时间里去世的。他们总共在一起六七年，不长不短，自从她去世到韦庄去世还有一段非常长非常凌乱的历史。兵荒马乱中，他一直到中和二年(882年)春才从当时的混乱中逃了出去，到了洛阳。沿途的惨状触动了他的社会责任感，于是写了闻名遐迩的《秦妇吟》。后来又去润州，在镇海军节度使周宝幕中任职。光启元年（885年），僖宗还京后，又因李克用逼迫，出奔凤翔、兴元。韦庄出于拥戴唐室的热忱，离江南北上迎驾，中途因道路阻塞折返，后在婺州一带客居。景福二年（893年）他又入京应试,竟然没考上，真是造化弄人。乾宁元年(894年)再试及第，任校书郎，可惜那个时候的韦庄已年近六十。后昭宗受李茂贞逼迫出奔华州，韦庄亦随驾任职。乾宁四年，奉诏随谏议大夫李询入蜀宣谕，得识王建。后又在朝任左、右补阙等职。这一时期创作了大量的诗歌，据推测，他怀念她的诗作也是写于这段时间。

他这一生不可谓不颠簸，只不过想要一点功名光耀门楣而已，却弄得这么颠沛流离。先是在科举考场上辗转，一直到华发生，才考上。刚考上科举还没来得及好好享受，又遭受战乱，妻离子散。等时局略微稳定了点，再考科举就又考不上了，他不认命，再考，终于在六十岁那年当了个小官。后来又被时局逼迫到处流亡，最后还在一个后蜀伪政权手里当了官。不过值得庆幸的是，根据宁当鸡头不做凤尾的古训，最后他的结局算是好的，因为他毕竟在那个小政权里官至宰相。也算是犒劳了他为功名而奔波的一生了吧？

而那个女人呢？他不是不怀念她，尤其是当他垂垂老矣的时候，他的身边不会再有真正爱他的人了，要知道凤凰男的戒心还是很重的。那个无怨无悔为他付出了六七年青春的女子，在他的眼里就显得尤其难能可贵了。他写诗回忆起她当年的妒意和不快，带着宽容和理解，他当年还以为她只是善妒不懂事而已，他甚至以为她贪婪，他还怪罪过她，怨恨过她。然而经年之后，某一天他又想起她，点点滴滴的岁月，在他垂垂老矣的心里慢慢翻滚，她的笑、她的泪越发的清晰可辨。他忽然很后悔，后悔为什么没有直接娶她为妻，后悔为什么没有牵着她的手一起走下去，后悔自己当初竟然没有意识到——她的一切好，一切坏，都只是因为爱他呢？

很多年后，纳兰说，此情可待成追忆，只是当时已惘然。这是一句多么好的话，当他终于知道了她的爱，他们的相会早已遥遥无期。

庾信《伤往诗二首》：岁月和爱谁更长

（一）

见月长垂泪，花开定敛眉。

从今一别后，知作几年悲。

（二）

镜尘言苦厚，虫丝定几重？

还是临窗月，今秋迥照松。

——庾信《伤往诗二首》

一个人离开了另一个人到底会悲伤多久？

曾经我以为是永远，最早爱上的第一个男人，当时真以为是生生世世的宿命，充满了对前世姻缘的感激，和命运的壮烈感，哪怕一段小小的别离都能把五脏六腑搅得沉痛无比，时间仿佛被胶水黏住了一般，迈着僵涩而迟钝的脚步，每一秒钟都在磨砺着人的心脏。当时你念着李白的诗句“长相思兮长相忆，短相思兮无穷极”，觉得这可真是一种非人的折磨。相思使人瘦，你觉得这世上不会再有一味药比相思更苦的了。

然后你们分手了，世界一下子被摧毁。昨日所言种种，今日皆成毒药，每想到一次就痛彻心扉一次。旧日一起压过的马路，一起坐过的那路公共汽车，一起吃过的那家面馆，一起听过的那个歌手的演唱会，如今全部变成禁忌。你知道，你失去他了，那个时候你年轻，也不知道这种失去是一时的还是永久的，或许应该叫永久的吧？因为从今往后，他的好与坏，喜与悲，都与你再无任何关系。你偶尔还是会听共同相熟的朋友提起，他这阵子感冒了，你心里刺痛，很想打电话让他多穿衣服，然而在刚刚拨通的时候慌乱地挂断，因为你突然想起他从此再和你无关。当你听说他考试考得很好，暗自欢喜，但是渐渐又是一阵刺痛，他再好又能如何？那已经是别人的事情了。你绕着旧日的操场走很多圈，明白不管再怎么走，你们都不会再遇见了。是的，人海茫茫，你们终于走失了，那些厮守过的青春年华，答应过一起实现的梦想，都变成了泡沫。于是你终于把自己灌醉了，你感到五脏六腑的疼痛都挤到了一起，令人无法忍受，醉眼朦胧中你看着安静的手机、空落落的枕边，心想，这世上再也没有更疼痛的事情了。

后来你长大了，新的时光把旧的时光慢慢埋葬，当你回味的时候，也只剩下淡淡的惆怅，你感慨时光的强大力量，终于把疤痕修复成一个坚硬的痂，从此百毒不侵。当你回想起他的脸，会有一些难过和一些惋惜，或者是不甘心，但终于你可以不再哭泣了。所以你听着陈奕迅唱着林夕写的词“十年之后，我不认识你，你不属于我，我们还是一样，陪在一个陌生人左右，走过渐渐熟悉的街头；十年之后，我们是朋友，还可以问候，只是那种温柔，再也找不到拥抱的理由，情人最后难免沦为朋友”，心里一阵凄凄然。你还是可以偶尔得到他的消息，好的，坏的，听说他结交了新的女朋友，那个夜里，你竟然失眠了，你有一点恨他，毕竟分手归分手，分手之后迎接一个新的女人入住自己的臂弯，那意义还是不一样的，那就一点转圜的余地都没有了。你尽管说服自己一千遍，但是还是流泪了，你饮了一点酒，但是没有烂醉，只是微醺，想着你们过去的种种时光，那些刻意被忘掉的过往，如今竟然可以这么清晰，原来从不曾遗忘。

你心想，没有什么比一场新的开始更决绝的了，分手是一次分手，但是在双方没有新的开始之前，似乎始终有个默契悬在那里，等着新的契机，至少只要有条件，他们还能回去。但是这一下太决绝了，现实真是无情，你心想。

再后来，他去世了。死于意外，或者疾病。你刚听到这个消息的时候愣在那里，然后蹲下去，不知道该用什么表情来面对这个现实，你终于明白，以往的那些所谓的决绝、所谓的残酷，在死亡面前都是不值一提的，只要活着，你们还有无穷无尽的可能，至少你们呼吸着同一个城市的空气，甚至，也许只要你放下自尊一切又都能挽回了。毕竟活着呀，你想他的时候可以给他打电话，也可以尾随着看他回家。然而死亡终于把一切的可能断送了个干净，如今再经过你们一起吃过饭的小吃摊，一起逛过的商场，感觉又不一样了。如果当年分手的时候叫做酸楚，此刻应该叫做痛彻心扉吧？

庾信这首小诗倒是写得清浅意切，但是结尾发问却问倒了很多人。乍然离别的时候，你满以为这样的苦楚会跟随你一辈子。看见月亮也会流泪，看见花开就伤心，倒不是诗人故作伤感，而是当你伤心的时候，看一切美好的东西都要带着这么些不爽，那些依旧欢乐的人群对你的孤单起到了衬托作用，你觉得自己悲惨极了。最悲惨的还不是此刻，而是你并不知道什么时候是尽头？在这一刻，你非常害怕你会天长地久地无法面对月亮和花，或者其他的美景，毕竟人生还是要继续过下去。你总不能一直拖着沉重而苦楚的心，顶着两个硕大无朋的黑眼圈过日子，这样的一生未免太可悲。所以庾信问，今天离开以后，不知道我该伤心多久。有人说，爱上一个人花多长时间，忘记一个人就要花多长时间，这样说来似乎也不错，好歹是有尽头的。

永远都记得《东邪西毒》里，欧阳锋在恋人死后两年知道了她的死讯，伤心之余喝了剩下的半坛“醉生梦死酒”。而其实“醉生梦死”不过是一个小小的玩笑，因为你越要检验你是否已经忘记就越要试图去记忆。又或者说，这与其是一个玩笑，倒不如是一个女人小小的险恶用心，她只能通过这样的方式让你一遍一遍地思念她。不过，王家卫也说得很明白了，这是一段他们年轻时候的事儿了，后来当他们各自成为东邪西毒，雄踞一方的时候，那些在年少的时候荒唐缠绵过的情事，到底会有多少分量呢？

镜尘言苦厚，虫丝定几重？还是临窗月，今秋迥照松。

只不过红尘中的我们都太过于弱小，背着沉重的回忆又如何能轻松地完成人生的漫漫长旅，因此大部分时候不是我们选择遗忘，而是不得不遗忘。

（一）

见月长垂泪，花开定敛眉。

从今一别后，知作几年悲。

（二）

镜尘言苦厚，虫丝定几重？

还是临窗月，今秋迥照松。

——庚信《伤往诗二首》

当年她的镜子因为常年无人擦拭而积了厚厚的灰尘，蜘蛛网密密麻麻，估计都已经缠了好几层了，事物比人更加诚实，一旦无人打理，立刻就显现出荒凉的劲头。那么无情的到底是镜子吗？到底是蛛丝吗？显而易见，是那个当年日日说思念的人。我无法考证这两首诗到底谁前谁后，之间是否相隔多年，但是我愿意把它当作前后相隔数年这么理解，至少心境十分吻合。前一首诗在问，这样的日子，还要多久，后一首诗给出了回答：总有一天，而且不用多久，你就会不再那么痛苦，你甚至会十天半个月都想不起她来，你看，她的房间在她刚离世的那会儿必然还是锃亮的，因为他时时来怀念，但是如今你看着这积着厚厚灰尘的镜子能够回想起当年那痛不欲生几乎以为要痛一辈子的自己吗？

倒是窗前的月亮，还是每天不缺席地来到她的窗前、她的坟前，洒下脉脉清辉。苏东坡说，月有阴晴圆缺，它是最冷漠无情、最变化无常的，但是谁能想得到，竟是它才是最永恒的。就像那些大街上川流不息的人们，你曾经以为他们是多么冷漠，但是当你老去，当你死去，他们还在穿梭，以亘古不变的姿态，这就是时间对人们的嘲笑。感情是可以慢慢被磨耗的，只有无情才能万古长青，永恒不变。这是一个悖论。

所以很多女孩在年轻的时候幻想着执子之手，与子携老，以为牵着爱人的手就能爱一辈子，孰不知有形的东西都难免遇上渐渐消失的宿命。因此父辈说，感情都是可以培养的，找一个一开始就爱的，你婚后面临的是从有到无的过程，多么残酷，而找一个一开始不爱的，总可以把它变成从无到有。然而到底意难平。

爱人的离去就像是一场暴雨，在电闪雷鸣的时候，你除了恐惧什么也没办法细想，然而怎么会有一直不停的暴雨呢？即使是再大的灾难，也是如此。当年以为这辈子都过不去的坎儿，不知道什么时候就消失了。在你失去的时候，尽量这么想，算是对自己的一种宽慰。然而时间又是公平的，因为总会有人也这样把你从记忆中抹去的。恩爱难久持，只有死亡是永恒的。很多时候，竟然也会羡慕起那些殉情的人，那些人在某一个电闪雷鸣的夜晚以为此生从此黑暗了，便选择了停留在最悲痛的时刻，于是他的悲痛便变成了永恒的存在。尽管聪明的人都懂得只要捂住耳朵熬过一晚，第二天也会有彩虹，但是谁能肯定这彩虹是奖励给你的呢？何况，失去了心爱的人，你又怎么忍心去欣赏另一道彩虹。

那个捷克人在《身份》里面用尚塔尔这一角色表达了他对于死亡和遗忘的执拗。她的孩子死了，但是她拒绝接受新的生活。为什么大家都要来劝慰她，告诉她一切都会好起来，为什么大家都要让她忘记她的孩子呢？如果悲痛是纪念的唯一方式，那么我们可不可以选择永远悲痛，否则，我们将如何面对曾经相爱的朝朝夕夕。

当然，尚塔尔过于偏执，然而，谁敢说不是呢？

只不过红尘中的我们都太过于弱小，背着沉重的回忆又如何能轻松地完成人生的漫漫长旅，因此大部分时候不是我们选择遗忘，而是不得不遗忘。

然而，当你终于能够忘记他了，你还会觉得遗忘是一件好事吗？也许不，但是不管怎么样生活还是会继续下去，就像这月亮，这太阳，以及除了这些之外的一切的永恒。

严蕊《卜算子》：前缘总来误今生

不是爱风尘，
似被前缘误。
花落花开自有时，
总赖东君主。
去也终须去，
住也如何住？
若得山花插满头，
莫问奴归处。

——严蕊《卜算子》

没有一个女人天生爱飘零。

严蕊也是一样。她出身卑微，不知何故沦落风尘，然而风尘路是多么不好走，一旦走上去便骑虎难下，再无归路。她曾经以为自己运气算是好的，毕竟充当官妓要比在大街上做暗娼强了许多。她样貌漂亮，亏了年幼时父母的悉心教导，琴棋书画、歌舞管弦之类，无所不通。当时人称颂她，善能作诗词，多自家新造句子，词人推服。也就是说，多属原创，比一般爱援引前人句子的三流文人要强多了。又博晓古今故事。四方闻其大名，有少年子弟慕她的，不远千里，直到台州来求一识面。正是：十年不识君王面，始信婵娟解误人。

一介红颜，倾国倾城。

妓女和文人之间的传说，从来就不是一个新鲜话题，这个男主人公唐仲友虽然算不得多么青年才俊，但是也算是少年得志了。当时被大众赞为少年高才，文采风流，但是年纪理应比当时的严蕊大了个十岁左右。南宋本来就是一个风雨飘摇的朝代，百官眼里只有朝朝夕夕，没有长远江山，在历史上被称为末日气象。这个时候的当官的还是相当荒淫无度的，但是好在整个宋朝都提倡适度之美，因此倒也不是腐化得让人看不下去。

就比如说宋朝公然有官妓一说，但是按照法令是只允许官妓陪着喝喝酒打打牌，但是绝对不允许有狎昵的行为。拿到现在来说也不过就是一个高级公关小姐，算不得什么稀罕的职业。但是人在江湖身不由己，官妓一旦陷入了某一个官员的手掌心，那是必须一招毙命，弹无虚发的。人为刀俎，我为鱼肉，一个官妓，哪里来的自由之身？因此，当唐仲友一下子就看上了严蕊的时候，我们并不敢打包票，严蕊也是看上唐仲友的。因为从一开始，他是官，她是官妓，这一地位的悬殊就理所当然地给这次相遇奠定了很香艳但是绝对不深情的基调。比方说唐仲友是断断不可能娶了严蕊的，而在严蕊眼里——那个官爷，到底是高高在上的，是享受服务来的，又如何可能动真心呢？

于是就想起了前两年人人都在谈论的《蜗居》，尽管作为一个爱情观念道德观念都比较老旧的女子，对郭海藻很是敬而远之，但是在参与讨论的时候还是忍不住感叹，确实是不平等的。郭海藻从遇上宋思明的第一秒钟，她仰视着他，勾起他的欲火，就注定了不平等。一个灰姑娘最大的幸运就是碰上王子，而不是老国王。如果碰上的是老国王，则这就无法称其为一段爱情，而顶多是一场艳遇——自然，对于女人来说有可能是机遇。他们爱的都不是对方，他爱的是她青春的胴体，他希望拥有她，抓住她就像抓住他那已经消失的华年，他们奋斗一生辛辛苦苦钩心斗角不就是为了这一刻么，不就是为了红颜召之即来的快感么？而她，爱上的无非是一个幻想中的多啦A梦，以为只要他掏掏口袋就能把一切她需要的变出来，但是她又一清二楚地知道，他不是多啦A梦，因为多啦A梦不会要她的肉体。

这是一场青春和欲望之间的交易，是年华与年华之间的较量，只不过有人跃跃欲试，有人避之唯恐不及，但是却被宿命掀翻在苍茫的大海上。

自小颠沛流离的女子只有两种可能，要不对荣华富贵趋之若鹜，要不就是心存避世之心。严蕊理应属于后者。在众多的酒酣风暖的社交场合里，她早已经洞悉了他眼睛里冒出来的欲望，但凡有良辰佳节，或宾客席上，必定召她来侑酒。一日，红白桃花盛开，仲友置酒赏玩，严蕊少不得来供应。饮酒中间，仲友晓得她善于词咏，就将红白桃花为题，命赋小词。严蕊应声成一阙，词云：

道是梨花不是，道是杏花不是。

白白与红红，别是东风情味。

曾记，曾记，人在武陵微醉。

——词寄《如梦令》

吟罢，呈上仲友。仲友看毕大喜，赏了她两匹缣帛。

又一日，时逢七夕，府中开宴。仲友有一个朋友谢元卿，极是豪爽之士，那天也在席上。他一向闻得严幼芳之名，今得相见，不胜高兴，又想试试严蕊的文采，就出了个题考她："就把七夕为题，以我的姓为韵，求赋一词。我们就效仿一下曹子建的七步诗吧，我喝三碗酒，喝完之前你就得完成任务。"严蕊领命，即口吟一词道：

碧梧初坠，桂香才吐，池上水花初谢。穿针人在合欢楼，正月露玉盘高泻。

蛛忙鹊懒，耕慵织倦，空做古今佳话。人间刚到隔年期，怕天上方才隔夜。

——词寄《鹊桥仙》

词已吟成，元卿才喝了两碗酒，不觉跃然而起大大地赞叹了一番。元卿几次三番向唐仲友表示极其喜爱严蕊，唐仲友倒是也大度，便让严蕊去陪客了，据说严蕊跟元卿一起同床共枕了好些时日，很得元卿的欢心。

看严蕊的词作，每一句都自有一种清俊的气息，丝毫不见旖旎的脂粉气，那些文人墨客爱她正是爱她这点吧？然而，他们的爱何其廉价？她的内心再风雅，再高洁，也无非被那些家伙们当作一件珍奇玩物互相品鉴而已。没有人懂她，没有人愿意去懂一懂她，那些盛世华章下的浮华与冷漠，只不过徒增她笑靥后的寂寞罢了。这算是什么欢场，又算是什么恩爱？都说婊子无情，戏子无义，孰不知多少的伤害和抛弃才铸就了她们的铜墙铁壁。

后来，唐仲友跟当时的大儒朱熹因为政治理念起了争执，朱熹连上六疏弹劾唐仲友，其中第三、第四状论及唐与严蕊风化之罪，下令黄岩通判抓捕严蕊，关押在台州和绍兴，施以鞭笞，逼其招供，“两月之间，一再杖，几死”。严蕊宁死不从，并道：“身为贱妓，纵合与太守有滥，科亦不至死；然是非真伪，岂可妄言以污士大夫，虽死不可诬也。”我一直觉得朱熹太小家子气了，很没用风度，男人之间的战争扯出女人来做什么？何况是严刑逼供一个妓女出卖一个恩客，实在是无稽透了。严蕊至死都没有承认，当时的人都称道她很讲义气，然而深陷风尘的弱女子一名，谁稀罕这么一句轻飘飘的夸奖？谁想要无缘无故惹祸上身，生生受了酷刑？只因为她是个弱女子。

她在面对严刑拷打的时候、一次次昏过去的时候、甚至最后被救出来的那一刹那，当她再一次见到了阳光，她的心里无端掠过了深深的惆怅，她想到年幼的时候家乡那漫山遍野的山茶花，想到了热乎乎的炊烟，想到母亲温暖的笑容，想起了这么多年的颠沛流离。她哭了吗？如果是我，必然是不哭的，但是会借故狂饮一场，不醉不休。

后来这个事情闹大了，直传到孝宗耳朵内。孝宗道：“早是前日两平处了。若听了一偏之词，贬谪了唐仲友，却不屈了这有义气的女子没申诉处？”一句简简单单的话便将这一场兴师动众的严刑拷打化为无形。

接管这个案子的是岳商卿，名霖。到任的时候，妓女拜贺。商卿问：“哪个是严蕊？”严蕊上前答应。商卿抬眼一看，见她举止异人，在一班妓女之中，像鸡群内野鹤独立，却是容颜憔悴。商卿晓得之前发生的事，他因为自己也受过折挫，有点惺惺相惜之意。因对她道：“闻你长于词翰，你把自家心事，做成一词告诉我，我自有主意。”严蕊领命，略一构思，应声口占《卜算子》道：

> 不是爱风尘，似被前缘误。花落花开自有时，总赖东君主。
>
> 去也终须去，住又如何住？若得山花插满头，莫问奴归处。

不是我爱这风尘，但是却深陷其中不得干净，仿佛是前世欠下的债似的。花开花落自有它的时辰和规律，这一切神秘莫测的事情，大约还是神说了算吧！

我总是要走的，谈什么留呢？我能留在哪里？京城之大，却无我落脚之处，我期待有一天，回归山野，布衣荆钗，过起了平凡生活，就不要再问我去向何方了。

商卿听罢，大加称赏，说：“既然你从良的决心这么大，我就成全了你吧。”立刻取伎籍来，与她除了名字，判与从良。

且不说她最终离开的时候究竟是什么样的心境，是灰心，伤心，还是死心，这一切总算都过去了，唐仲友也好，元卿也罢，该给的欢愉她给了，该偿还的恩情也偿还了，总算一片白茫茫真干净了，她可以脱离这无边无际的欲海，真正享受一下寻常妇女的自由了。

自由，一个多么惹人热血沸腾的字眼。

最早听到这阕词却不是这个版本，而是来自于《金枝欲孽》中的如妃娘娘的一方锦帕，上面稍作了修改：“不爱宫墙柳，只被前缘误，花开花落自有时，总赖东君主。”

传说中那些旗人包衣从小就要被送进宫里当差，最好的年岁都要虚耗在枯燥的奴婢生涯里，她们做梦都想着早日离开皇宫这个只有鬼魂适合生存的地方，然而却不得不在此耗掉生命，能熬到活着出去的少之又少，她们把一腔对青春和年华的热情写成一首首小词，绣在锦帕上，有的缝在给士兵剪裁的夹袄里，当作一种情感的传递。很多年后，当当年那个死去的士兵的衣服被扒下来的时候，人们发现这些清丽的诗句。

不爱宫墙柳，只被前缘误。

在这一刹那，女子的大好年华和那些死于沙场的年轻士兵的魂魄相遇，撞击出深深的无奈和感伤，怪只怪上天作弄，怪只怪我们天生就由不得自己的命运，命如芥草，只能嗟叹。红颜日复一日地凋零了，带着她们还没有来得及盛开的青春，年轻的男孩子死去了，他们甚至还没有向自己心爱的姑娘表达爱意，他们都只是被命运播弄的草籽，随风飘散，再随风枯萎、死去。

永远记得最后安茜带着箭伤，死在了孔武的肩膀上，那个男人看着她安详地靠在自己肩上，尚不知她早已死去，还满怀着对未来的美好憧憬微微笑着。前方是残阳如血，前方是碧海蓝天，前方就是自由。另一幕是如妃娘娘依旧困在这个庭院深深的皇宫，向他们递送着她的祝福，是的，她也不爱宫墙柳，但是因被前缘误，她早已和这深宫大院合而为一，无法分开，只能带着微微的欷歔和遗憾为他们送行。

前方路漫漫，那逃出去的人和严蕊一样，将要把一身繁华褪下，回归自己向往已久的普通人的生活。那一缕炊烟就是对他们最大的安慰吧。

曹丕《燕歌行》：瘦尽灯花又一宵，只因为做了那，枕边人

秋风萧瑟天气凉，草木摇落露为霜。群燕辞归雁南翔，念君客游思断肠。慊慊思归恋故乡，君何淹留寄他方。贱妾茕茕守空房，忧来思君不敢忘。不觉泪下沾衣裳，援琴名弦发清商。短歌微吟不能长，明月皎皎照我床。星汉西流夜未央，牵牛织女遥相望，尔独何辜限河梁。

——曹丕《燕歌行》

深秋到处都是一片肃杀的景象，树叶落了，天气清冷，草木凋零，白露都凝成了霜，燕子南归。

在这样一个情景下，我独守在空空的房间里，想念离别已久的丈夫。我能想象你在别处伤心着急的样子，可是，究竟是什么原因让你这么长时间不回家呢？这样一想，我的眼泪再也止不住，滚滚而下，连衣裳都沾湿了。

思念越深，痛苦越深，为了排遣这相思之苦，我去弹琴，可是琴声幽怨，仍然想你；我去唱歌，可是歌声凌乱，我仍在想你！怎么办？

你知道吗？自从你走后，我每天一个人，就这样，想你，想你，还是想你！

月亮升上来了，夜色来临，我无法安睡，更不舍的放下帐子——现在，只有月光能陪伴我了。

一夜无眠，看银河缓缓西去，夜，一点点结束了，我还盯着牛郎星和织女星，心生怨恨：你们干嘛要分开这么久，给地上的人们找到离别的借口！

天气转凉，平地秋风摇落叶，晨露点点已成霜。千红落尽，草木枯萎，大雁南飞，游客断肠。

这一开篇，便是如此肃杀景象。

如此季节，美人独坐，空帐竹影乱，泪下满衣襟。为什么呢？思念那个良人，感叹秋风添寂寞。为了排遣这忧伤，她站起来弹琴，又轻轻唱歌，可是什么都干不下去，夜却已经深了，一轮圆月洒下万顷银辉。

一抬眼，就看见明月高悬，双星寂寞，可见，她是没有放下帐子，亦不曾关窗的。

那时候的床，都是有叠帐的，李清照有：藤床纸帐朝眠起，说不尽无佳思；上官仪《咏画障》：芳草丽日桃花浦，珠帘翠帐凤凰楼；《长恨歌》也有：芙蓉帐暖度春宵。

《红楼梦》里的帐子都有讲究，鲛纱帐、联珠帐、红绡帐、大红销金撒花帐子、葱绿双绣花卉草虫纱帐、青纱帐幔……简直美轮美奂。

自然，现在人们崇尚简洁，不要那帐子了，“明月何皎皎，照我罗床帏”的诗境没有了，就算半夜醒来，透过玻璃窗棂，窗外的皎皎明月映照的，也不在是帐子上那一层清浅和朦胧，收获了许多自如，却失了不少婉约。

前几日逛故宫，趴在窗子上，痴痴盯着仍悬挂于床的帐子，华贵的大红，绣了龙飞凤舞，牡丹绝艳，帷上缀彩带，帐门处顺势吊在如意钩子里，分出一片天地。想想看，这华丽的帐子里住过怎样的女子呢，白天着宫装，步履从容，满脸都是伪装的高贵端庄，只有到了夜晚，脱下束缚，哗啦放下幔帐，满怀寂寞才会舒展开来，会在帐子里哭吧，那些人前不可做，不敢表现的情绪，在帐子里完全释放了出来。

人睡觉的时候是孤独的，单一地只想和帐子亲近，被华丽或简单的帐子笼罩，是种禁锢，也是种安然。

帐子一放，一小块空间才是安心安睡之处。

可是这孤独的女子，宁愿放弃安睡的僻静，打开窗子，打开帐帘，让湿漉漉的目光一点点划过清冷的月，划过缥缈的银河，最后落在和自己一样命运的双星上。

这月光，多像一袭忧伤华美的纱衣，披在孤单的美人身上。

好一个凄凉如水的画面！

这样的秋夜，要有多深的孤独，才会如此折磨自己，依靠孤星冷月相陪！

曹丕贵为帝王，一生红颜过眼，美人无数。甄宓，郭女王，阴贵人，薛灵芸……都是传奇女子，那么这首诗，到底是写给谁的呢？一直是个迷。

有人说是甄宓，也有人说是郭女王。是薛灵芸的可能性比较小，因为她嫁了不到十年，曹丕就死了。

这样一首诗，寂寂无语对月华，可见曹丕是倾注了一定感情在里面的，虽然那时候的才子们写诗，经常是泛指，这样的诗句，总要有个小小的触动，不然，整天在深宫里红香脆软的才子皇帝，怎么会这样深切写出一个女子的失落寂寞？

既然有感情，怎忍冷落佳人，让她一个人在夜色下伤心呢！答案只有一个：他需要新鲜的美丽的女子相伴，旧人如昔，只好空对冷月，深宫寂寞。

他真切地喜欢过她们，又转眼辜负，男子本性多移，何况又是帝王。

甄宓是抢来的，吴宫失陷，脂粉委地，他发现了她艳光四射的美，强行带回魏宫娶为正妻，百般爱惜。后来因为了郭女王，甄宓失宠遭冷落，过的就是这等深宫不见人，寂寞凄凉夜的日子。郭女王是明媒正娶的妃子，父亲战绩显赫，自身年轻美貌有心计，曹丕流连在她身边的时间最长，甄宓死后，她马上就被册封为皇后。不过，自古红颜多薄命，帝王身边更如此，所以，郭女王的命运也好不到哪去，美貌的阴贵人，还有带有传奇色彩的薛灵芸，都是她遭遇冷落的威胁，所以，她也是有可能过此凄凉时日的。

薛灵芸的来历比甄宓的传奇度也不低，她本是个亭长的女儿，家境贫寒，家里的女人都要做针线，她的针线不是做得好，而是做得神。传说这个女子，清丽纯净，描龙绣凤灵气天生，更绝的是，她做针线活，夜里都不用点灯，举国上下，无人能及。曹丕慕其美貌灵秀，重金纳为妃。

关于薛灵芸进宫有许多传说：曹丕娶她的时候，聘礼千金，以雕刻着花纹的十辆车迎接她。车皆缕金为轮辋，丹青画斩毂，前后坠满了宝石。铃铛锵锵和鸣，清脆的声音回荡在林野。驾车的是青色骈蹄牛，可以日行三百里。路边烧石叶香，这种石头层层叠叠，形状如云母，所发的香气可以避恶疾。而且，薛灵芸去京的路上，数十里点起膏烛，久久不熄。远望如流星坠地，流光溢彩。

就算这样，这个传说中是“针神”的女子，在车上，一直涕泪如雨，她以玉壶盛泪，泪水在玉壶中成了红色，又慢慢凝如鲜血。

真是触目惊心！

一方面，天子恩宠，百般恩爱奢华在；一方面，久别父母，一入宫门红泪流，心生凄楚。

若是寻常女子，早已经眉眼高挑，心生高贵。她却一路伤心一路雨，注定是个明白的清水女儿——皇宫是个金质的笼子，皇帝，就是天边的一缕浮云，降甘霖是幸运，不降雨露是天意，这个乡野女子，深深懂得这个道理。

懂得又如何，甄宓未必不懂得，以自己嫁过之身，凭美貌维系宠爱，又会有几时？

懂得却不能改变，才是最悲哀的事情，无可奈何间，匆匆做了男人身后的点缀！

贱妾茕茕守空房，忧来思君不敢忘。不觉泪下沾衣裳，援琴名弦发清商。短歌微吟不能长，明月皎皎照我床。

如此，她们，哪个女子，会没有这样的忧伤，月华如水，男人在别人床上。

一个人对月叹息，思念他温暖的怀抱；一个人泪落如雨，琴声呜咽，深夜不掩罗帷；一个人，幽幽怨怨，怪罪牛郎织女，引发人间离情无数！

其实，不用怨，不用悲。

一切的根源，都无外乎得到两个字。多美的女子，得到了，缠绵几宵也就厌倦，曹丕这一生，没有真正爱过哪个女人，他不是唐明皇啊，真真爱上一个女子，再不移情，江山过眼，亲情如烟。

他是野心勃勃的曹丕，文章华彩，样样出色，他要的，是万人中央的荣，不是一对一的爱。

只是，对于身边辗转的女子来说，什么样的荣华富贵，权势豪奢，也比不得一个男人的温暖的怀抱，轻浅的吻痕。后宫争，争什么呢，不过是一颗心，一躯身而已。

曹丕写下这样一首诗，他是明白的，红颜清冷，无限凄清，只是，他需要这凄清来衬托他的繁盛和耀眼——所有的帝王都需要这些！做皇上的，也避免不了身边女子落入如此的凄清。

他是王，江山万里，美女如云，厌倦便是借口，新鲜女子入怀，怎能不冷落旧人？

不似曹植的华丽，也不像他老爹曹操的大气深沉。曹丕的诗很凄凉，而且意境美，很有些王维的诗画一体之感。

有首《丹霞蔽日行》，我很喜欢，景美，意深：

丹霞蔽日。彩虹垂天。谷水潺潺。木落翩翩。悲鸣云间。月盈则冲。华不再繁。古来有之。嗟我何言。

丹霞晕染，彩虹出现，溪水缓缓流动，树叶翩然飞舞。一幅清丽唯美的山水画，已经映现在眼前。而下半段，则对这片刻的美景，发出了感叹，看穿了这繁华富丽之后，旷古不变的自然法则，月满则亏，水满则溢，这努力的追求，这得到的胜景，不过片刻云烟，谁也改变不了。

《燕歌行》亦有这样的诗画意境，秋风，草木，白霜，群燕，动静结合，忧伤浸染。

诗的描述是按照时间顺序循序渐进的。先是站在窗前看秋风扫落叶，草木枯黄，然后见群燕飞过头顶，引起了对男人的思念。

百无聊赖，便想弹琴打发时光，弹了一会儿琴，没意思，而且曲调悲凉，转而唱歌，试图以此忘却，仍然不能，这个时候，月亮已经升上来了，从傍晚晚风中的凝神，到了歇息睡觉的时刻。

可是，她一个人实在是寂寞孤独，年轻的少妇，渴慕情与欲，是很正常的现象，如今一个人空床独守，难免睡不着，对着月亮沉思，想那牛郎织女到底犯了什么罪过，要被这样永久分隔在两地?

悲秋，盼望，思念，消愁，长恨！一层一层递进。

爱过，也能成愁。

想不透。

其实，爱情之于女人，不过是：你躲，他寻，你跑，他追。你站住，他也站住，你爱上他，他开始转身离开，你追，却再也追不上他的脚步！

男人，从得到这一刻开始厌倦、凉薄，所以，是开始，也是结束。

女人，从失去才开始懂得，已经无力回天。

有时候，女子一生如此孤寂凄凉，不是命运不济，也不是自身不美，只因为，做了他的，枕边人！

留在男人心底的，永远是下一个女子，真爱他，就永远不要靠近，这样，他才会在心里给你预留一个位置。

远了，你是白牡丹，枕边一起身，便成了断桥上的残雪。

千百年，男男女女情情爱爱，总逃不过这个怪圈。

几千年后的清朝，有个贵族公子失去爱情，在夜里幽幽长叹：谁翻乐府凄凉曲？风也萧萧，雨也萧萧，瘦尽灯花又一宵；不知何事萦怀抱，醒也无聊，醉也无聊，梦也何曾到谢桥！

纳兰公子写尽的，不是男人的感伤，而是女子的心事！

《古诗十九首·迢迢牵牛星》：相思泪，相思累

迢迢牵牛星，皎皎河汉女。纤纤擢素手，札札弄机杼。终日不成章，泣涕零如雨。河汉清且浅，相去复几许。盈盈一水间，脉脉不得语。

——《古诗十九首·迢迢牵牛星》

遥远的牵牛星上的牛郎，有着英俊的容貌，天河边的织女，也清丽无双。她在织布，美丽的双手一刻不停地忙碌，机器的声音响个不停。可是，织来织去，总是织不好，一匹也织不成——原来她一直泪眼模糊，晶莹的泪珠像雨点一样落下来。和心爱的人只隔了一条浅浅的银河，并不是很远。两个人却不能说话，只好相对无语。痴痴相望，两两相思。

大多数人接触牛郎织女的故事，是从小学课本上，课本写得很简单，也毫无美感，勾不起好奇，也入不了心，属于风中的羽毛，片刻就没了踪影。

真正唤起对牛郎织女的好奇心，必是奶奶或者姥姥，于夏夜，搬一把年代久远的竹椅，手里摇着芭蕉扇，半眯着眼睛。时光如同清水，漫过月影和孩子的渴望。

树影婆娑，风送花香，天上一抹云，牛郎织女星像镶嵌在湛蓝天空的两粒宝石。周围围着小儿孙，一双双眼睛亮闪闪，如天上的星。

从前啊，有个可怜的放牛娃，受尽了哥嫂的气，除了一间空空的茅

屋，就是一头老得快走不动的牛……三两树桃花屋后笑春风，几丛绿草门外送夕阳。

老祖母这么一开头，神秘的色彩就出来了，一副静谧安闲的风景画，在眼前徐徐展开，有些寥落，有些清冷，也有些烟火气。

小时候读《聊斋》，常怀这样的憧憬，婴宁野外的家，狐仙深山的院，都有这个味道。

于是，夜半露冷，还蹲在院子里，仰望星空——织女现在在做什么，她有多美？牛郎站在银河边几千年，他不累吗？那两个孩子，可曾长大？

夏夜，树影，月光，长大了的孩子，消失了的老祖母。只有一把颤巍巍的摇椅，岁月在咯吱咯吱的摇晃中，一点点逝去，沉淀下凄美的传说。

《诗经·小雅·大东》篇，就记载了牛郎织女的故事：

> 维天有汉，监尔有光。跂彼织女，终日七襄。虽则七襄，不报成章，睆彼牵女，不以抱箱。东有启明，西有长庚。有捄天毕，载施之行。

由此可见，这个故事流传的年代有多么久远。

天上寂寞无聊的仙女，跑到人间的河里来洗澡。翩翩然如飞云坠地，婷婷立似牡丹乍开。漫说是个小小的放牛娃，就是那绮罗丛中的皇帝，估计也会流三尺口水。所以，小牛郎偷偷藏起了最小那个仙女的红裙子。

好不厚道的小男人啊，居然跑去偷偷看人家洗澡，看了还不算，居然偷了人家的衣服，威胁说：如果你不嫁给我，我就不给你衣服！

织女迫于无奈，嫁到人间，从此，夫妻恩爱，男耕女织。

据任昉《述异记》：织女乃天帝之子，一年到头忙于织布，十分辛苦，天帝怜其独处，将她嫁给河西的牵牛。他们婚后贪欢废织，天帝发怒，仍将织女遣归河东，只让他们每年相会一次。

无论是恶婆婆还是岳父，反正中国古代的家长基本很变态，看不得小两口恩爱缠绵。

皇帝的女儿尚且骄纵奢侈，难道玉帝的女儿还要忙于织布吗？她没嫁牛郎时又没犯过什么错，何苦受这苦役的惩罚？

一直不认为牛郎织女是个美丽的爱情故事，更大程度上，这只是一个凄美的传说。

美在神秘和悲剧色彩，至于牛郎和织女两个人的爱情，一直是模糊的，没有清晰的脉络。

天仙配里讲爱情，有你挑水来我浇园，我织布来你耕田，这样烟火夫妻的普通生活。可是，牛郎织女就笼统多了，一头神牛，两个孩子，瓜田李下都没有。

夫妻恩爱，男耕女织。八个字，便概括了所有的恩爱片段，然后，王母娘娘便气势汹汹地来了。

以牛郎织女做题材的诗词非常多。其中，感叹离愁别怨的，占大多数。离愁别怨，李清照写得最好：

草际鸣蛩，惊落梧桐，正人间，天下愁浓。云阶月地，关锁千重。纵浮槎来，浮槎去，不相逢。星桥鹊驾，经年才见，想离情、别恨难穷。牵牛织女，莫是离中。甚霎儿晴，霎儿雨，霎儿风。

若是新巧经典，秦少游为冠：

纤云弄巧，飞星传恨，银汉迢迢暗度。金风玉露一相逢，便胜却人间无数。柔情似水，佳期如梦，忍顾鹊桥归路。两情若是久长时，又岂在朝朝暮暮！

但是，如果说写得最美的，应该就是这首《迢迢牵牛星》：

迢迢牵牛星，皎皎河汉女。纤纤擢素手，札札弄机杼。终日不成章，泣涕零如雨。河汉清且浅，相去复几许。盈盈一水间，脉脉不得语。

连续的叠字，如燕子掠过水面，撩动着清波荡出一层层晕染，在心湖上开了一朵清丽的花。美人，美景，美态，忧思。

暗香清冷，冷冽袭人。

金庸干脆将盈盈做了魔教侠女的名字。

看《笑傲江湖》中，他对任盈盈美态的描写：那竹帘之内，又障了一层轻纱，令狐冲只隐隐约约地见到有个人影，五官面貌却一点也无法见到，只觉有三根冷冰冰的手指搭上了自己腕脉；再看水中倒影时，见到那姑娘的半边脸蛋，眼睛紧闭，睫毛甚长，虽然倒影瞧不清楚，但显然容貌秀丽绝伦，不过十七八岁年纪；琴韵又再响起，这一次的曲调却是柔和之至，宛如一人轻轻叹息，又似是朝露暗润花瓣，晓风低拂柳梢……睡梦之中，仍隐隐约约听到柔和的琴声，似有一只温柔的手在抚摸自己头发，像是回到了童年。

黛玉有句话：口齿噙香。读这些文字，难免不含香。

盈盈一水，脉脉无言。多少情思绕心间。

却情思不得见。一弯浅水，两蹙愁眉。隔断他们的，真的是这小小的、清凉的一弯水，还是沉甸甸的现实？

几千年了，她在这一头巧手织布，五彩云霞翩然环绕。泪水像雨点一样打在清凉的河面上。更让人难过的是，她能一直看见他，张望，焦虑，无奈，相顾无言，唯有泪千行。怀抱空空，心也空空。

其实，秦少游是在自欺欺人啊。两情若是久长，谁不想朝朝暮暮。遍寻世间无奈，唯有相思最难挨。

四大民间爱情故事。《天仙配》尚算美满，《白蛇传》白蛇下场凄惨，《孟姜女》亦是投江的命运，唯有《牛郎织女》，惹尽男子相思。

相思泪，相思累。织女相思是眼泪，牛郎相思是心累。

记得以前看过一个电视纪录片，一个大山深处的女人，有机会走出去，到大城市去做节目。当摄制组的车开进市区，在电视台的大楼下，女人走下来，注视着满街的车辆如织，光影琉璃，突然蹲在地上放声大哭，直哭得心神俱裂。旁人不解来问，她断断续续回答：“我做梦都没有想到世上还有这么好的地方，能在这里生活，死我也愿意了。”

从此后，这个女人真的就没有再回去过，舍弃了原本说不上幸福但绝对平静的家，执意留在了城市里，捡垃圾，打零工，一个家庭零散……女人痴迷的那个城市，是西安。

人，都有见识更丰富事物的权利，都有得到最好爱情的憧憬。难道见识更高处的风景，历练一下人生，提升一下品位不好吗？当然好，可关键是，这个机会是一辈子，并且你有能力和条件来支撑它，否则，便是毁灭。不如没有遇见，没有爱过。

三岛由纪夫有本小说《肉体学校》，讲的也是这样一个故事。男主人公负了情，被出身高贵的女主人公报复，将他赶出了家门，这果然是最恶毒的报复。几年后再在街上相见，这个出身卑微的情人已经落魄到不堪的地步，与乞丐无异。他已经见识过超过自身的一切美好，然后再突然回到原点，这个落差，是很难承受的，所以，他就一任自己落魄了下去，最终毁了自己的人生。

人，可以从失爱的阴影里走出来，却很难从曾经更好、更丰富的更浓烈的人生氛围里走出来。

所以，牛郎情愿千年伫立，望着心爱的女子在对岸受苦，看她美丽的身影，一天天淹没在悲伤里。

常常想，若是可回头，他会不会寻个凡间女子来爱。她没有翩然的舞姿，没有脱尘的容貌，不会用彩云织锦，也不曾似水柔情。

就是个乡野女子，闲时织粗布，日日话桑麻，说不尽的红尘苦短，叹不完的烟火生计。

他会不会，更轻松一点？她会不会，少流一点眼泪？

李煜《相见欢》：与有情人做快乐事

无言独上西楼，月如钩。

寂寞梧桐深院，锁清秋。

剪不断，理还乱，是离愁。

别是一般滋味在心头。

——李煜《相见欢》

民谣歌手钟立风有一本文字作品集，名字叫做《像艳遇一样忧伤》。虽然整本书跟“艳遇”的关系不大，里面有小说、随笔，断想及电影记忆。但是就是这么个书名，把这本书的基调晕染成四月的西湖，明艳而忧伤。

诗人的心是敏感而悲观的，就像大千世界百杂碎，人人都忙着为了欢愉而欣喜，那些有着忧伤眼睛的人，在这些来来去去的相遇里，看到了生命中最本质的悲哀——那就是，短暂和虚幻。那些建立在肥皂泡上的欢笑，都是海市蜃楼下潜藏的眼泪。

记得念大学的时候，老师教给我们一句话“以乐景写哀情，一倍增其哀”，意思就是，用欢乐的景色来描写悲哀的情绪，那效果是加倍的。当时对应这句理论的是《诗经·采薇》中的一句：“昔我往矣，杨柳依依；今我来思，雨雪霏霏。”当年离别的时候，正是春光明媚的好季节，而今我归来了，却是雨雪霏霏的萧条与暗淡。何其悲凉！

而“欢”这个字，在我心里远远比“悲”还要悲，悲一万倍。很显然，后主对此很有共鸣，不然他也写不出“梦里不知身是客，一晌贪欢”这样秾丽的悲情来，就像夜空里的烟火一样，那种足够短暂的美好才配得上称作“欢”，它跟乐不同，它远远比乐要来的强烈直接，跟所谓的“幸福”不同，它比幸福迅猛，因此它就有那么悲伤的基调，那是属于诗人的短暂与永恒。

有人说，在我国历史上，如果少了像李煜这样一个皇帝，人们也许不会太在意。但是，如果少了像李煜这样一位词人，恐怕就会给后人留下一些遗憾。这话说得还是太客气了，少了这个皇帝压根无所谓，他这个皇帝当的，除了他自己以外恐怕没别人会在意了。李煜是五代十国时期的南唐后主，词作远过于他在位期间的作为，尤其是亡国以后的词作相当沉痛、深切、凄恻动人。如果撇开思想内容，仅就艺术技巧来说，大部分词作已经达到了词的最高境界，特别是小令。这首《相见欢》又名《乌夜啼》，便是他自述囚居生活，抒写离愁的力作。此词上片写景，下片抒情，情景交融，感人至深。

首句“无言独上西楼”看似平淡，意蕴却极为丰富。“无言”并非真的无言，从一个“独”字便可看出，他不是无话可说，而是无人可说话，他是孤独的，但是孤独这杯酒只适合自己独饮，那些昔日一起两情欢好的女人们都变成了俘虏，曾经有过的一切——锦衣玉食、醉生梦死都再也不会有了。在成为一个俘虏的岁月里，能有什么言语来表达这种从天堂至地狱的惶恐呢？只能把那些血泪发酵成一杯烈酒，在西楼上对月独饮，只愿长醉不愿醒。

登“西楼”，词人可以东望故国。仅六字，一下子简练的勾勒出主人公的凄惋、悲苦的神态。接着“月如钩，寂寞梧桐深院，锁清秋”，用月光笼罩下的梧桐突出环境的寂寞清冷，在心境凄凉的时候，连月亮都不是满月，孤零零地挂在树梢上，瘦棱棱的，像自己那个萧瑟的背影。其实后主的境遇不算顶惨的，至少他只是被软禁而已，没有死，也没有受到什么非人的折磨，如果他能够像刘禅那样傻乎乎的乐不思蜀，又未尝不可。然而，他最缺少的就是傻福。那么敏感细腻，纤弱如发丝的男人，在一个人锁在深院的岁月里，往事就像大山一样将他压倒。

上片十八字共写了四项内容，即人物、地点、时间、季节，虽然只是疏笔勾勒，但却是一幅非常美丽的图画，而且背景极为广阔，读之使人身临其境，正如王国维《人间词话》言："一切景语皆情语。"下片具体写离愁，是词的旨意所在，也是这首词写的最深刻的地方。"剪不断，理还乱，是离愁"，像波涛汹涌，把全篇推向高潮。离愁本身是一种抽象的思想情绪，它能感觉到，但却看不见，摸不着，要对它本身作具体描写，确实非常困难。然而，在这首词中，后主通过比喻使之变得具体可感，而且表达得如此贴切、自然，以至成为千古名句。"别是一般滋味在心头"又用了一个比喻，写离愁的另外一个境界，即人对它的具体感受。这种感受是不可名状的，不知是什么滋味，它既不能用酸、甜、苦、辣之类滋味来概括，也不能用任何一种具体东西的滋味来比拟，它只可意会，不可言传，所以只能称之为"别是一般滋味"，亦即稼轩词所谓"欲说还休"，可见词人体验之深，愁情之苦。记得有一个语言学家说过，形容词是名词的天敌——乍一听不可理解，再一玩味，又何尝不是如此。什么叫做离愁，能够被描述出来的仅仅是其中的几十万分之一吧。无尽的虚空与想念岂是只言片语能够比拟的?

于是后主用了"相见欢"这个词牌，拿繁华似锦的过往来描写此刻凋零的萧瑟，拿昔日的恩爱来诉说今日的寂寞。我曾经很快乐——这句话怎么说怎么让人悲伤，就像我在离开某个人的时候曾经在QQ签名上写道：欢愉与离别一样令人悲伤。这种悲伤因为它不可逆转，无法避免而显得强悍无礼，那些被时光的河流冲散的我们和我们的记忆就显得尤其渺小，这样的悲伤既沉重深广又无足轻重，就是这样。而那些在拥抱亲吻的时候就能体会到这种悲伤的人是不幸的，因而也是诗意的，此刻越开心他就越能感知到生命那无声无息的嘲笑，因此就越发的用力开心，拼命的快乐——这是对悲伤的生命一种执拗的抵抗，就像人们在世界末日来临之前的拥抱一样、就像在战乱时分离别时的拥抱一样，总是那么拼尽全力。以为此番过后，或许再无以后。

而对于短暂的、原始的"欢"这个字，人类用的又不如动物。或许是太多的礼义廉耻绑住了人类的欲望，理智束缚了人们的情感，太多对于未来的规划和期许把一切“欢”的可能降到了最低。人真是一个善于利用谎言的动物，他们编造出“两情若是久长时，又岂在朝朝暮暮”的谎言，骗自己一时的分别不要紧，最要紧的是长期的相聚，于是游子们义无反顾地离开自己的爱人去寻求功名，只为了臆想中他能够骑着高头大马给她带来更幸福的生活，从此更加快乐的生活在一起。然而世事无常，又有几对最后破镜重圆了呢？生活的河流从来不会停滞，更加不会重来，此刻错过的，妄想从下一刻找回来，这与刻舟求剑何异？

青春的人儿啊，时光是从来不会怜悯对待任何人的啊！你此刻舍弃的，就是永恒丢弃了的，可别把长远的大局观当做什么人生智慧，它只会令你失去现在，从而失去未来。想想吧，就人类这渺小的，微不足道的智商，还想要算计上帝，算计命运，还想占它们的便宜——可能吗？

说什么平平淡淡才是福，不就是人们害怕失去，恐惧付出的借口吗？因为惧怕最终的熄灭所以不敢用力燃烧，还安慰自己长久才是幸福。贪心自私而又懦弱的人类啊，就用这样那样的生存智慧来欺骗自己吧！

于是想到了台湾女作家李碧华的《青蛇》，一直觉得徐克这部电影挑选演员挑选得太到位了。白蛇的妩媚，青蛇的妖媚，都淋漓尽致地表现了出来。在天长地久的寂寞中，妖孽感受的最多的就是与其在寂寞的人生中平淡无奇地死去，不如把握每一次燃烧的机会，爱就费尽心机，恨就惊天动地。

那个故事是古老传说的框架，然而内核完全被李碧华给改了。

南宋年间，民生苟安，各地迷信盛行，人妖难分，以替天行道为己任的法海和尚一直以来都在做着降妖除魔的事，没有怀疑，冷峻无情。错收蜘蛛精的一个电闪雷鸣之夜，在西湖底修炼百载的青蛇和千年的白蛇受妖精的佛珠灵光之惑，顿时开窍。她们化作倩丽女子爬上了西湖边。巧遇白面书生许仙，白蛇诱得许仙心醉神迷并产生恋情，不料却遭法海和尚施法破坏。由此演出了一段情欲迷离，爱意缠绵，哀婉百转的人间悲喜剧……

电影中，青白蛇一出场，便是搔首弄资、风韵绰约，那风情万种的小腰，不只收服了男人，也收服了所有的女人。沿途经过，不知道引来多少放浪眼神、游弋摩娑。昆剧念白变成了她们的平素言谈，桃花之色难于从她们的面上抹杀。青蛇甚至在烟花阁楼中跟着异域靡靡之音大跳艳舞，眼波流转、销魂蚀骨，凡俗男子见了由不得不春心荡漾情难自持。

蛇变美女，游荡红尘。偶遇许仙，爱意萌生。

于是乎，西湖之上天雨陡降，痴傻书生许仙被淋成了落汤鸡。殊不知这倾盆大雨并非来自天意，而是拜白蛇娘子千年法力所赐。烟雨缥缈，雾霭朦胧，青白蛇泛舟湖上，宛若人间仙子，袅娜多姿，亭亭玉立。待到那懵懂书生上得船来，推让之间，春光乍泄，轻而易举俘获他心。

白蛇娘子此番化作美艳人形游戏人间，因有千年道行相助，是以喜怒哀乐等诸多凡尘情感皆可生成，欢笑悲泣，随心而来，无异常人。而小青修炼时日尚浅，虽有凡人皮囊掩护，然而蛇性难改，慵懒滑腻依旧，只知道随心所欲疯癫玩乐，不懂得伤春悲秋泪洒西风。小青见那书呆子许仙跟白蛇终日厮混纠缠，欢乐逍遥，不由得心生妒意，暗下决心要跟姐姐斗法相拼，不相信自己收不了许仙那一颗情欲色心。

与此同时，金山寺年轻有为的法海禅师一路降妖伏魔荡涤人间，其间虽有宵小之徒以色相相诱，无奈均被心有如来静似如来的法海看破。法海心系天下，坚忍果敢，看见呆傻许仙面露不祥之色，登时知道他被蛇妖所困，于是决心将双蛇拿下，免得她们添祸于世。

青白蛇尚不知大难将至，照旧和许仙在法力变幻出的亭台楼阁中厮守贪欢，燃烧红尘色欲，不闻窗外风雨。

端午已到，青蛇贪玩斗气，不肯离开庭院。当日许仙害怕与他共饮的白蛇现形，遂将酒倒入荷花池内。藏匿其中的青蛇现出原形，乃是一条绿色巨蟒，盘旋纠结，把那许仙相公给生生吓破了胆。

接下来好似传说中那般情节，青白蛇共赴昆仑山寻求灵芝仙草以救许仙俗命。所异的是法海中途杀到，白蛇夺草先逃，青蛇拦截禅师。两人大斗法力，水波激荡，高潮迭起。法海要青蛇助他修行，功成尚可放她一条生路。于是青蛇色诱法海，在他身旁抚摸呢喃，缠绵连连，将于人间学来的情欲伎俩悉数应用，不想竟大败法海，害得他情欲勃发不攻自破。

许仙得仙草还魂，得知一切来龙去脉。其实他早清楚娘子、小青皆非人类，奈何爱恋大过惊惧，怎舍得那人间仙境温柔乡。死里逃生，一梦醒来，他听闻法海即将来犯，当下就要带着娘子和小青逃亡离去。拉拉扯扯，去留成惑。你说这浊世男子到底爱上了哪一个？你说这天仙般的青蛇白蛇到底是爱上了这人间俗子还是恋上了这花花世界浪荡乾坤？

如此这般，岂能逃脱？

犯了色戒的法海内心矛盾重重，将那许仙劫往金山寺，逼其剃度，为其讲经，希求佛法施威，令他迷途知返，回头是岸。

青白蛇双双飞来，长袖翻飞，大战法海。一时之间水漫金山，江河决堤，将民宅淹没，生灵涂炭，惨不忍睹。

白蛇早有身孕，跟法海鏖战之下，动了胎气，在水中产下一婴孩。

原本已被人妖孽缘和心内色念困惑不堪的法海禅师惊见白蛇产子，更是心神恍惚，是非难辨。他再难搞清所谓人神妖孽有何不同，而自己苦心修炼驱魔降妖又是为了哪般。

青蛇趁法海迷失心智之际，闯入金山寺救出许仙，不曾想相公已被众僧封了五阴，口不能言，目不能见，成了废人一个。

青蛇大恸，迷离中感觉这被姐姐和自己所钟爱的俗世男子已经背叛了她们。她想起昔日和姐姐在山中相伴清修，何等快乐何等无忧，若不是因为什么色欲欢爱红尘情缘，又怎会导致今时今日差一点姐妹反目永世不得超生？

那一边，白蛇将所产婴孩交予法海手中，旋即被雷峰塔镇入湖心。

青蛇带许仙出了金山寺，发现早不见姐姐踪影，于是将手中剑刺进许仙胸膛，扔他入水。

法海兀自伤神迷失，喃喃自语。

罢罢罢。青蛇展颜惨笑，纵身跃入水中，随波逐流，告别红尘，永不回头，只有江水依旧东流，浩浩荡荡，奔腾向海。

爱戒无休。

情欲纠葛，千载不化。

法海终日念颂什么“大悲天龙般若诸佛世尊地藏般若巴嘛空”，妄称什么“心有如来静似如来”，到头来还不是被妖娆妩媚的青蛇所迷惑，且看他神姿缥缈，情不自禁，怕是已经爱上了这投怀送抱耳鬓厮摩的温香软玉。

若是没有什么神佛菩萨，若是真的众生平等，保不准他就跟这妖异女子携手双飞，只羡鸳鸯不羡仙去也。

怎奈天上人间，戒律永存，美梦虚幻，想都不能想。

只能戒爱戒情，继续去做他的伏魔大法师。

而青白二蛇，饶是修炼千年，吸取雨露精华，变做诱人美女，也无力承受人间信条天庭法规，区区硫磺粉雄黄酒便能招来杀身之祸，更何况和尚道士观音玉帝全都插上一腿，只能负隅顽抗，到最后功亏一篑，灰飞烟灭。

于是青蛇看着白蛇，凄然问道：都说人间有情，可情为何物？

还不如重返那炼法的荒山野岭，听风听雨看云看天，管什么滚滚红尘，怕什么佛法无边，且自逍遥没人管，姐妹相伴，相互温暖，快乐无边。

青蛇只留下一抹凄楚悲凉的笑和一个落寞的背影。

谁人言，花彼岸，此生情长意短。

或许很多很多年以后，我会忘记你，忘记你的浅笑凝眸，也忘记我对你的爱

或许很多很多年以后，你会记起我，记起我的哀怨惆怅，也记起我对你的爱。

这部电影再配上那首《流光飞舞》就更加贴切了，很多年后还是有许多女人的签名是其中的歌词，“与有情人做快乐事，别管是劫是缘”。是的，爱就狠狠爱，因为此刻一去不回。那些烂醉在温柔乡里，却在夜深人静的时候双目含泪的人儿啊，你们就细细品尝人生这杯苦酒吧！

元稹《会真记》：如果有一个女人不流泪

恹恹瘦损，最是伤神，那值残春。罗衣宽退，能消几度黄昏？风袅篆烟不卷帘，雨打梨花深闭门；无语凭栏杆，目断行云。

落红成阵，风飘万点正愁人，池塘梦晓，栏杆辞春；蝶粉轻沾飞絮雪，燕泥香惹落花尘，系春心情短柳丝长，隔花阴人远天涯近。香消了六朝金粉，清减了三楚精神。

弃置今何道，当时且自亲。还将旧时意，怜取眼前人。

——元稹《会真记》

王实甫实在把崔莺莺和张生之间的爱情写得太美了，让人几乎就要忘记了它原本是个多残酷的故事。当然，崔莺莺肯定也有过这种儿女情愁，想念张生茶饭不思，分离半月就瘦了一圈。很多人说元稹是个伪君子，这篇微型小说就是他本人风流生活的一个印证。关于这是个自传故事，这点理应是确乎无疑的，至于他是不是个伪君子，就要通过看张生来实现了。

在《会真记》里，张生出场的时候借助了一个典故，就像每个成名后的人都要被观众挖祖坟讲述小时候的故事一样，就像华盛顿也曾砍倒樱桃树一样，总之，为了证明他是一个意志坚强、合于礼仪的人，元稹引用了一件小事来说明张生的品性。他跟朋友一起出去游览饮宴，在那杂乱纷扰的地方，别人都吵闹起哄，没完没了，好像都怕表现不出自己，因而个个争先恐后，而张生只表面上逢场做戏般敷衍着。他从不参与进那些嘈杂的场合，始终保持稳重。虽然已是二十三岁了，还没有真正接近过女色。

俗话说来得早不如来得巧，又说运气是可以累积的，因此张生看上的第一个女人就是崔莺莺，那可是一个绝色，只可惜身逢战乱。这一年，浑瑊死在蒲州，有宦官丁文雅，不会带兵，军人趁着办丧事进行骚扰，大肆抢劫蒲州人。崔家财产很多，又有很多奴仆，旅途暂住此处，不免惊慌害怕，不知依靠谁。在此以前张生跟蒲州将领那些人有交情，就托他们求官吏保护崔家，因此崔家没遭到兵灾。过了十几天，廉使杜确奉皇帝之命来主持军务，向军队下了命令，军队从此才安定下来。郑姨母非常感激张生的恩德，于是大摆酒席款待张生。

崔莺莺被母亲催了好几遍才出来见客，这一见便互相看对了眼。张生看中的是她那绯红的脸颊，婀娜的体态，而崔莺莺看上张生恐怕还要更早，对于一个年龄相当的救命恩人，哪个女子不怀春呢，更何况张生天生风流倜傥，如果是心里没有鬼，更不会忸忸怩怩不肯出来了。

我猜崔莺莺在年幼的时候一定发生过什么不幸，不然不至于自尊心这么强，这个未满十七岁的少女对于世事充满了伪装的冷漠和戒备，第一次见张生的时候，故意不理不睬，后来张生告求红娘帮忙，却又是碰了一个软钉子。这一节是比较出彩的，张生听了红娘的劝，写了情书给崔莺莺，崔莺莺回过一句来“待月西厢下，迎风户半开。拂墙花影动，疑是玉人来”。张生一看，以为偷情有戏，便半夜跑过去，却被崔莺莺正儿八经地教训了一顿，说：“哥哥恩德，救了我们全家，这是够大的恩了，因此我的母亲把幼弱的子女托付给你，为什么叫不懂事的丫环，送来了淫乱放荡词？开始是保护别人免受兵乱，这是义，最终乘危要挟来索取，这是以乱换乱，二者相差无几。假如不说破，就是保护别人的欺骗虚伪行为，是不义；向母亲说明这件事呢，就辜负了人家的恩惠，不吉祥；想让婢女转告又怕不能表达我的真实的心意。因此借用短小的诗章，愿意自己说明，又怕哥哥有顾虑，所以使用了旁敲侧击的语言，以便使你一定来到。如果做出不合乎礼仪的举动，能不心里有愧吗？只希望用礼约束自己，不要陷入淫乱的泥潭。”说完，马上就走了。张生愣了老半天，不知道怎样才好，只好又翻过墙回去了，于是彻底绝望。

结果过了几个晚上，红娘竟然真的抱着崔莺莺的铺盖来到了张生的房间，从此软玉温香，良宵苦短。张生跟做梦似的，一直等到天亮了，看到化妆品的痕迹还留在臂上，香气还留在衣服上，在床褥上的泪痕还微微发亮、晶莹。但是这以后十几天，关于莺莺的消息一点也没有。

再后来，他们又短暂地聚过几次，可惜崔莺莺一直没有敞开心胸好好爱过。元稹形容她是超过众人，技艺达到极高的程度，而表面上好像不懂；言谈敏捷雄辩，却很少应酬；对张生情意深厚，然而却未用话表达出来；经常忧愁羡慕隐微深邃，却常像无知无识的样子；喜怒的表情，很少显现于外表。有一天夜晚。独自弹琴，心情忧愁，弹奏的曲子很伤感。张生偷偷地听到了，请求她再弹奏一次，却始终没弹奏，因此张生更猜不透她的心事。

但是爱情在刚开始的时候都是甜蜜的，张生猜得准也好，猜不准也罢，反而显得崔莺莺更加神秘动人。直到张生进京赶考的时候到了，《会真记》里的崔莺莺对张生说："你要是玩弄我之后就丢弃我也是正常，如果你还能想着玩弄了之后对我负责，那就是大恩惠了。就连山盟海誓，也有到头的时候，你又何必对这次的离去有这么多感触呢？然而你既然不高兴，我也没有什么安慰你的。你常说我擅长弹琴，我从前害羞，办不到。现在你将要走了，让我弹琴，就满足您的意愿。"于是她开始弹琴，弹的是《霓裳羽衣曲》序，还没弹几声，发出的悲哀的声音又怨又乱，已听不出弹的是什么曲子，身边的人听了哭了起来，崔莺莺也突然停止了演奏，扔下了琴，泪流满面，急步回到了母亲处，再没有来。

这个可怜的女子，一直胆战心惊地在礼教和感情之间挣扎，在自尊和感情之间挣扎，在规矩和感情之间挣扎，然而无论如何挣扎，她都是灰飞烟灭，因为她的爱情跟火一样热，那是冰山一样冷漠的外表所不能遮掩的。可惜张生并不是她的良人，他除了迷恋她的身体根本无心关怀她的内心，她的卑微和不安，以及她的爱情。

跟所有的故事一样，张生第一年没有考取，还写了一封信给崔莺莺，劝她看开些。崔莺莺又回复了一封很理智的信，我以为千古以来再也没有比这封信更加悲情的了。她在信里写道：多亏你还记得我，我的情况么，还能怎么样呢？从去年秋天以来，常常精神恍惚，像失掉了什么。在喧闹的场合，有时勉强说笑，而在清闲的夜晚自己独处时，怎能不偷偷流泪。甚至在睡梦当中，也常感叹呜咽。想到离别忧愁又缠绵，真觉得我们相处的时间太短，虽然很短可又很不平常。秘密相会没有结束，好梦突然中断了。虽然被子的一半还使人感到温暖，但想念你更多更远。好像昨天才分别，可是转眼就过去一年了。长安是个行乐的地方，不知是什么牵动了你的思绪，还想着我这个微不足道的人。可是我却想念你没有边没有沿，只是我低下卑微的头，无法向你答谢什么。至于我们的山盟海誓，我从来没有改变。我从前跟你以表亲关系相接触，有时一同宴饮相处。是婢女引诱我，于是就在私下与你诚心。青春男女的心不能自我控制，你有时借听琴来挑逗我，我没有像投梭那样拒绝。等到与你同居，情义很浓，感情很深，我愚蠢浅薄的心，认为终身有了依靠。哪里想到见了您以后，却不能成婚！以致给我造成了羞耻，不再有光明正大做妻子的机会。这是死后也会遗憾的事情，我只能在心中叹息，还能说什么呢？如果仁义的人肯尽心尽力，体贴我的苦衷，因而委屈地成全婚事，那么即使我死去了，也会像活着的时候那样高兴。或许是通达的人，把一切事情都看得很随便，忽略小的方面，而只看大的方面，把婚前结合看作丑行，把胁迫订的盟约看作可要挟的条件，那么我形体虽然消失，但诚心也不会泯灭。凭着风借着露，我的灵魂还会跟在你的身边。我生死的诚心，全表达在这信上面了。面对信纸我泣不成声，感情也觉得抒发不出来。只是希望你千万爱惜自己，千万爱惜自己。玉环一枚是我婴儿时戴过的，寄去权充您佩戴的东西。“玉”取它的坚固润泽不改变。“环”取它的始终不断。加上头发一缕，文竹茶碾子一枚。这几种东西并不值得被看重，我的意思不过是想让您如玉般真诚，也表示我的志向如环那样不能解开。泪痕落到了竹子上，愁闷的情绪像缠绕的丝。借物表达情意，永远成为相好。心近身远，相会没有机会了。内心的忧郁也许会与你千里相会合。请你千万爱惜保护自己。不要把我老放在心上。

这一腔话哪是一个十七岁的少女能够讲的出来的？她必然是把青春里所有的心血都搅碎了，才有这般苦涩的通透，她只不过是一个家道中落的小姐，何况，她还爱上了一个浪子。她就像一只被丢弃的破鞋，还妄图保存着一点尊严。

我时常想，如果崔莺莺神经大条一点，热情一点，笨一点，会不会修成正果，索性把张生拿下了？又或者，她拘束一点，难搞定一点，说不定张生反而比较看重她，努力考取功名来迎娶她，从此琴瑟和谐。但是凡事没有如果，崔莺莺就是这么一个敏感多疑，却又喜欢假装成熟看开的女子，注定要受这些苦楚。张生并没有爱上她，只是一时迷恋她而已，她也没有给机会让张生爱上她，这颗自卑自惭形秽的心，因为爱情而愈加的卑微。张生如何能懂？因此他在别人的宴会上大放厥词，说崔莺莺是个祸害，破坏了他的德行。想必说这话的时候心中难免有怨恨。这样小家子气的男人，不要也罢，尽管元稹本意对他百般维护，还是免不了后人的唾骂，民间流传这个故事的时候就不知不觉地将“张生”给修改了。

后来他们各自成家，张生路过崔的家的时候曾经试图以表哥的身份相见，但是崔莺莺没见他，他很恼火。崔莺莺知道后，暗地里写了一首诗：“自从消瘦减容光，万转千回懒下床。不为旁人羞不起，为郎憔悴却羞郎。”最后也未见张生。后来又过了几天，张生将要走了，崔莺莺又写了一篇断绝关系的诗：“弃置今何道，当时且自亲。还将旧时意，怜取眼前人。”从此以后彻底断绝了音信。其实他对她的百般应承，也只不过是一时意起，然而她却视若珍宝，成为一生中最可贵的回忆，一句“还将旧时意，怜取眼前人”言出了她的心酸和心寒。

她到死还是爱他的，可惜这个男人无心观察她千回百转的思虑，只看得见自己、自己的欲望、自己的尊严以及自己的狗屁德行，忽视了一个女子的卑微和不安。但凡他有一点点爱她，事情也不会演变成如此欷歔的局面。然而还能说什么呢，在爱情的世界里，女人永远都是弱者，付出再多的感情，也只是换来抛弃，怨只怨自己爱上了错的人，才只能眼睁睁地看着昔日的情义断绝，而他们终于成为了过客。

于谦《悼亡诗》：爱与蹉跎

东风庭院落花飞，偕老齐眉愿竟违。
幻梦一番生与死，讣音千里是邪非？
凄凉怀抱几时歇，缥缈音容何处归？
魂断九泉招不得，客边一日几沾衣。

——于谦《悼亡诗》

有关于谦这个人，我从小就会背他的《石灰吟》：“粉身碎骨浑不怕，要留清白在人间。”小时候爷爷把一些经典的诗词抄在一个小本本上让我背。每次背这一首的时候，我总是昂起头来，“浑——不怕”，“在——人——间”，觉得特别有气势，又红又专的。稍微大了点，觉得这样的句子好像打油诗，而且如此直白又清晰地表明心迹的句子，总让人觉得有点神经质的嫌疑。就让人想到以清正耿直著称的海瑞，身边的妻子不是休了就是暴死，女儿也有被逼死的传说。之后了解了一些于忠肃公的事迹，“两袖清风”一词的来历，京都保卫战中决断的凌厉，挽狂澜于既倒的坚定，蒙冤却淡然不置辩的气度。此人的形貌顿时清晰起来，所以若干年后，突然读到于谦这首悼亡诗，竟然有一种恍惚的感觉，那一个一身正气铁骨铮铮的形象，突然间柔软和苍老了起来。

他写《石灰吟》的年纪，是十七岁。而妻子去世那年，他四十八岁。三十年的时间，能不苍老吗？

这篇悼词很是简洁，不夸张，不矫饰，没有浮华的修辞，也没有对往事的追忆。无非只是一个半百男人的絮语：本来想和你白头到老，可是却听到你的死讯，想起你那已经渐渐模糊的音容笑貌，才知道你再也回不来了。然后独自潸然泪下。

大多数人看到这些是要怪他的薄情的吧，身在外地妻子身死，竟然没有在她病重时回去看一眼。其实何止是没有回去看一眼，连葬礼也没有参加，儿子负责将灵柩运送回老家。自始至终，这个丈夫完全没有参与他妻子病逝这件事情，简直就是个局外人。更可叹的是，于谦自科举出仕，后出任晋豫巡抚，年年要翻越太行山两次，治理黄河，安抚流民。而妻子寄居京师，两人结婚二十余年，十八年的时间，二人分居两地，每年最多是年终述职的时候，他才会回京一趟。

缥缈音容何处归？

也许妻子的面容真的是缥缈的吧，一年见一次面。十八年了，再美好的佳人也抵不过时间的侵蚀啊，一年见一次面能说几句甜言蜜语，又能举几次案以齐眉，妻子就在这一年一次的等待中老去了，模糊了。董翰林的女儿，据说“女红之暇，诵读诗书，每有所得，辄为文辞”，并非乡间粗陋女子，也算是蕙质兰心，见不着丈夫，就只得在家里抚养一对儿女，儿子大了回老家侍奉祖父母，最后就和女儿相依为命。史书上是找不出于谦夫妇是否恩爱的证据的，他们虽经常有书信交流，但几乎都散逸。我们看不到妻子的只言片语了，但是还有于谦的一首《寄内诗》，其中有这样的语句：

结发为夫妻，恩爱两相好。生男与育女，所期在偕老。

一如他一贯的风格，简洁朴实，没有任何修饰。中间又简要地说了一些自己的情况和家里的情况，然后笔锋终于一转，提到了妻子：

汝惟内助勤，何曾事温饱。而我非不知，报主事非小。

……尺书致殷勤，此意谅能表。岁寒松柏心，彼此永相保。

不知道大家看到这样寥寥几句话有什么反应，反正我是心里一酸，我猜妻子读到这里应该是温暖却叹息的吧。我只是猜测，这样一个常年不归，身形瘦削，不苟言笑的男人，仅仅是“而我非不知”这五个字，就能让她心中的酸楚和不甘全部泛上来却换来惨然一笑的吧。她还是了解自己的男人的，从这简单的五个字里，她读到了男人也是了解她受的所有寂寞和苦难的，只是“报主事非小”，这个把君王把国家把社稷完全放在第一位的男人，知道自己无可奈何，但也只能让她承受现在的一切了。这是他的选择，也是她的选择。

说起来于谦这个人完美得有点过分了，史书上没有提到一件他不好的事情，他似乎具备封建士大夫一切美好的品德，忠君爱国能文能武，清廉又勤政，而且，没有任何私生活不检点的记录，甚至，这样对自己严厉的人却没有一点待人严苛的记载，以至于惹怒当朝权宦王振而下狱的时候，这样一个权倾朝野的宦官竟然因为于谦的声望太高而不得不让他复官。

土木堡之变之后，异族挟持着被俘虏的皇帝气势汹汹逼来京城的时候，群臣皆说要南迁避祸。只有这个文人，默默站了出来，统领全局，背水一战，终于保住了大明的半壁江山。之后却一点也不贪功揽功，还斥责了提议封赏他儿子的武将石亨。

然而就是这样一个接近完美的人，却因为功劳太大，又牵扯到两个皇帝的变更问题，被人冤杀。这个男人被诬陷的罪名和岳飞一样是谋反，岳飞是“莫须有”，他是“意欲”。但是在死牢里，岳飞义愤填膺，又是给大家看“精忠报国”，又是写下“天日昭昭”，而于谦，在被诬陷的同僚激烈申辩的时候，史书上记载的是这几个字“谦笑曰：亨等意耳，辩何益？”是石亨他们的意思，申辩又有什么用。在他生命的尽头，他仍然不愿意多说一句废话，然而他笑了。死后抄他家产，家里没有多余的钱财，只有正屋关锁得严严实实。打开来看，只是皇上赐给的蟒袍、剑器。

从生到死，都没有一句废话的男人，却在妻子去世之后，默默写了十一首《悼内诗》，之后也并没有娶妻纳妾。他就这一个妻子，生了两个孩子，家里也没有任何多余的财产。这个从小就崇拜文天祥的男人，只留下一身正气和他的诗。

“世缘情爱总成空，二十余年一梦中。”嘿，在他的笔下，竟然也有“情爱”两个字。在这十一首诗里，这个简洁刚硬的男人突然变得细碎和啰唆起来了：“缥缈音容何处寻”、“缥缈音容何处归”、“欲觅音容在何处”，几首诗重复着几乎一样的语句。嘿，我的妻，我只是想象着你的样子，可是怎么都想不起来，可是怎么一直那么缥缈模糊，这让人多么难受。我于是只有“泪落西风鼓缶歌”、“萧疏白发泪沾巾”、“愁对惨灯泪千行”、“临风唯有泪滂沱”、“ 客边一日几沾衣”……几乎每首诗里都提到流泪，硬汉的泪总是最感人，这个光芒万丈一身正气的高大形象，也只有在这几首诗里，才变成一个中年丧偶之后絮絮叨叨哭哭啼啼的老男人吧。他所有对遥远的新婚恩爱的追忆，对这二十多年的愧疚和悲痛，都在这一刻爆发出来了，哭得不能止歇。在他的诗里，连聊以寄托的东西都没有，一件寒衣，一方手帕，并没有，没有一起游园，没有西窗画眉，什么都没有，能唤起回忆的东西那么少，离开妻子那么久了，连相貌都快记不起来了，可心里却总是疼痛。他只能不停地想着妻子的声音和容貌，从十几岁到三十几岁，然而总是那么缥缈，就像一个冗长的梦啊，只是他终于知道，他的妻子，再也不会回来了。

突然想到《银魂》里面的土方十四郎了，真选组的“鬼之副长”，一直是酷酷的，不苟言笑，被一群少女追捧却始终没有谈对象。因为他最爱的人——三叶，在当年一起练剑的乡下，他们彼此相爱，但他却觉得他走的这条仕途是一条打打杀杀不要命的路，是无法给爱人带来幸福的。多年以来，一直也不肯再见三叶。终于听说三叶要结婚了，却发现三叶的未婚夫从事非法贸易，而且只是将她当做拉拢真选组的棋子才订立婚约的。这一切让这个男人孤身冲入敌营拼到血流满面，只为了那个女人能得到真正的幸福。最后，三叶的未婚夫被他杀死，三叶长年抱病的身体也没有撑住而病逝。土方仍然是没有去病房看她一眼，而是一直嚼着三叶最爱吃的、也经常送过来的

“激辣仙贝”，虽哭得泣不成声，却只是说“好辣啊”。

可是这些总是装酷的男人们，如果真的爱，难道就不能放下自己背负的那么重的理想和抱负而去热烈地相爱吗？为什么到爱的人死了，才懂得痛哭流涕，才知道追忆往昔？

魂断九泉招不得，“待吾瞑目之后，与子同穴而葬”。于谦能做的，也只有这个了。土木堡之变以后，处在权力斗争核心的于谦觉得疲累，他本是受命危难，却并非贪恋大权。而如今功高如此，站在风口浪尖上却避无可避。

“老来况味俱萧索，只有归心不自由。”“老怀未遂归田计，追逐羞看两鬓皤。”我终于依稀明白了于谦临死前笑的原因了，一方面是觉得讽刺，另一方面，也许正是解脱。这个一生勤政，历经戎马，最后却不得不纠缠在他并不擅长的政治斗争中的年过花甲的老人，终于累了。既然不能还乡，那么不如安心逝去了吧。这些罪名加于我身又如何，百姓知道我，历史会记住我，关键是，我自己知道自己，是清白的，是堂堂正正的，是无愧于心的。那么，就让我死了吧。

也许在此时，董氏的面庞才慢慢清晰起来了吧，临刑之时，对明朝已是尽忠尽责，再无一点留恋，反而是对妻儿家人的内疚，那一个个不能寐的夜晚，那一次次无人之时的失声痛哭，终于都会浮起，而终于都会解脱。

黄泉之下，你们再相见，你们终于在一起，直到永恒。

吴梅村《桃叶歌》：乱世离人恨

龙山山下茱萸节，泉响琤淙流不竭。
但洗铅华不洗愁，形影空谭照离别。
离别沉吟几回顾，游丝梦断花枝悟。
翻笑行人怨落花，从前总被春风误。
金粟堆边乌鹊桥，玉娘湖上蘼芜路。
油壁香车此地游，谁知即是西陵墓。
乌桕霜来映夕曛，锦城如锦葬文君。
红楼历乱燕支雨，绣岭迷离石镜云。
绛树草埋铜雀砚，绿翘泥涴郁金裙。
居然设色迂倪画，点出生香苏小坟。
相逢尽说东风柳，燕子楼高人在否？
枉抛心力付蛾眉，身去相随复何有？
独有潇湘九畹兰，幽香妙结同心友。
十色笺翻贝叶文，五条弦拂银钩手。
生死旃檀祇树林，青莲舌在知难朽。
良常高馆隔云山，记得斑骓嫁阿环。
薄命只应同入道，伤心少妇出萧关。
紫台一去魂何在，青鸟孤飞信不还。
莫唱当时渡江曲，桃根桃叶向谁攀？

这一段感情叫人无法释怀，也许吴梅村至死也没能真正释怀。这一生他忙着许多事情，功名，文名，逃避，争取，理想，现实，他一直是个敏感却软弱的男人，结果到头来手忙脚乱的，什么都没真正得到过，而失去的却早已无法挽回了。

这一天，冷雨泠泠，他独自走到她的坟前。那些年轻的时候不敢想的，不敢说的，现在已经可以抛却所有的束缚说出来。他已经很老很老了，他的一生经历过两个朝代，前朝大明已经彻底如死灰，再也没有反清复明的希望了，于是他纡尊降贵地俯身事清，谁知道最后投降清朝的人那么多，偏生大家爱揪着他的小辫子不放，他在清朝即使当了个官也一直内心不安，惶惶不可终日。最后还是辞去了官职，用他的晚年来忏悔自己的变节行为。尽管在他心里，那个摇摇摆摆的昏聩的晚明朝廷实在没有什么值得留恋和忠心的，但是他还是不得不屈从于世俗的眼光，他一直就是这么一个活在世俗眼光里的人。

他这一生也经历过一些女人，其中有她。她绝对不是可有可无的那一个，或者说，他曾经以为她不过是一个可有可无的过客，但是当他老了，她长眠于地下，他回想起她曾经给予他的爱情和期待，这仅有的一点温暖已经成为他这一生为数不多的真实之一了。思君即怆然，他想着想着，竟然老泪纵横。

他对着她的坟墓，开始缓缓地回顾着他们之间的点点滴滴。

又到了一年一度的茱萸节，山泉水还是这样叮叮咚咚流逝着，仿佛时光一样。可惜的是，时光之水只能洗净铅华，只能将青丝洗成霜雪，却不能够洗掉我的哀愁，我一个人站在泉边，形单影只，泉水无情地照出了我们的离别。自从离别后，我就时常回想，回想这一切，梦如游丝一般轻易断去了，翻笑行人埋怨春风误了落花。往事一幕幕重现，那些曾经以为早已忘掉的场景，如今又轻易地被想起，金粟堆边的乌鹊桥，玉娘湖上，蘼芜路，我坐着油壁车到处游览，谁晓得这里竟然就到了西陵墓地了呢。

深秋的霜雪映着夕阳，一切如此冷清而又肃穆，锦城之下埋葬着这个时代最难得的才女——卞玉京。这一番战乱过去，许多陈年往事都化作了烟尘，回首一看，一切都显得迷茫而遥远，仿若镜花水月一般。柳如是君不在了，马香兰君，董小宛君，那些红颜都随着战乱而凋零，现在又如何能寻着芳踪呢？那些命薄红颜都入了同道，伤心少妇却只身出家了，这一去就杳无行踪，再无消息。别再提当年你给我唱的那支渡江曲了，世事凋零，桃根桃叶又该向谁攀去呢？

他遇见她的时候是一见倾心的。卞玉京不是一个惯染风尘的女子，史料上都说卞玉京生性有些淡漠，不爱交际，她只有跟熟人才口若悬河，不左右逢源，也不笑颜如花，这对于一个妓女来说是难得的，因而也显得很独特。她就那样带着清冷的气质站着，宛如一株梅花，于是他想起了那句俗语："酒垆寻卞赛，花底出陈圆"，传言说这两个女子堪称绝色，可见所言非虚。几次你来我往下来，卞玉京已经对吴梅村芳心暗许了，她从来就不是一个会察言观色的姑娘，也不是一个欲拒还迎的姑娘，她学不会逢场作戏，也学不会委婉，她就是这么一个直来直往的人，所以那一次，她从他的眼底看出了情意，便问，你要娶我吗？

我想当时吴梅村心里一定响起了一个大炸雷，娶一个妓女，他自问还没有到钱谦益那种风流的地步，那种大风流之事，必须要大风流之人才能做得出来，他自认还是逊了一筹。何况，他听闻崇祯帝的宠妃田氏的哥哥田畹最近来金陵为皇帝选妃，已看中陈圆圆与卞赛等。吴在权势赫赫的国舅前胆怯了，只在卞赛的寓所吹了几首曲子便凄然离去。另外，一些学者的正式研究却得出两个不同的原因：一、吴伟业不敢接受卞玉京是因为当时朝廷规定官员不得在就任地娶当地姬妾；二、吴伟业中崇祯四年榜眼之后，崇祯皇帝赐假令其回乡成婚，吴不想为一个风尘女子而破坏了这个光荣的"赐婚"。大约一年后，明朝灭亡。

不知道吴梅村当时听闻明朝覆灭，崇祯自缢的消息心里作何感想，毕竟家国早已不是理想中的家国，而佳人，却葬送在这往事不堪回首的朝廷里了。兵荒马乱，妓女们和复社几社的人都经历了破败凋零的命运，很多文人的理想都丢失在这乱世里，钱谦益失节了，陈子龙避无可避，跳水殉国。风流总被雨打风吹去，因此当吴梅村再次想起卞玉京的时候，又是一番滋味。

一年后，他在柳如是的撮合下，几乎就要与卞玉京相见，无奈卞玉京临时反悔了，给他留了封信，说，下次再说吧。我们现在已经无法去猜当时卞玉京的拒绝是因为什么？是近乡情更怯的惶恐吧？又或者有一点点责怪，毕竟当年他辜负了她的坦白直率。

然而，在天地变色的时候，还有什么值得执著？就像倾城之恋里的范柳原和白流苏，在战火中，他们彼此相依为命，那些些不专心、不够深爱，又算得了什么呢？毕竟在这炮火之后，他们是残存的生命，是该惺惺惜惺惺，忘却之前的恩怨，重新开始的吧。

被拒绝了之后，吴梅村很是伤感，写下了四首诗送给她。

白门杨柳好藏鸦，谁道扁舟荡桨斜。
金屋云深吾谷树，玉杯春暖尚湖花。
见来学避低团扇，近处疑嗔响钿车。
却悔石城吹笛夜，青骢容易别卢家。（其一）
油壁迎来是旧游，尊前不出背花愁。
缘知薄幸逢应恨，恰便多情唤却羞。
故向闲人偷玉箸，浪传好语到银钩。
五陵年少催归去，隔断红墙十二楼。（其二）
休将消息恨层城，犹有罗敷未嫁情。
车过卷帘徒怅望，梦来褊袖费逢迎。
青山憔悴卿怜我，红粉飘零我怜卿。
记得横塘秋夜好，玉钗恩重是前生。（其三）
长向东风问画兰，玉人微叹倚阑干。
乍抛锦瑟描难就，小叠琼笺墨未干。

弱叶懒舒添午倦，嫩芽娇染怯春寒。

书成粉箑凭谁寄，多恐萧郎不忍看。（其四）

他不是不懂她，一句“缘知薄幸逢应恨，恰便多情唤却羞”已经把彼此的心意写尽了，也可见吴梅村面对卞玉京的“吃定她”，可不是么，他一语道破她的心意，“如果你对我无情，此刻见了我应该恨我才对，我知道，你不见我，正是因为对我还很有感情啊！”那个看起来硬如钢铁的女子，敏如琴弦的一面一旦被一个男人吃定，还不是手到擒来的事儿。谁让她就是这么执著认真呢。

果然隔了几个月，卞玉京和他在第一次相遇的地方重逢了，她看着他，有一种历尽艰辛劫后余生的怆然和感恩，他看着她，有一种世事变换总算有个东西没变的感慨。她还是爱他的，而且不是爱那么一点点。她为他弹起了曲子，正是用他写给她的词谱成的。他一听肯定更加得意了，可以想象，在没有见面的这三个月里，她是如何呕心沥血地谱曲，把这些年的怆然和变故写进来，只为了向他倾诉。

说完了，琴弦冷冷挂断。她终于把他们之间的感情做了一个清算，金戈铁马里，儿女情长本来就显得脆弱和奢侈。他们早已身心俱疲，隔在他们彼此之间的是岁月的洪流和永远都无法遗忘的战争、国破家亡、异族侵略。他们只能互道珍重，再各自默默离去。后来吴梅村还是做了清朝的官，卞玉京嫁给了一个老诸侯，后来他们俩又都不约而同地后悔了一时的选择，吴梅村又辞官回来清修修订古书，并且很是后悔做了清朝的官；而卞玉京一年后就把自己貌美的侍女留给诸侯，自己则去寺庙里做了女道士。在寺庙里，她长斋绣佛，持课诵经戒律甚严。为报郑氏之恩，用三年时间为郑氏刺舌血书《法华经》。如此十年，然后去世了。

过了很多年，那个犹犹豫豫总是跟她擦肩而过的男人来祭拜她，他这一辈子就没有顺顺当当破釜沉舟地做过一件事，哪怕一件事，他一向寒素谨慎，缺乏大气，这在一年以后的甲申国变中同样有所表现。当崇祯自缢煤山的消息传来，梅村号恸欲自缢，但终因瞻顾家眷而放弃；当友人王翰痛愤出家，并与梅村相约入山时，梅村亦以牵连骨肉而未果。他总以为自己什么都不该抛弃，他的家人，他的父母，他的前途，但是沧海桑田，什么功名利禄，在命如草芥的改朝换代中显得那么的脆弱，他到死的时候除了一身的悔恨和污名，什么也没有得到。包括那个曾经全身心爱她的女人。

也许在这个时候，他对她的不仅是什么肤浅的爱或恨，还有对他这一生经历的种种的欷歔，她毕竟见证过他的犹豫、懦弱和失去，也亲自用离别对他进行了惩罚，现在她当然有权利欣赏他的忏悔。

同样的场景，也发生在《朗读者》的末尾。最后已经年纪很大的拉尔夫·费恩斯带着他的女儿来到汉娜的墓前，长长的往事被拖出来，也是一个她爱着他，却被他的懦弱和偏见所阻隔的故事，最后她老了，满怀着对他的爱和欷歔自缢在房梁上，她爱的那个孩子最终还是没有想要理解她。即使是爱情，也阻挡不了他对她的偏见，但是政治上的风向总是会被时间澄清，而他迟早会面对这一切，这一生，他为了他所不能够理解的正义，为了自己的懦弱和自私所付出的代价和内疚。

幸好，幸好，这个世界上还有一个地方可以忏悔，还好，他在看透彻的时候还有一方墓地可以倾诉，可以救赎。

梅尧臣《悼亡三首》：相看犹不足，何况是长捐

（一）

结发为夫妇，于今十七年。相看犹不足，何况是长捐。

我鬓已多白，此身宁久全。终当与同穴，未死泪涟涟。

（二）

每出身如梦，逢人强意多。归来仍寂寞，欲语向谁何。

窗冷孤萤入，宵长一雁过。世间无最苦，精爽此销磨。

（三）

从来有修短，岂敢问苍天。见尽人间妇，无如美且贤。

譬令愚者寿，何不假其年。忍此连城宝，沈埋向九泉。

——梅尧臣

说起梅尧臣，估计没多少人知道是谁，但是说起那句诗，倒是很熟悉：

适与野情惬，千山高复低。好峰随处改，幽径独行迷。

霜落熊升树，林空鹿饮溪。人家在何许？云外一声鸡。

但凡背完大小李、大小杜的孩子背起宋诗来很容易就背到这首，尤其是最后一句，意境悠远，取词精巧，一直是被看做作文佳句来赏析的。还

有一首，更是红得不得了，小学毕业不会背这首诗的肯定没拿过三好生：诗曰："陶尽门前土，屋上无片瓦，十指不沾泥，鳞鳞住大厦。"尖锐明朗，读后使人强烈地感到不平。而且这首诗多么地又红又专，充满了革命主义精神，可见梅尧臣是出了名的歌红人不红的代表。其实在当时，他的名声也算是大得不得了了，欧阳修自认为自己的诗写得不如梅尧臣，而就文章来说，他跟欧阳修也是并驾齐驱的。清朝的文学评论家刘克庄评价宋朝文学的时候说，梅尧臣是宋诗之祖，可以看得出来，这个人在当时的名望和地位。

但是世事无常，很多年后孩子们都只知道"十指不沾泥，鳞鳞居大厦"，而不知道梅尧臣，也不知道梅尧臣做过什么，说过什么，真是造化弄人。

据说早期梅尧臣很是浮华，宋朝初期流行一种宫体诗，叫做"西昆体"，风格很像唐五代十国时候的花间词风，旖旎轻浮，字斟句酌。这种词气象小，没有大国风范，一般百废未兴，或者即将亡国的时候才会流行这种不正之风。梅尧臣也不能免俗，大家都在写，他也跟着写，不过他写得比一般人有水准，整体来说还算清丽灵秀，比如开篇我们提到的"人家在何许，云外一声鸡"这句，很明显境界要高于辞藻，算得上很有水准了。可见人的本质还是很难改变的。

说起来我们想起李白的时候总以为是一个潇洒的青年，最老顶多是一个清癯的小帅哥，很飘逸，断然不会觉得他是个胖子。但是一联想到杜甫，却总觉得他是一个苦大仇深的老头，谁相信他也年轻过，写过"会当凌绝顶，一览众山小"的豪情诗句呢？

梅尧臣也是一样，我总是不相信他也年轻过，也写过西昆体，因为他后期的诗歌实在太朴实，太内容大于形式了，而我以为年轻人总是爱花里胡哨一些的，尤其是帅哥，帅哥写文章肯定比较注意形象。因此梅尧臣一定不是个帅哥，长得必然跟他的诗歌一样质朴，他的感情亦然，肯定是白开水，无悲无喜。他的为人，肯定是刻板而又枯燥无趣的！然而，第一印象害死人，因为后来有很多证据都证明我的判断是错误的，从他的人品，到他的诗歌，到他的爱情。

就为人来讲，一般讲到仙风道骨，都难免会想到李白和苏东坡，李白是邀月喝酒，苏东坡则是“把酒问青天，明月几时有”，都有几分超凡脱俗之气。相较而言，梅尧臣就显得普通多了，写的诗歌很多都关系到民生疾苦，句句切中要害。然而他却是苏东坡的伯乐，苏东坡的顺利仕途可以说是从梅尧臣的赏识开始的。

宋史记载了这么个故事：一次进士考试，尧臣为考官，辅助主考官欧阳修阅卷，发现了苏轼写的“刑赏忠厚之至论”，惊为天人，并推荐苏轼的试卷给欧阳修批阅。欧阳修颇惊其才，但是试卷糊名，欧阳修心想，能写得出这么好文章的人，很有可能是自己的弟子曾巩，但为了避嫌，于是将此卷取为第二。事有碰巧，欧阳修取为第一的卷子，恰好是曾巩所写。这个故事虽然过于巧合，都是至少说明了，苏东坡的那种机巧大气，梅尧臣完全能够欣赏。他的胸襟和见识又岂是一般人所有？

而他的爱情，虽然史料记载较少，但是这个故事一定是非常非常美的。尽管他的爱情没有人感兴趣，因为那只是两个人世界里的事，但是通过他老老实实的一支笔，一切情节细节都被恰到好处地还原过来，她的点点滴滴，音容笑貌，那么细致入微，情真意切，即使人们不知道关于他妻子的只言片语，仍然可以相信，她是一个世上最美丽、最贤惠、最善良、最幸福的女人。这就是梅尧臣的悼亡诗所达到的境界，他不感人，只是真实而已。

说到他这个人，我又不得不反思自己曾经说过的，关于凤凰男的推论，因为梅尧臣实打实的是一个凤凰男，而且不是一般的穷。他是一个农村的孩子，家里很是贫苦，十六岁的时候就中了乡试，但是当时因为家庭困难，付不起上私塾的钱，他只能跟着叔父去河南洛阳打工，半工半读，自此走上了打工上学的不归路。先后在孟县、桐城县当“主簿”（相当于文书一职），熬了好几年才按照规定升任知县，升任知县之后被召试，竟然考得不错，皇帝赐予他进士出身，根据业绩政绩升任尚书都官员外郎。他的政绩也算是一步步脚踏实地、呕心沥血得来的，但是这个男人竟然丝毫都没有一点浮华虚荣的东西，非常好地秉承了农村子弟应有的质朴和纯真，而没有被都市的浮华物语遮住眼睛。事实上，他早年写诗的时候是有过那么一段时间很是“精雕细琢”，但是当他当了官之后，反而返璞归真了，因此我们可以把他那一段岁月当做一种“年少轻狂”吧。

而且他当官当得不是一般的好，我们后代提起明君贤臣，难免会想到很多丰功伟业，其实历史上最多的还是小县令之类的官员，能做到梅尧臣这样的，肯定是不多的。梅尧臣入仕之后，曾胸怀大志，抱有远大抱负，他原名“圣俞”，后改“尧臣”，意为立志要做个圣明君王的贤臣，然而他却没有遇到圣君。但是，虽然没有遇到圣君，他也不改初心，严于律己，兢兢业业地恪守自己的理想。

梅尧臣任建德县令的五年间，为人诚厚，清高自持，颇能体察民间疾苦，尽自己的力量做了许多惠政于民的事情。他经常深入乡间百姓家微服私访，与农人、烧瓦匠、贫妇交谈，了解民间疾苦，还亲自赶赴山林大火现场、洪水泛滥的溪流进行实地察看；他革除弊政，事必躬亲，当时建德为山区小县，县署外有破旧的竹篱，常年需要修护，因此成了向民众勒索的借口，梅尧臣来后果断以土墙代替，并在院内植了一丛竹子。元吴师道在《梅公亭记》中赞颂他“以仁厚、乐易、温恭、谨质称其人”。对于这样一位大文学家、大诗人、大名人，且在建德为官时又为民爱民，用诗歌这一形式表达民间百姓的怨愤，人民自然崇敬他、热爱他。所以梅公的德政、仁政在时隔九百多年后的今天仍在东至人民中传诵。

嫁给这样一个男人，按理说是无风无浪的，你很难想象出什么浪漫，当然，也断然不至于吃苦受累。一个对自己的子民这么呵护有加的男人，必然是一个很有责任感的男人，而且他务实，没有什么花言巧语，但是在危难关头绝对不会弃你于不顾。

她跟他在一起十七年，过得怎么样，我们无从得知，她爱不爱他，我们也无从得知，如果不是他写了这么多的悼亡诗，我们甚至不知道梅尧臣还有爱情。但是正是这些诗句，让人不由得羡慕起那位不知名的女子。一个如此踏实、宅心仁厚值得依靠的男人，同时也有纤细柔软的一面，疼她、爱她，这该是多么大的幸运。

她去世之后他的哀悼之情是真切的，读上去甚至会觉得那简直就不是哀悼之情了。他是那么一个质朴的人，写出的诗歌没有一点点华彩，一字一句都是血泪，没有雕琢，没有典故，只有对她的想念，对往后没有她的世界的惶恐，以及对苍天的怨恨。

他们结婚到现在已经十七年了，这十七年里，看都看不厌她。别人都说，夫妻处得久了便是亲情，可是在他眼里，她永远都是新鲜的，他每看她一眼都是喜悦的，感觉是上天给他的恩赐。一个女人，能在一个男人眼里，美貌十七年——那也是极不容易的事了。年轻的时候看惯了山盟海誓，总以为永远这个词很简单，渐渐年纪大了，发现世事多变，再热烈的感情总有变成灰烬的一天。于是感慨，欢情不敌一炷香，岁月是一个大杀手。但是他说，他看她怎么都看不腻。这是一句多么质朴的话，透露出浓浓的依恋和欢喜，仿佛不是一个父母官能够讲出来的，更像是一个情窦初开的毛头小子带着腼腆的笑容，对你说这么一句话。而他这样腼腆羞涩的表情，竟然持续了十七年。

他说，我的头发已经白了，这副躯壳又能残喘多久？我们迟早还是要在一起的，死了到了黄泉也要在一起的，只不过，我在还没死的时候因为受不了相思之苦，而难免泪如雨下。

纵观古往今来的悼亡诗，没有一个人写出这样的话来，他这个愣小子，根本没有把死亡放在眼里，因为在他心目中，一切都不是阻隔，她先走一步只不过像是出了趟远门，或者在别的地方安家等着他如约而至。他比任何人都坚定，他们会一直相爱，一直在一起，不管生老病死。

这就让我难免会想到某一年春晚，朴树带着他的那首《白桦林》惊艳全场，“我来了，等着我，来这片白桦林”。生死契阔，与子成说。真正相爱的誓言，面对死亡就是这么无所畏惧，他们的灵魂会遵循着一种气味，紧紧依靠在一起。

她走了之后，他仿佛在做梦一样，看见别人难免也得强打起精神来故作洒脱。但是一旦回到家里，浓浓的寂寞和失去她的真实感还是会把他坚强的伪装给击垮。幽冷的窗户，偶尔有流萤飞进来，但是已经没有人跟他一起分享这份惊讶和欢喜，想念她的夜晚特别漫长，一只大雁飞过，带来一室寂寥。这个世界上没有什么最苦的事，但是我的精神和生命都全被这无穷的痛苦和相思给消磨殆尽。

他难免也会责怪苍天，但是想想人的寿命本来就有长有短，又有什么道理可言？看尽了这世界上所有的女人，再也没有一个会比你更好更美了。看着大街上来来往往的人们，有的明明蠢得要死，却还生龙活虎地活着，为什么不把他们的命来补偿一点给我的爱妻？上天啊，你竟然忍心把这样价值连城的宝贝埋进黄泉里！

读到这儿，连我都忍不住泪如雨下了。有人说爱到极处就是自私，整个世界里就只剩下她，所有的天地运行的法则，所有是非对错的标准灰飞烟灭，只有她的存在是绝对的真理，跟她作对的人就是坏人，哪怕与全世界为敌，他也要守护她。这是一种久违了的年少时的爱恋。都说孩子眼睛浅，没见过世面，才把爱情看得那么重，才会在一棵树上吊死。等孩子长成大人就不会这样了。他会变得成熟，会看见更多更好的事物，他会明白，没有人是不可被替代的。

可是那个时候梅尧臣的年纪也不小了，少说也有四十岁，在他眼里，她还是这么不可替代，他毫无道理地，甚至有点要赖地爱着她，竟然会想着拿别人的寿命来换她的？因为在他眼里，她是连城珍宝，而别的女人都是垃圾。他也许还会憎恨那些活着的女人，他在替她抱不平呢！多么令人心酸而又感动的孩子气。

还用得着怀疑她的幸福吗，尽管她在历史上连个名字都没留下，正如那死去的千千万万的亡妻一样，但是我相信，她一定是其中最幸福的一个。是的，她的丈夫不够聪明，不够圆滑，也不够甜言蜜语，但是他是如此全心全意地爱着她，就凭这一点，足以让全世界从古到今的女人羡慕了。

林黛玉《咏绿珠》：美女与野兽

瓦砾明珠一例抛，何曾石尉重娇娆。

都缘顽福前生造，更有同归慰寂寥。

——林黛玉《咏绿珠》

瓦砾也好明珠也好，一并都丢弃了也不在乎，石崇什么时候在乎过女人？怪只怪前生造的孽缘，于是便一起做伴黄泉，慰藉寂寥之心。林黛玉做这首诗的时候，应该是泪雨涟涟的，毕竟那前世今生的神话，不是什么时候都能纠缠在一起的。

石崇他就是一个流氓。不知道女人对于流氓是不是有一种天生的倾慕，且不论斯德哥尔摩效应的那种被俘情结，至少流氓比一般的男人有气概，显得特别，而且流氓代表着另外一个世界，那个世界里没有什么规则，没有什么文明，有的只是一种血气方刚的、赤裸裸的欲望，真实而又强悍。

这就是为什么公主都要叛逃，小姐都爱侠客的原因了。

记得我初二那年的一部好莱坞大片叫做《泰坦尼克号》，当露丝跟着杰克跑上了甲板，迎着风张开双臂的一刹那，每个人都在为这一对门不当、户不对的恋人叫好。是的，那个一板一眼、循规蹈矩的未婚夫是不会知道站在船头竟然也能够飞翔的，他的脑子里追逐的是一些没有生命力的虚无，权利、金钱、名望，这些在他眼里看来无比重要的东西，被船头的风一吹就跑了。还有，《罗马假日》里美丽优雅的公主，穿着小黑裙跳上了街头，也牵住了一个平民的手。

女孩儿在年轻的时候总会有过这么一两个暗恋的对象是跟流氓的形象有关的，尤其是乖乖女。那些调皮捣蛋的、总是被老师叫起来批评点名的家伙，他们甚至还会抽烟、骂脏话、打架，并且很讨人厌地总是揪你的小麻花辫，你是如此地惧怕他，却又控制不住地在意他、观察他。只有他敢跟老师顶嘴，尽管你听着他跟老师之间的争执是那么惊心动魄、令人害怕，但是你又不得不承认，他有时候的反驳顶嘴还真是有道理。如果他再长得帅一些就更是要命了，那就成为全校老师人人得而诛之的对象、全体女生心目中的梦中情人了，而那些发育未完全，哼哧哼哧背着小书包的乖乖虎则没有这个待遇。

石崇可以说是这方面的翘楚。

石崇作为古代富豪知名度颇高，人们常爱说他和皇亲贵戚斗富及绿珠为之坠楼的故事，导致后人对石崇之富印象特深。而石崇是怎么富起来的人们仿佛不很在意。

石崇的父亲石苞，在晋武帝时曾官至大司马，后曾一度遭受排挤，最终死于泰始八年。不太能看出石苞有多富，只知道他生有六个儿子，而石崇是最小的一个。石苞临死前将自己的财物分给诸子，可恰恰不给这最小的儿子石崇。石崇的母亲对此提出异议，石苞说：“此儿虽小，后自能得。”此话颇有点奇怪，就算石崇从小极敏惠，勇而有谋，按常理去想，也应该分得父亲的一份财物。但这奇怪之举却告诉后人石崇的财富不是从他先人那儿继承来的。石崇后官至城阳太守，伐吴有功，封安阳乡侯。但这不能保证使他富起来，而且能富到压倒贵戚王恺的地步。因为在伐吴过程中得以封侯者为数不少，王浚是伐吴第一功臣，所以刘禹锡写有“王浚楼船下益州，金陵王气黯然收”的诗句。王浚这人年轻时就好奢侈，因伐吴之功被封为襄阳县侯时，其子同时也被封侯，赐绢万匹，钱三十万。但王浚也只是自己玉食锦服，奢侈自逸，以这样的家私还没表现出和人斗富的举动。

石崇和王恺斗富发生在晋武帝时，在此过程中武帝常助王恺，最有名的是石崇以铁如意击碎武帝赐给王恺的珊瑚树，搞得王恺怅然若失。石崇的财富何以能富敌天子？他到底是怎么富起来的？武帝死后，昏庸的惠帝继位。石崇出京为南中郎将、荆州刺史，领南蛮校尉，加鹰扬将军。史书中记下了这样一笔："在荆州，劫远使商客，致富不赀"。短短一语，总算使后人明白石崇是怎么富起来的了。刺史是一州的最高长官，商人路过荆州，石崇对他们实施了明火执杖式的抢劫?这种勾当绝对是亦官亦盗，至此才可明白他是如何白手起家而成为巨富的。他后来能建有金谷园就比较好理解了。有在荆州的抢劫垫底，足以财产丰积，室宇宏丽。而此前是怎样富起来的，则仍然是个谜。但人们有理由这样猜测，他在任城阳太守或伐吴过程中一定是做了亦官亦盗的勾当，否则无法和贵戚们斗富。就相当于《让子弹飞》里的黄四郎所做的事儿，所谓流水的政权，铁打的乡绅，石崇凭借着自己的霸气和阴狠，成为富甲一方的霸主。当然，树大招风，得罪人，招人嫉妒猜忌是更不必说了。

他的一生用血汗铸成，理应相信"人定胜天"的古训，任何事只要用力就不会失去。绿珠也是一样，她是他花了一丁点钱买过来的女奴，美艳不可方物。据说任何宾客来石崇家里，石崇都会叫绿珠出来献舞，非常得意，而在座的宾客没有一个不被绿珠的美貌所俘获的。他非常宠溺她，给她世界上最好的珍珠脂粉、乐谱、衣服，而绿珠作为一个多才多艺的女奴也没有辜负石崇对她的厚爱，不仅漂亮妖媚，也相当蕙质兰心。

她喜欢昭君曲，曾经自己填词："我本良家女，将适单于庭。辞别未及终，前驱已抗旌。仆御涕流离，猿马悲且鸣。哀郁伤五内，涕位沾珠缨。行行日已远，遂造匈奴城。延我于穹庐，加我阏氏名。殊类非所安，虽贵非所荣。父子见凌辱，对之惭且惊。杀身良不易，默默以苟生。苟生亦何聊，积思常愤盈。愿假飞鸿翼，乘之以遐征。飞鸿不我顾，伫立以屏营。昔为匣中玉，今为粪土尘。朝华不足欢，甘与秋草屏。传语后世人，远嫁难为情。"词意凄凉婉转，其才情亦可见一斑。绿珠妩媚动人，又善解人意，恍若天仙下凡，尤以曲意承欢，因而石崇在众多姬妾之中，唯独对绿珠特别宠爱。

他是她的主人，他伟岸狠辣，富甲天下，却又风流潇洒。他有很多很多女人，却又对那些女人不屑一顾。他宠爱她们，却又玩弄她们。他的女人就像是一批可有可无的衣服，只是用来展览而已。

史料记载，石崇每次请客饮酒，常让美人斟酒劝客。如果客人不喝酒，他就让侍卫把美人杀掉。一次丞相王导与大将军王敦一道去石崇家赴宴。王导向来不能喝酒，但怕石崇杀人，当美女行酒时只好勉强饮下。王敦却不买账，他原本倒是能喝酒，却硬拗着偏不喝。结果石崇斩了三个美人，他仍是不喝。王导责备王敦，王敦说："他自己杀他家里的人，跟你有什么关系！"这个故事是为了说明王敦的狠比石崇更甚，但是从中我们不难看出石崇是一个多么冷酷无情的家伙。

回望魏晋南北朝，那一段充满着战争与杀戮的历史，处处烟尘与鲜血，人在这个时候都被扭曲成了欲望和恐惧的机器。国家倏忽一变，家也难成为家，为了片刻的欢愉，人们互相出卖、陷害，忙不迭地迷失自己在这巨大的黑洞里。乱世里的爱是嫣红嫣红的，肉欲也是赤裸裸的，这就像石崇院子里养的那些美丽的人儿，一边享受着世间无双的奢华生活，一边却又随时准备着去死。她们青春的容颜只是石崇手里的一些毫无价值的棋子罢了。那些爱情，在霍乱时期，又算得了什么呢？连性命都如草芥的岁月里，一切都充满了悲怆的短暂感和末日情绪。

她爱他吗？也许爱，也许不爱。她只是他的女奴之一，在这乱世内，随波逐流，凭她的蕙质兰心，怎能看不出来这一切的虚浮和短暂？

他爱她吗？也许爱，也许不爱，但是至少她是特别的。

石崇在朝廷里投靠的是贾谧，他为逢迎贾谧无所不用其极，甚至贾谧出门，他站在路边，望车尘而拜，深为时人不齿。待后来贾谧被诛，石崇因为与贾谧同党被免官。当时赵王司马伦专权，石崇的外甥欧阳建与司马伦有仇。依附于赵王伦的孙秀暗慕绿珠，过去因石崇有权有势，他只能意淫一下而已。现在石崇一被免职，他便明目张胆地派人向石崇索取绿珠。那时石崇正在金谷园登凉台、临清水，与群妾饮宴，吹弹歌舞，极尽人间之乐，忽见孙秀差人来要索取美人，石崇将其婢妾数十人叫出让使者挑选，这些婢妾都散发着兰麝的香气，穿着绚丽的锦绣，石崇说：“随便选。”使者说：“这些婢妾个个都艳绝无双，但小人受命索取绿珠，不知道哪一个是？”石崇勃然大怒：“绿珠是我所爱，那是做不到的。”使者说：“君侯博古通今，还请三思。”其实是暗示石崇今非昔比，应审时度势。石崇坚持不给。使者回报后孙秀大怒，劝赵王伦诛石崇。

一个从来不把自己的女人当回事的石崇，也会有宁可为了一个女人而得罪有权有势的人的时候，可见，尽管他很残暴，很血腥，他是爱她的。他对她有着专属于爱情的占有欲。

于是后来赵王伦派兵杀石崇。石崇对绿珠叹息说：“我现在因为你而获罪。”绿珠流泪淡淡地说：“愿效死于君前，不让敌人得逞。”说罢就突然坠楼而死，石崇想拉都来不及拉住。一介女子，以死酬情，难怪千古之下，多得是为她写诗的人呢！

爱到了极致，便是一份淡然，没有患得患失，没有斤斤计较。你知也好，不知也罢，我就这样在属于我的地方守着，你要我的歌声我便为你唱歌，你要我死，我眉头也不皱。

那句话也许该这么说：女，为知己者死。

绿珠之事后代还有人效仿的。唐代乔知的宠婢窈娘有姿色，且善诗文歌舞，乔知深为爱幸。当时武承嗣骄贵，强迫乔知以金玉赌窈娘。乔知输了后，武承嗣便派人去乔知家抢走了窈娘。乔知怨悔，做《绿珠篇》以叙其怨：“石家金谷重新声，明珠十斛买娉婷。此日可怜无得比，此时可爱得人情。君家闺阁未曾难，尝持歌舞使人看。富贵雄豪非分理，骄矜势力横相干。辞君去君终不忍，徒劳掩面伤红粉。百年离别在高楼，一旦红颜为君尽。”乔知私下让武承嗣家的阉奴传诗于窈娘。窈娘得诗悲泣，投井而死。武承嗣从井里捞上窈娘的尸体，从衣中得到此诗，便鞭杀阉奴，罗织罪名杀了乔知。

后人凭吊绿珠的诗篇多不胜数。白居易的《洛中春感》说：“莫悲金谷园中月，莫叹天津桥上春；若学多情寻往事，人间何处不伤神。”杜牧的《咏〈金谷园〉》诗，更增添后人的无限喟叹：“繁华事散逐香尘，流水无情草自春；日暮东风怨啼鸟，落花犹似坠楼人！”落花犹似坠楼人！人们以桂花的散落比喻绿珠一跃而下的凄美留芳，并尊她为八月桂花花神。

而林黛玉更是添了身世之感，情到浓处无生死，没有他，活着没有趣味，倒不如死了。最后林黛玉咳血而亡，于当日对绿珠的感慨算是一语成谶么？

《诗经·绿衣》：最早的悼亡诗

绿兮衣兮，绿衣黄里。心之忧矣，曷维其已！
绿兮衣兮，绿衣黄裳。心之忧矣，曷维其亡！
绿兮丝兮，女所治兮。我思古人，俾无訧兮。
絺兮绤兮，凄其以风。我思古人，实获我心。

——《诗经·绿衣》

一直很喜欢《国风》，四个字四个字吐出来的感觉，简练而深刻，悠远而绵长。总觉得那个时候的百姓，是淳朴的，是奔放的，是热烈的，是智慧的，他们不做作不矫饰，不阿谀献媚也不故作深沉。这样的他们，说出来的话，也就成了诗。这样的诗是超越时代的，每个字都能打在你的心上，落在最舒服的地方，唤起你最原始最单纯的情感。

这首绿衣，选自《国风》中的《邶风》，邶这个地方，是现在的河南北部，当时是殷商之后，也是中原文化的中心地带，可见文明程度和开化程度都是比较高的。孔子对邶风的评价有“闷”、“鄙”、“不继人之怨”，虽然有他的道理，但是难免架着一副有色眼镜，摆着学究的面孔去猜度历史兴亡。其实对于百姓来说，商亡了，换周朝，又有多少是常怀亡国之恨而借故牢骚的呢？对于夏桀，百姓都能喊出“时日曷丧?予与女皆亡”这样的句子来，难道会让他们感念商纣的“恩典”而故作其哀？

所以，在我看来，看诗经，其实“思无邪”不该是朱熹夫子眼中的品行端方思想纯正，而是要求我们这些读诗的人，看到诗句的真诚，不要总是过度引申解读。诗经中的国风，就是各地民情的荟萃、老百姓的生活琐事、他们真挚的情感，这样看，才能读出中原大地那最质朴的韵味来。因此，读《邶风》，我只读出了女子控诉抛弃他的丈夫、丈夫出征与妻子的分别、妻子怀念远役在外的丈夫、姑娘等待河对岸的情人、男人暗恋漂亮的女子，等等，这些都是人与人之间简单真挚的情感。而这篇《绿衣》，是一个普通的丈夫在怀念他死去的妻子。

绿兮衣兮，绿衣黄里。心之忧矣，曷维其已！

绿兮衣兮，绿衣黄裳。心之忧矣，曷维其亡！

嗯　这个丈夫里里外外地翻看一件衣服，这衣服或许是女人自己的，又或许是女人给他织的，反正看着看着心里就很难受，难受得不能停住，难受得没法忘记。绿兮衣兮，“绿衣”两字之间，用“兮”字隔离开来，像是叹气又像是哽咽，就是这简简单单的十六个字，重复嗟叹着又情感真诚。

人死不能复生，但是人生前用的东西、做的东西还是那样活生生放在那里的，看着他们，叫人怎么能不想起故人？衣服里里外外、一针一线都是那么熟悉，那么亲切，也许还寄宿着残留的一点魂灵，又怎么能让人不哀伤呢？

面对故去的亲友，其实人的感情是非常复杂的。刚刚逝去的时候，生命顿时缺失了一块，惶惶然而不知所依。那个时候，故人生前用的东西都是不可触碰的，看着，遇着，就忍不住悲从中来，不可断绝。看着看着，就忍不住留下泪来。睹物思人，正是如此。那个时候，其实是排斥看见这些东西的，有时候明明心里稍微好过一点了，日子稍微正常一点了，突然整理衣柜发现故人衣物，刚刚平静的心里又起波澜，刺得人纠结心伤。可是日子久了，生活总得继续，日子还会常新，慢慢地，故人的音容笑貌渐渐缥缈模糊了，反而要借助旧物事来帮助怀念。在一些具有纪念意义的特殊的时日，在平日人前生活的背后，在忙忙碌碌尘世的闲暇，抚摸旧物，想起亡人，那尖锐的刺痛感慢慢钝化成隐约的酸，不碰则已，碰着，却让人酥酥地痒，怀念变成了一种贪恋，回忆变成了一种逃避。以前无论酸甜苦辣都被美化了，都被软化了，变成一种绵绵密密的酒，微醺而迷幻。

故人，就不仅仅可以寄托怀念，还可以成为俗世喧嚣的避风港。而那些旧物，就成了通往避风港的窄窄回廊。即使是周朴园这样的黑心大贾，也不忘在家设一处书房，放满了旧人物事，隔三差五回去嗟叹缅怀，无论他如何黑心如何市侩，可当他一个人站在房间的时候，心里应该是只有怀念和歉疚的吧。尽管这样的歉疚多少只是自己给自己演的戏码，其实无关亡人。可那种念恋，我们又怎能只斥责其虚伪呢？无论一个人是好是坏，面对亡人，多少会流露出一些真实性情，有时候，怀念的情绪是超越善恶的。面对死去的人的时候，大家都知道无须虚伪，和活人纠缠斗智已然够累，留一方净土让自己躲一躲，歇一歇，这是每个人都有的权利。

可是，面对故人，能想些什么呢？

> 绿兮丝兮，女所治兮。我思古人，俾无訧兮。
>
> 絺兮绤兮，凄其以风。我思古人，实获我心。

这首诗里，男人先想到的是，女人缝衣服时一针一线地穿梭来去。可以想到这样的一幅场景：在一盏昏黄如豆的灯火之下，女人认真的样子，脸颊绯红的样子，为爱人缝补衣物时甜蜜的样子。可能那些场景还深深印在男人的脑海里，挥之不去，于是像涟漪一样泛开。又想到女人生前的种种好处来，总能在自己冲动的时候，用温言软语平息怒火；总能在自己头昏脑热的时候，冷静地劝说自己看清形势；也能在自己彷徨无措的时候，轻巧地用几句话解开谜团指出明路。哦，我的女人，都是你让我避免了过失。穿上这件合体的衣服，但是心里却仍是凄凉，谁能再帮我做这么合体的衣服，正如我如何才能找到另一个能如此合我心意的女子？或许，是没有人可以替代的吧。

确实是一个最简单朴实的悼念亡妻的诗，没有花哨的词句，没有华丽的文采，也没有诗经里经常见的比兴。我亡故的妻子，不能用任何东西来加以比较，你就是你，永远活在我心中，无可比拟，无可替代。我只能端详着你给我缝制的衣服，去想你。

诗句到这里结束，凄伤的情感和哀婉的故事也到这里完结。刚刚好，有反复思念却不拖泥带水。

然而人生呢，还是要继续下去的。

一个人思念另一个人能够多久？谁也不知道。王子和公主不会幸福快乐地永远在一起。五阿哥和尔康最后也会变心。元稹妻子刚死的那一年，他写下“曾经沧海难为水”后的那一年，他就和薛涛好上了。生活的最后，你会发现很多曾经的刻骨铭心，最后都可笑地变成了云淡风轻。是的，我们曾经相爱，但那只能是曾经。我也曾经那么刻骨地想念你，悼念你，但是我知道你不会再回来，也许你也更愿意我走出去。

原谅我如此悲观，要知道，黄药师、乔峰、谢逊，他们都是小说中的人物。他们愿意背负丧妻之痛一辈子，要让这种痛狠狠地折磨他们自己，他们是大英雄。可是我们芸芸众生，又算得了什么。我们的一辈子那么长又那么短，需要故事，但是也摆脱不了欲念的纠缠，伤怀和背叛，有时候并不矛盾。

我突然想到了薛绍，嗯，还是小说中的人物。很多人说他懦弱，不想要的东西不敢不要，想要的东西又不敢要。发妻死去的时候逃避，最后爱上了太平也还在逃避，这样的男人真是瑟缩可叹。可我觉得，对于薛绍的描写，还真是较为完整地叙述了一个人从妻子死去到爱上另一个女人的过程和心理纠结。虽然《大明宫词》的整体基调是文学的、艺术化的，但是这种心情的描述却是贴切而真实的。慧娘刚死的时候，薛绍整个人都沉浸在对青梅竹马的陈年往事的回忆上，然后对逼死爱人的凶手——武后（当然也包括了她的女儿太平）痛恨却无所作为。只能通过情感上惩罚太平的方式来获得安慰。可是后来，他真的慢慢爱上太平了。太平是那么的美丽动人而又楚楚可怜，他们每天生活在一起，薛绍的感情开始慢慢背叛自己的理智。他不得不借着那把古琴才能强化起自己和慧娘那逝去的爱情，他必须通过这种提醒来告诉自己，你不能忘记过去，你不许爱上仇人。可身边这明眸皓齿、这艳丽无双又怎能视而不见。何况她还是通情达理的，她还那么爱他，这个公主甘愿为他低声下气，默默被他侮辱和谩骂。这种炽烈的爱燃烧得他透不过气来，烧尽了他所有的心理防线，他知道他就要被烧毁了，他知道他就等着融化了。

最麻烦的是，他愿意被融化了。

那曲祭奠逝去爱情的《长相守》，最后配上的是这样的词：

长安月下

一壶清酒

一束桃花

心如烛光

渴望在幻想中点亮

一想起你

我已经开始

开始 疯狂

长相守它是啊

面具下的明媚

明媚后隐蔽的诗啊

无缘感悟

你像迎送花香的风啊

无辜而自由

我像闻到蜜香的蜂啊

爱上你

长相守究竟是什么？我如何能做到和你在阴阳两界的长相守？时光凛冽，凌迟过去。我早已无法做到心如止水，我们的长相守被声势浩大的爱摧毁了。无论她或者她的母亲做了什么，可她是爱我的，真挚而炽烈的爱是无关道德的，或者本质上其实是自私而具有破坏力的，太平的爱正是如此的摧枯拉朽。她伤害了我们的长相守，但她是无辜的，她只是爱我，我无力抗拒。在这样强大的爱之下，我被自己的背叛和游移吓到了，我却已忘记了过去了，我不再记得长相守的誓言了，我每日每时都在做的事变成了：想另一个女人或者强迫自己不去想她。这太可怕了，我如此挣扎，我走不出去。我只能选择用死亡结束一切，也许死了才能让我们长相守，只有死了，才能让我们长相守。

他爱上了她，但是他选择了死。

悼念，其实只能停在悼念的那一刻，坚忍如薛绍，也抵不住太平汹涌的爱情，何况是凡世俗子。这件绿衣，放在衣柜里或许有很多年了吧。从睹物伤情，到现今的拿起衣物才能想到过去，时光不自觉地变成了扼杀爱情的刽子手。爱情需要不断地浇灌抚慰，面对逝去的人，我们除了恸哭几声，除了在受伤的时候拿起旧物躲进旧时光里，还能再做些什么呢？

周邦彦《兰陵王·柳》：少年游

柳阴直，烟里丝丝弄碧，隋堤上、曾见几番，拂水飘绵送行色。登临望故国，谁识京华倦客？长亭路，年去岁来，应折柔条过千尺。

闲寻旧踪迹，又酒趁哀弦，灯照离席。

梨花榆火催寒食。愁一箭风快，半篙波暖，回头迢递便数驿，望人在天北。

凄恻，恨堆积！渐别浦萦回，津堠岑寂。斜阳冉冉春无极，念月榭携手，露桥闻笛。沉思前事，似梦里，泪暗滴。

——周邦彦《兰陵王·柳》

那些年少的往事，我曾经以为都忘记了。但是没有，它们都一点一滴地窝藏在记忆的角落里，稍微摇晃两下就会慢慢浮现。

那是一个孤独的少年，在一个繁花似锦的春天，他是要走了吧？离开这一片熟悉的故土，送行的堤岸上柳色青青。他不由想到了曾经有人对他说，如果哪天分别，就折柳送别，因为不想告诉我，我舍不得你走，只能靠这一枝嫩绿，告诉你我的伤感和依依不舍。

《诗经·采薇》里就有关于柳枝的记载，“昔我往矣，杨柳依依，今我来思，雨雪霏霏”。柳枝在很早很早以前就被当做离别的道具，但凡有人要走，必然折柳相送。这么多年来，这隋堤上，送走了多少行人呢？从前只见过别人一次又一次地折断柳枝，互相送别，那淡淡的离别愁绪总叫一个少年心慌意乱。可是今天，轮到我站在这里。

门前若无南北路，此生可免离别苦。原来，只要人长大，就总有一天要面对离别啊！当我站在这高高的隋堤上，青青的柳条依依不舍地抚摸着我的裙裾，竟然没有人来送我，连一个折柳的人都没有啊。我甚至怀疑，有人认得我么？有没有人知道，我在这京城，沾染了一身疲惫，感情丢失了，梦想也搁浅了。如今我的离开算什么呢？在你眼里，大概就是一场失败者的逃窜吧！想想这护堤上的柳条，送走了这么多来来去去的人，折下来的断枝估计都有上千尺了。

离别，真是一件再普通不过的事儿。

船到了，我走了，我坐在这孤独的船头上，开始回忆，回忆跟你之间的事。可是不管我怎么回忆，都只能记得最后那一幕，你知道我要走，你没有挽留，我知道我要走，可是我还在等你的挽留。但是我们最终谁都没有开口说，只是拉着暗哑的胡琴，唱歌，饮酒，把气氛弄得尽量快乐。然而，你我都知道，这些都无法阻止离去的脚步。昏黄的灯光照着你的脸，你知道吗，我很想把你的样子狠狠刻在我的脑海里，每当想你的时候便拿出来慰藉相思之苦。或者我干脆就让时间停留在此刻吧！我不用走了，什么都不管了。你说可好？

然而时间还是一步一步地逼近，梨花榆火催寒食，寒食节的那天，也就是我离开的时间，我们只能眼睁睁看着别离的到来。

如今我已经坐在远去的船头，那些熟悉的景色从我眼前缓缓掠过，再渐渐远去，很快我就看不见刚刚流连过的大堤和那葱郁的杨柳色了。我的心感到撕扯一般的疼痛，再也回不去了，那些甜蜜的、忧伤的，亲爱的，我再也见不到你了。我知道这不是短暂的离别，即使我们没有死，那也算是生离死别了。你一定想不到，平时看起来狂放不羁的、孩子气的我，竟然会哭泣吧？你在我心里的重量，又有谁能知道呢？我爱你，谁相信呢？

想想就凄凉无比，我只是一个默默带着伤痛离开的小孩子，眷恋你的温柔，眷恋你的轻声细语，不想离开你。斜阳默默下坠，天色渐暗，我渐渐看不到你了。在这一片茫茫月色的笼罩之下，我又想起了曾经。每当夜幕降临，我们都会去街边的小花园散散步，亭台楼阁，迂回无限，偶尔你会吹笛给我听，你的笛声真是美极了。想到这些，我又忍不住要流泪，就像是一场梦。

亲爱的，你知道做梦的感觉吗？再深刻的梦、再美好的梦，只要过了中午，就会随着阳光烟消云散。而我们之间的一切，就像随着夕阳暮色而渐渐消散的梦一样，明日一别即天涯，你知道吗？

这是周邦彦年轻的时候写的一首词，据说他爱恋的名妓李师师被宋徽宗看上了，有一次宋徽宗来跟李师师偷情，被周邦彦碰了个正着，吓得躲在床底，亲眼看见了这一场鱼水之欢。年少的心经受的疼痛自不必说，事后写了酸歪歪的《少年游》来倾吐自己心里的不快。这个举动可把宋徽宗给惹毛了，本来跟天子喜欢同一个女人就只有躲起来暗自神伤的份儿，没想到他还这么有种，竟然敢写诗挑衅，于是宋徽宗很是忌讳他，便把他贬斥到外地去。跟天子当了情敌，那必然不是什么好结果，也只有年少轻狂才能做出这种事儿来。想必，在他的眼里，没有什么感情能比得上他对师师的感情，即使尊如天子又如何？

但宋徽宗实在看错了李师师，这个女子虽然生得柔媚无骨，却一肚子不合时宜。明知道周邦彦遭到皇帝贬官，一般朋友都不敢去相送，自己却偏偏扔下宋徽宗在她的闺阁久等，跑去送周邦彦出城。回来还唱周邦彦的曲子《兰陵王·柳》给宋徽宗听。

宋徽宗一想自己确实有点过分，于是第二天就召周邦彦回京，并封官大晟乐正。从此，还经常和周邦彦在一起填词作曲。这固然是艺术的魅力，却也少不了李师师的功劳。这样的传奇故事虽不可全信，但也可帮助理解当时的风流。

作为一个青楼妓女，李师师令男人们忘却伦理纲常，忘却世俗烦忧，在文学和美女上，找到了自己的立足点。她的"客人"涉及面之广，波及范围之大，行业影响之深，估计当属中国古代妓女史上的翘楚。

那个少年，才情满腹，就是这样迷失在她的气度和才情美貌里，他贪慕她的温柔和睿智，像一个孩子一样喜欢她、依赖她。当然，她不是不疼惜他，然而，久惯风尘的女子又如何能理解一个孩子心里的固执与傻气。

这个故事是否是杜撰，我姑且不做推敲。不过王国维老先生已经通过重重考证，说明了这个故事的虚假，不过周邦彦年轻时确实爱恋过一个年长的妓女岳楚云，最后仍然无疾而终。他也为她写过许多词，极尽缠绵悱恻，这倒是确凿无疑的。不过，不管他是跟谁在一起，谁没有刻骨铭心的第一次的离别呢？谁没有在年少时候愁思百结地为离别哭泣伤悲过呢？至少周邦彦的这首词里的那个少年是纯净而多情的，至于他到底是不是周邦彦，可能是，也可能不是。但是一定是属于每一个朝代的读者，在我们的心里激起了共鸣，才能够这么多年来如此被广为传颂。

还是年少时光好，我常与人这么感叹。

那个时候爱上一个男孩，当时觉得他是那么不羁潇洒，怎么猜都猜不透他的心思，他是喜欢我，还是不喜欢我？喜欢看他在球场奔跑无所顾忌的样子；喜欢看他骑着单车在校园飞驰，然后被教导主任喝骂的样子；喜欢在晚自习下课的时候默默跟在他的身后，假装有意无意地同路走。万一有个春游秋游运动会，那就更不得了了，你会找一切办法突出重围，走到他身边，只为说那么一句不痛不痒的话。

或者，有那么一个孩子喜欢过你，他痴痴傻傻的，不怎么会说话，他不像长得帅的男孩儿一样吸引人的眼光，也不像成绩好的聪明孩子一样意气风发，他也不是体育健将，所以你从来都没有正眼看过他。当然，你接受过他给你买的早餐，接受了他给你记的笔记，接受了他每天鞍前马后地像一个小奴仆似的殷勤。

当然，最后，你还是义正言辞地拒绝了他，或者用言语伤害了他。他低着头，深深地看了你一眼，清澈的眼睛里尽是无辜，你会心疼，甚至会自责内疚，但是你还是狠下心来掉头就走。那天傍晚的月光、你心里的忐忑和紧张都依稀缠绕了你很久，直到一切都化作淡淡的叹息。你们从此生分了，你们偶尔目光相遇的时候你竟然会觉得有一点点心酸，你知道，一切都已经回不去了。

很多年、很多年过去了，你常常会想起那个时候的你、你爱过的男孩和爱过你的男孩们。那些青春的好时光，终于沉淀成你心里最美好的图画。那些你以为会不屑的小细节，渐渐成为你记忆里最珍贵的财富。

你站在他的窗前发呆，他站在你的楼下等待。你离开他的时候所流下的眼泪，他离开你的时候所流下的眼泪，交织在一起。往事像是一场梦一样，寻到它的时候早已白发生，可是你知道，它一直都在，于是你会庆幸你没有遗忘那些片段，他也没有。过了很多年，你们重逢了，那些傻傻的事情，那些跟单车铃声和风筝交织在一起的青春年华，你们青涩而又深刻的爱恋，你们惆怅而又纠结的别离，它们永远永远也不会消失。

刘希夷《代悲白头翁》：年华易逝

洛阳城东桃李花，飞来飞去落谁家？
洛阳女儿好颜色，行逢落花长叹息。
今年花落颜色改，明年花开复谁在？
已见松柏摧为薪，更闻桑田变成海。
古人无复洛城东，今人还对落花风。
年年岁岁花相似，岁岁年年人不同。
寄言全盛红颜子，应怜半死白头翁。
此翁白头真可怜，伊昔红颜美少年。
公子王孙芳树下，清歌妙舞落花前。
光禄池台文锦绣，将军楼阁画神仙。
一朝卧病无相识，三春行乐在谁边？
宛转蛾眉能几时，须臾鹤发乱如丝。
但看古来歌舞地，唯有黄昏鸟雀悲。

——刘希夷《代悲白头翁》

你看，玩泥巴的孩子都长大了，唐朝的诗歌真是一个绝好的盛世风貌，就连不甚出名的刘希夷这一首不甚出名的《代悲白头翁》也自有一种磅礴大气、流丽明快之美。更别提中间那句千古绝唱“年年岁岁花相似，岁岁年年人不同”了。

这是一幅很美却又很伤感的图画。

洛阳的花开了，最是一年春好处，春天给人的感觉总是充满了蓬勃的希望、万物复苏的快乐，桃花、梨花，纷杂耀眼，太美了。随着风，那粉红的花瓣轻轻起舞，它是要落向哪里呢？秋天的落叶总是十分惹人感伤，然而春花却不会，人们觉得它美，开的时候美，落英缤纷也是美。

每年到了四五月份，玉渊潭的樱花就开了，全北京的人都争着去看，看那可怜矜持的粉红是怎么样在枝头摇摇欲坠，最后随风而逝的。有几个人是带着惜春的心情呢？他们都像是在赶一场晚宴一般赶着去看花，于是那些可怜的樱花就寂寞地凋零了。

而这些场景在古代，还是颇有些陌上花开缓缓归的情调的。

洛阳的年轻姑娘们都长得十分漂亮，唇红齿白，柳腰款摆，面对世界她们自有一种睥睨天下的嚣张。然而，当她们看见了与她们一样美丽的百花的时候，却又别有一番思量。看见了落在地上的委顿之花，再抬头看了看尚在枝头的，不由得一阵叹息。

我猜，这个女子一定是双十年华了。拿在今天，应该刚刚超过二十五岁，正在向剩女行列迈进。在这个时候，一切易逝的年华，都会显得尤其激烈。她想，今年花落的时候，我又老了一岁，明年花落的时候，这一切恐怕又是另一个样子了。今天在我身边的人，明年还会在吗？当你意识到岁月的脚步的时候，你往往早已无能为力。想当年，我们还是孩子，最期待的事情就是过年，生命显得很漫长，漫长得有点看不到头。我们为了一件新衣服，为了一两天可以不做作业的自由，为了多看一会儿电视——总之，都是些无足轻重的理由，就收买了我们的青春，我们拼命地想要长大，但是“长大”这个词偏偏显得那么难以到达。青春呼啸而过的时候，单纯无知的我们，根本没有听到一点声响，我们甚至还焦虑过，是否永远也无法长大，永远也无法像大人一样成熟？后来某一天，在新年的钟声敲响的时候，你的心为之一震，上一个新年的钟声似乎犹在耳边，然而这两声钟声之间，我得到什么了？又失去什么了呢？

只要这一瞬间，就长大了。

短短的几年时间，甚至有时候只需要一两年，你就能看见许多孩提时代看不见的东西，不是周围的风景变了，而是我们的眼睛变了。那些分分合合，一刻不停地上演，只是年幼无知的我们从未把它们放在眼里罢了。

她看见了昔日挺拔的松树如今被砍了当做柴火，她又听说曾经的桑田，如今已成了海。连似乎亘古不变的大地都在岁月中慢慢改变，还有什么是永恒的呢？古人已经不在洛阳城东了，人世也就短短几十年，然而现在的人仍然对着这一年一度的花开花谢，在永恒的大自然面前，人的一生真的短暂倏忽啊！

那些年轻貌美的姑娘们，那些身强力健的小伙子们，应该可怜那些半死的白发老人啊，他当年也是长得很精神很帅气的小伙子呢！都说世间最惨淡的事不过“红颜白发”，昔日越是繁盛，越是难以忍受凋零，他们比一般人更容易感受到“曲终人散，客走茶凉”的凄惨。想当年，他跟他的同伴们，都是公子王孙，鲜衣怒马，在公园里游玩，泛舟、听曲、唱歌、跳舞，挥霍着似乎永不枯竭的大好时光。他也曾经挥毫泼墨，写写文章，互相唱和，甚是风流快活。

但是一旦疾病缠身，青春走了，臭皮囊也迅速地萎缩下去，他不再年轻貌美，万贯家财也挥霍干净了——很轻易地，他就变成了一个无人搭理的可怜虫。他缩在城市的角落里，看着那些游玩歌舞升平的人们，里面有不少曾经也是他的朋友，可惜没有谁再能记得他了，也没有谁愿意再与他执手言欢。他终于知道，长得再漂亮又能怎么样呢？美好的容颜是世上最脆弱的礼物，只要短短一瞬间，你就是一个白发苍苍的老人了，切莫低估时间的强大啊！不信你看，那些荒芜的野地里，坟场上，再无一个人去凭吊，那些地方可都是当年著名的歌舞池啊！透过这荒凉的寂寞，依稀还能看得见当时年轻人们寻欢作乐的场景，而今却只剩一片荒芜。

说到极盛时候的快乐，又有谁能不了解呢，毕竟谁都有过光辉灿烂的年轻时候，也许有的人的青春不那么风光，反而到了老的时候才感受到生活的别样滋味。所以人们才说，最残酷的事，无非英雄暮年，美人迟暮。

英雄暮年的故事中，令我印象最深的就是廉颇将军了。他在赵国效力了一辈子，打过多少次以少胜多的著名战役，如果不是他，赵国早就被秦国给灭了。官至大将军，风光无限，但是当廉颇从长平免职回家，失去权势的时候，原来的门客都离开了。等到再被重用当将军，门客们又都聚拢上来。他很是感慨，而且难免有点不爽，觉得他们都是趋炎附势的小人，要他们退去，门客却教育他：这没什么奇怪。现在是以市场上的买卖方式交朋友，您有权势，我们就跟随您，您没有权势，我们就离开，这本是买卖常理。又有什么埋怨的呢?

秦始皇二年(公元前245年)，赵孝成王去世了，其子赵悼襄王继位。襄王听信了奸臣郭开的谗言，解除了廉颇的军职，派乐乘代替廉颇。廉颇于是离赵投奔魏国大梁(今河南省开封市)。廉颇去大梁住了很久，魏王虽然收留了他，却并不信任和重用他。赵国因为多次被秦军围困，赵王想再任用廉颇，廉颇也想再被赵国任用。赵王派遣使者宦官唐玖带着一副名贵的盔甲和四匹快马到大梁去慰问廉颇，看廉颇还是否可用。廉颇的仇人郭开却唯恐廉颇再得势，暗中给了唐玖很多金钱，让他说廉颇的坏话。赵国使者见到廉颇以后，廉颇在他面前一顿饭吃了一斗米，十斤肉，还披甲上马，表示自己还可大有作为。但使者回来向赵王报告说：“廉将军虽然老了，但饭量还很好，可是和我坐在一起，不多时就拉了三次屎。”赵王认为廉颇老了，就没任用他，廉颇也就没再得到为国报效的机会。

楚国听说廉颇在魏国，就暗中派人迎接他入楚。廉颇担任楚将后，没有建立什么功劳。他说：“我思用赵人。”(《史记·廉颇蔺相如列传》)流露出对祖国乡亲的眷恋之情。但赵国终究未能重新起用他，致使这位为赵国做出过重大贡献的一代名将，抑郁不乐，最终死在楚国的寿春(今安徽省寿县)，年约八十五岁。十几年后，赵国被秦国灭亡(参见秦灭赵之战)。

后来的史学家纷纷对廉颇将军一生的际遇表示惋惜，司马光甚至断言，廉颇一生的起伏直接关系到赵国的国运，然而那些后世的评论又有什么用呢？很多年后，辛弃疾也为廉颇的遭遇感到惋惜，写出“凭谁问，廉颇老矣，尚能饭否”的句子，是啊，一个英雄，一个驰骋沙场多年、敌人闻风丧胆的英雄，他可以死在战场上，被敌人的利剑刺穿胸膛，但是绝对不能受这般奇耻大辱，最后寂寞地老死在自己家的后院里。

宋朝的诗人陆游，一生都在想着铁马冰河入梦来，然而最后依然老死在乡下，他死前还心心念念地想着光复中原，还我河山，因此我们在读到“王师北定中原日，家祭无忘告乃翁”的时候才能为之动容。记得小学的时候，语文老师教这一首诗时千方百计地想让我们体会其中的豪情壮志，然而豪情壮志只是一时的，当我知道了当时的历史背景，看见了一个白发苍苍却心有不甘的老翁，心里泛起的却是更多的辛酸。

一部著名的电影《她比烟花寂寞》中，可爱的小妹妹积琪也是这样走上了青春的不归路，她一直只是一个没有长大的孩子，她爱她的姐姐，并且试图抢夺属于她姐姐的一切。年轻的时候她那如泣如诉的大提琴的天分，她那漂亮迷人的外表，还有她那似乎永远不竭的生命力，多么令人羡慕，但是当时的积琪却在诅咒大提琴，诅咒自己所拥有的一切。直到有一天她在演出中站不起来了。错愕的积琪发现似乎身体的什么部分脱离了自己的掌控，唯一认为这个世界上永远忠于自己的东西，在积琪毫无意识的情况下，发生了最可怕的变化——多发性硬化症，一种迄今为止尚无特效药的绝症。积琪开始强烈要求丈夫让自己演出，尝试着重新拾起琴弦，然而疾病迅速恶化，到最后只能在乐队中敲定音鼓。音乐会后，积琪发现自己渐渐失去行动、听觉甚至呼吸的能力。可她始终不愿别人看到她凄惨的光景，所以她拒绝一切朋友包括家人。她开始脾气更加要强，更加怪异。当她给开始不愿意回家的老公打电话的时候，只能得到老公的敷衍，最可怕的是，她听到了那个曾经对她海誓山盟，陪她度过生命绝大多数风光时刻的爱人那边，传出了婴儿的哭声。电话筒从她的手中无力地滑落，她已经无力说话，却还是让“杂种”二字脱口而出。

终于，弥留时候到来了。积琪浑身抽搐，不吃也不喝，早已说不出话来。那些曾经仰慕她的、喜爱她的人都像模像样地跑过来慰问她。他们来到她的家，在客厅里放下鲜花和礼物，便自顾自地开始聊天、唱歌、跳舞——她的死亡只不过是别人进行沙龙聚会的一个背景罢了。她曾经拥有那么那么多，但是到底什么才是真正属于她的呢？她的嘴角浮起冷笑，她说，世态炎凉啊！那个纯真快乐的孩子，到底是回不去了。

最后，一直心有嫌隙的姐姐终究去看了妹妹。她搂着她，喂她喝水，并与她回忆小时一起去海滨玩耍的事：她们跑到了海边，看到海边立着个奇怪的孤身一人的女子。小积琪上前向她问好，然后，径直跑回来，拥着姐姐："一切都会好起来的。"至此，电影画面凌乱起来，那幼时海边立着的奇异女子转过身来，而她，就是成年后的积琪。第二天，姐姐在回家的路上，在广播里听见妹妹积琪去世的消息，而她唯一能做的，就是在空旷的森林中，失声痛哭。

这么奇异的一部电影，这么奇异的一个女子。

永远没有长大的积琪，看似得到了世人眼热的辉煌，却终究是一个没有得到爱的孩子。一生陪伴她的只有那架价值连城的大提琴，她的一生也在得到大提琴的那一刻注定地与音乐缠绕在了一起，得到了解不开的诅咒。她抚摸着琴呢喃，她说只有你不曾令我失望。一个天才女子，将自己定格在了奋力拉琴的落寞时刻，高傲而寂寞。她像烟花一样，耀眼地绽放在世界的每一个角落，闪耀在历史的舞台，俯视着欧洲古典音乐界群雄，却始终找不到爱。而当到最后连大提琴都背叛了她的时候，她的寂寞确确实实要比刹那的烟花浓烈得多。

当然，我们没有那么耀眼，这个世界上大多数还是庸庸碌碌的凡人，最年轻的时候也不过是路边的一株小花小草，不那么耀眼。我们的故事平铺直叙，根本引不起别人的关注。然而在我们一生一次的相会里，这些喜怒哀乐已经是全部了。我们的盛开与苍老，在属于我们自己的角落里，缓缓凋谢。

林黛玉《葬花吟》：女人的悲剧来自于失去爱情

花谢花飞花满天，红消香断有谁怜？
游丝软系飘香榭，落絮轻沾扑绣帘。
闺中女儿惜春暮，愁绪满怀无处诉；
手把花锄出绣闺，忍踏落花来复去。
柳丝榆荚自芳菲，不管桃飘与李飞；
桃李明年能再发，明年闺中知有谁？
三月香巢已垒成，梁间燕子太无情。
明年花发虽可啄，却不道人去梁空巢也倾。
一年三百六十日，风刀霜剑严相逼；
明媚鲜妍能几时，一朝漂泊难寻觅。
花开易见落难寻，阶前愁杀葬花人；
独倚花锄泪暗洒，洒上空枝见血痕。
杜鹃无语正黄昏，荷锄归去掩重门；
青灯照壁人初睡，冷雨敲窗被未温。
怪奴底事倍伤神？半为怜春半恼春；
怜春忽至恼忽去，至又无言去不闻。
昨宵庭外悲歌发，知是花魂与鸟魂？

花魂鸟魂总难留，鸟自无言花自羞；
愿奴胁下生双翼，随花飞到天尽头。
天尽头，何处有香丘？
未若锦囊收艳骨，一抔净土掩风流；
质本洁来还洁去，强于污淖陷渠沟。
尔今死去侬收葬，未卜侬身何日丧？
侬今葬花人笑痴，他年葬侬知是谁？
试看春残花渐落，便是红颜老死时；
一朝春尽红颜老，花落人亡两不知！

——林黛玉《葬花吟》

花儿已经枯萎凋残，风儿吹得它漫天旋转。褪尽了鲜红颜色，消失了芳香，有谁对它同情哀怜？是啊，古往今来的大多数人似乎永远都在匆匆忙忙的路上，他们为了这个奔走，为了那个争斗，谁会顾及这么一树凋谢的花？毕竟开在宫廷里万人瞻仰的花是那么少，而在这春末将花瓣随风凋落的花儿太多，人人无暇他顾，任凭这昔日灿烂的芳华如今成枯冢。没有人会在乎，甚至根本没有人会留意到它。

柔软的蛛丝儿似断似连，飘荡在春天的树间。漫天飘散的柳絮随风扑来，沾满了绣花的门帘。闺房中的少女，面对着残春的景色多么惋惜。满怀忧郁惆怅，没有地方寄托愁绪。这一片凋落的花絮总算是找对了哭诉的人，因为这家闺阁里的姑娘一见到它们就想起了自己的身世。如果青春只能葬送在一场无望的爱情里，然后又随着年华流逝，这一生将是多么的凄凉。眼看着，春天就要过去了。总以为这个春天能发生什么的，枝上柳棉吹又少，墙里秋千，墙外少年游。每年开春都要做上一些鲜艳的漂亮衣裳，热热闹闹的，总像是不那么孤独了，可惜花无百日红，眼见春天就要过去了，什么都没发生。

大词人辛弃疾说过："惜春长怕花开早"。年轻的时候一点也不明白，既然喜欢春天为什么还怕花开得早了？就好似年幼的时候总是盼着过年似的，期待着冬雪初融，期待着爆竹声把寒冷的冬天炸飞，然后新芽生长，百花盛开，这一切多么值得人期待啊！然而，越是美好的东西越是短暂，在它离去的那一刹那就越让人惆怅，好像孩提时候的假期，总是喜爱周六多过于喜爱周日的，因为周日就意味着结束——结束，一个多么令人感伤的词啊！

因此，辛弃疾很敏锐地捕捉到了这种惜春的情绪，正是因为太过于喜爱春天，才希望花开得不要那么早，如此，便可以多停留一些时日，宁可把期待等候的时间延长也不愿过早地面对失落和伤逝。意识到这一点的人，恰恰已经处在暮春的阶段了，至少，他有一颗易感的暮春之心。

于是闺阁里的那个姑娘（我们暂且忘记她是林黛玉），带着一颗易感的惜春之心，拿着锄头走出了闺房，看着一地落红，忍不住想到了李清照的诗句"满地黄花堆积，憔悴损，如今有谁堪摘？"是啊，昨日还好好的呢，一枝头的姹紫嫣红，只不过一夜的工夫，便凋零了，花魂何其短暂。看着这些凋零的尸体，姑娘踮着脚步，不忍心在落花上践踏来践踏去。看见那些芳魂，不由得就想到了自己，原来风流总被雨打风吹去是这么快的事！

轻佻的柳絮，浅薄的榆钱，只知道显耀自己的芳菲。不顾桃花飘零，也不管李花纷飞。因为他们的好日子还有，或者说，因为他们从来就没有过美好的时候，所以他们对于时光总是无所谓的，轻飘飘的，不在乎的。看着满地的落红他们或许还会嘲笑她们的脆弱。噢，他们懂什么呢？

待到来年大地春回，桃树李树又含苞吐蕊。可来年的闺房啊，还能剩下谁？

就像总有些东西是永恒的，比如春来秋往，比如这一颗千年的老柳树，而人的青春却跟随着这一年一度的花开花落而再也回不来了。明年我会在哪里呢？眼见红颜一点一滴地老去，我的青春会凋零在那哪一个风雨交加的夜晚呢？多情总似无情苦，也许是我太多情了吧？一点季节变化都会引发我的惆怅，但是青春的人儿啊，想想生命匆匆而过，你究竟留下了些什么？记住了些什么？又丢失了些什么呢？这么一想，又如何能够不感伤？

新春三月燕子噙来百花，散着花香的巢儿刚刚垒成。梁间的燕子啊，糟蹋了多少鲜花，是多么无情呢！明年百花盛开时节，你还能叼衔花草。你怎能料到房主人早已死去，旧巢也已倾落，只有房梁空空。你难道不知道，你拿来做巢的枝桠上曾经开满是鲜艳欲滴的花蕊么？你怎么忍心因为它掉落了，衰败了，就拿来做巢呢？她看着这一切，觉得异常哀伤，红颜老去固然可悲，然而更加可悲的，不就是随着红颜衰退而渐渐淡去的感情么？

一年三百六十天啊，过的是什么日子！刀一样的寒风，利剑般的严霜，无情地摧残着花枝。面对如此苦难的人生，饶是什么样的丰满青春都会被折磨得不成人形。为什么上天要给我这么多的苦难，这厢青春的脚步一阵胜似一阵地仓促，另一厢，那些美好的、值得期待的总是与我擦身而过。我多想挽留住哪怕一点点，来陪我一起抵抗世俗的风吹雨打，然而却不能。那些少年也渐渐老去，爱过我的，没能够撑到最后，不爱我的，从未见过我的美好，我就要在这寂寞中一日一日地枯萎了。

明媚的春光，艳丽的花朵，能够支撑几时。一朝被狂风吹去，再也无处寻觅。

谁还会记得你曾经也鲜艳过呢？无非是一句笑话罢了。

花开的时节容易看到枝繁叶茂的景象，一旦飘落，哪里还能找得到旧时的踪迹？我就站在阶前，看着这飘零的落红，愁思满怀。

手里紧握着花锄，我默默地抛洒泪珠。泪珠儿洒满了空枝，空枝上浸染着斑斑血痕。那些飘落的不是花瓣，而是我斑斑心血，那些得不到的，得到后又失去的，那些眼睁睁看着它溜走的年华，第一根白发，第一缕细纹，都那么叫人心痛。更令人心痛的是，我将默默无闻地老去，连一个相知的人都没有。就好像我离开了某个我眷恋不已的地方，却没有人将我相送。

杜鹃泣尽了血泪默默无语，愁惨的黄昏正在降临。我扛着花锄忍痛归去，紧紧地关上重重闺门。清冷的灯光照射着四壁，人们刚刚进入梦境。轻寒的春雨敲打着窗棂，床上的被褥还是冷冷冰冰。

人们奇怪是什么事情，使我今天这样格外伤心？ 一半是对美好春光的爱惜，一半是恼恨春天的逝去。

其实都是一样的，美好的春光如果没有人怜惜，那么它就会随着风雨黯然消逝，然而春光尚是幸福的，因为至少人们喜爱春光明媚的节气，人人都喜爱百花齐放时的妖娆，至少它在最明媚的时候，是有人欣赏的。而我呢？已经是二八年华，却连一个相知相惜的人都没有。不，或许是有一个的，可是前途渺茫，面前隔着千山万水，千难万险。又如何能够盼得相守一生呢？如果没有一个人能够相知相守一生，那么这个春天的凋零，又算得了什么？

我高兴春天突然来临，就像我感谢上天赐予我青春，毕竟她是那么的轻盈美好，然而又为它匆匆归去感到抑郁。春天悄然无语地降临人间，又一声不响地离去。什么痕迹都没有留下，这真让人觉得伤悲啊！

昨晚不知院外什么地方，传来一阵阵悲凉的歌声。不知道是花儿的灵魂，还是那鸟儿的灵魂？不管是花儿的灵魂，还是鸟儿的灵魂，都一样难以挽留。问那鸟儿，鸟儿默默无语；问那花儿，花儿低头含羞。也许那不是花在歌唱，也不是鸟在歌唱，而是我心底的悲伤，它在呐喊、在哭泣吧？

我衷心地希望啊，如今能够生出一双翅膀。尾随那飞去的花儿，飞向那天地的尽头。撇开这纷纷扰扰，撇开这各种拘束，我可以自由地呼吸，自由地奔向那天地之外去寻找我的幸福，挥洒我的青春，我要向所有我热爱的生命发出呼唤，我爱他们。眼前的这一切都太拘束了，而我，只能凋谢在这方圆百尺的香闺里了么？不过，纵使飞到天地的尽头，又能怎么样呢？流浪者是没有家的，哪里又有埋葬香花的魂丘？我最终会孤零零地老死天边，成为一缕孤魂。

不如用这锦绣的香袋，收敛你那娇艳的尸骨。再堆起一堆洁净的泥土，埋葬你这绝代风流。这样，你那洁净的灵魂至少有一个归宿，不至于漂流在外，受尽那腌臜世俗气味的熏染。愿你那高贵的身体，洁净地生来，洁净地死去。不让它沾染上一丝污秽，被抛弃在那肮脏的河沟。

花儿啊，你今天死去，我来把你收葬。谁知道我这薄命的人啊，什么时候忽然命丧？你死的时候，我看得见你的凄凉，而我死的时候，又有谁看得见我的凄凉呢？我这惜花者一死，他日等你再次凋谢的时候会有谁来将你埋葬？今天我埋葬你，别人都笑我疯癫痴傻，可见这世上惜花者已经渐渐殒身，来年等我死了，又会有谁来将我埋葬呢？

不信请看那凋残的春色，花儿正在渐渐飘落。那也就是闺中的少女衰老死亡的时刻。

一旦春天消逝，少女也便白发如丝。花儿凋零人死去，花儿人儿两不知！我，还有那些花儿，各自死在各自的角落里，孤寂，沉默。

这真是一个冷漠的、功利的、肮脏的世界。

甚至没有人愿意停下来看一眼那曾经取悦过你的花儿，那凋零的姿态，也许只要你为它洒一把泪，它就安息了。但是，没有人，没有人愿意这么做。

黛玉葬花可谓红楼梦一书中的经典场景，将黛玉的多愁善感、风流清高全部描绘了出来。在黛玉的心里，宝玉是这肮脏世界里唯一的知己，然而玉石前盟到底抵不过金玉良缘。没有人会在乎你爱得是否卖命，更没有人会珍惜你短暂的生命。

女人总是喜爱把爱情跟生命的意义挂钩，似乎那是现世生活中唯一可以取暖的所在。然而爱情何其短暂善变？这也就注定了黛玉的悲剧，面对这个浮躁冷漠的世界，她所能做的就是把心寄托给宝玉——而宝玉本身也不过是这个冷漠世界的一个牺牲品，他如何能护得了她的玲珑心？

秦可卿去世的时候，大家都掉了泪，晴雯惨死，大家做了诗，而当黛玉香消玉殒的时候，宝玉却正在震天的唢呐声中迎娶宝钗。黛玉的身边只有紫鹃拭泪，聆听她最后的，若不可闻的呼吸。

花落人亡两不知。那边是宝玉被最亲的人连骗带哄地娶了一个不爱的女人，这边是黛玉在怨恨和痛彻心扉中绝望地结束了自己的生命。那些所谓的爱情，总是跟着青春一起死亡，而青春却是爱情无法负荷的重量。

卓文君《白头吟》：美女才不怕当弃妇

皑如山上雪，皎若云间月。
闻君有两意，故来相决绝。
今日斗酒会，明日沟水头。
躞蹀御沟上，沟水东西流。
凄凄复凄凄，嫁娶不须啼。
愿得一心人，白首不相离。
竹竿何袅袅，鱼尾何簁簁！
男儿重意气，何用钱刀为！

——卓文君《白头吟》

相传这是卓文君写给司马相如的，司马相如是汉朝有名的才子，卓文君是当时有名的才女——不，何止是才女，简直是才女加财女加美女，是个男人都想娶她。因此关于他们之间的故事特别多。

关于他们的相识，传说是这样的。

据说，司马相如穷困时在临邛富豪卓王孙家作客，在饮宴中偶然见到卓王孙新守寡的女儿文君很美貌，于是弹奏《凤求凰》表达自己的爱慕之情，挑逗文君。文君果为所动，当夜与相如私奔成都。相如是个贫苦文人，生计无着，过了一阵只好同文君回到临邛开个小酒店，就开在卓府对面。卓文君当垆卖酒，卓王孙大为恼怒，不忍爱女抛头露面被人取笑，只好分一部分财产给她。司马相如后来到京城向皇帝献赋，为汉武帝赏识，给他官做。

这个传说有点诗意，但是却奠定了日后的整体基调。第一，司马相如是有才的，而卓文君仰慕他的才华。仰慕对于一段爱情来说，是必不可少的，尤其是女子仰慕男子的才华，而男子倾慕的是女子的容貌。事实上，这两个东西是不对等的，仰慕是一种位卑者的爱，而倾慕只能算是“欣赏”的另一种表达方式。因此，在世人眼里，这是一段美好的、符合期许的、琴瑟和谐的爱情。在司马相如当时的眼里，也是这样。他看中了一个长得漂亮家财万贯的妞，于是弹琴勾引她，没想到一勾就成。于是他们成功地男欢女爱了。在这段关系中，司马相如是主动的，起控制作用的，至少他自己是这么觉得的，因此他完全有理由按照世俗的想法再去喜欢别的女人——在古代男人是有这个特权的，窈窕淑女，君子好逑，可是没有人规定君子只能求一个。

然而我觉得事实上并非如此，卓文君是仰慕司马相如的才华，这点是毋庸置疑的，不过卓文君能做出这种一勾就成的事儿，也足以证明她不是一个一般的女子。她连考虑都没有考虑就连夜跟着司马相如跑了——这一节让我又不由得想到崔莺莺，同样的美貌，同样被勾引，崔莺莺可没这么潇洒——她扭扭捏捏，患得患失，最关键的是，她自卑。我猜这跟生长环境有关，在一个苛刻严厉的老女人身边长大的女子，跟一个在父亲宠爱里长大的女子，感觉到底是不一样的。崔莺莺的自卑和惶恐多半来自于她那架子十足的母亲，家规甚严还整天把自己特当回事儿，从来不正视自己家族没落的事实，多尴尬呀！美女和美女的母亲天生就是对头，何况那个母亲还是个寡妇，更是见不得自己女儿过于满足于自己的沉鱼落雁了。平日里少不得拿自己的倒霉命谆谆教导——比如说男人不靠谱啊！女人要自爱啊！红颜易逝，恩爱难久持啊！导致了崔莺莺每天的课题就是怀疑自己、怀疑男人、怀疑爱情。因此，崔莺莺还没见张君瑞之前就动心了，但是面对张君瑞的勾引则是愁肠百结。她显然是爱上他了，但是她会考虑很多——两情欢好的时候倒是什么都好，但是一旦对方腻了呢？又或者张君瑞就是个登徒子，一旦得手，会不会就弃如敝屣？她那可怜的自尊和那蠢蠢欲动的春情在反复交战，而她到底是一个性情中的女子——抑或者说，女人陷入了爱情便盲目了，她终于答应了张君瑞，献出了自己的爱情和肉体，却在与此同时还保留着自己内心的天人交战，因此在张君瑞眼里，她不可捉摸，忽冷忽热，殊不知，这些都是她太过在意对方的表现。

渐渐地，张君瑞腻了，倒不是腻了崔莺莺的美貌，而是觉得疲倦，一个整天都需要男人热脸贴冷屁股的女人，任谁都会腻，当然，贾宝玉除外，他本来就是天外之物——何况她已经跟他上床了，原本为荷尔蒙驱使，男人还是可以多情几天的。我是实在心疼《会真记》里的崔莺莺，每次读她的故事都会扼腕不已。当然，我知道张生（还是直接说元稹比较好？）也没什么可怨恨的，男人么，不就是这么回事儿。轻而易举得来的，往往不会珍惜，因为女人的仰慕固然可以喂养他的骄傲，然而更容易使他过于自信，不知道自己是谁。而崔莺莺哪里懂得这些？一个第一次接触男人的女子，就这样把自己的一生幸福葬送在自尊和自卑里了。所幸最后崔莺莺还是嫁出去了，还嫁了个不错的男人，不然她后来也没机会再跟张生写诗表达岁月命运须臾之感慨了。所以说，这告诉我们一个道理：美女要自信，不要害怕成为弃妇，即使在封建社会，一个不是处女，感情经历不单纯的美女还能有出路呢！怕什么？要知道你的美貌比男人的宠爱靠谱多了！

而相对而言，卓文君才不想那么多呢，一个在父亲膝下长大的女儿该有多骄纵？何况卓王孙是个大财主，不是什么大官儿——大官儿就拿腔捏调多了，号称清官的海瑞还不是一样把自己的女儿葬送了么！土财主疼起女儿来那是不惜命的，大文豪也一样，土财主和大文豪有一个共同之处就是潇洒，看得开，疼女儿——你看看李格非的女儿李清照被宠成什么样了！卓文君也是一样，肯定是从小爬树打架掏鸟窝，一样都不输给男孩子，卓王孙给她擦屁股的事情肯定也没少做。不然怎么二话不说就跟着一个面都没见过的野男人跑了？那个时候司马相如可是一分钱都没有啊！

你再看看她后面做的事儿，更绝了。简直就是把她老子给吃定了，跟她一直等，一直对他微笑，一直陪着他，偶尔她跋扈地说，我就知道你一定会喜欢我的。是呢，只是，不是唯一而已。用尽心力，也抹不掉他心里的另一个影子。

皑如山上雪，皎若云间月。
闻君有两意，故来相决绝。
今日斗酒会，明日沟水头。
躞蹀御沟上，沟水东西流。
凄凄复凄凄，嫁娶不须啼。
愿得一心人，白首不相离。
竹竿何袅袅，鱼尾何簁簁！
男儿重意气，何用钱刀为！

——卓文君《白头吟》

了一贫如洗的司马相如之后，浪漫爱情是有了，但是天天在月光下面弹琴显然填不饱肚子，于是卓文君想到了一个贱招，那就是搬到她爹的院子门口卖酒去——跟站在他爹轿子前面讨饭是一样的道理，只不过卖酒显得更真实，不那么戏剧化——而且，卓文君肯定是读多了孙子兵法，知道不战而屈人之兵。让他老爹心甘情愿地送钱来，比起自己去讨要，显然要高明得多了。

卓王孙果然扛不住，只得乖乖送钱过来，把家产分了一部分给他们。知父莫若女，也可以看得出来，卓文君确确实实不是个简单的妞，她很聪明，而且行事很果断，招招都是杀招，颇有乃父遗风。

后来司马相如发达了，这跟卓王孙给的家产脱不了关系，出去办事，没钱哪能成呢？也可以说，司马相如在卓文君财力和智力的支持下，获得了官位。但是，男人就是男人，俗语说的好，小心中山狼，得势便猖狂。

司马相如还没怎么着呢，就开始琢磨着娶二奶了，关于他变心的证据，又有许多传说，其中有一节是这样的。

司马相如给妻子送出了一封十三字的信：一二三四五六七八九十百千万。聪明的卓文君读后，泪流满面。一行数字中唯独少了一个“亿”，无亿岂不是表示夫君对自己“无意”的暗示，已毫无留念？怀着十分悲痛的心情，回了一封《怨郎诗》。

一别之后，二地相悬。只说三四月，谁知五六年。七弦琴无心弹，八行字无可传（八行书无可传），九连环从中折断，十里长亭望眼欲穿。百思念，千系念，万般无奈把郎怨（万般无奈把君怨）。万语千言说不完，百无聊赖十依栏。九重九登高看孤雁，八月仲秋月圆人不圆。七月半，秉烛烧香问苍天，六月伏天人人摇扇我心寒。五月石榴似火红，偏遇阵阵冷雨浇花端。四月枇杷未黄，我欲对镜心意乱。急匆匆，三月桃花随水转，飘零零，二月风筝线儿断。噫，郎呀郎，巴不得下一世，你为女来我做男。

司马相如看完妻子的信，不禁惊叹妻子之才华横溢。遥想昔日夫妻恩爱之情，羞愧万分，从此不再提遗妻纳妾之事。但值得注意的是，司马相如的一切财产均来自卓文君。若是文君要和他离婚，只怕是他又要过贫穷的生活。当初的琴挑文君，动机也很值得怀疑，也许是司马相如与好友策划的。但是不管怎么样，他的小九九被卓文君一封信给刹住了，被柔情蜜意的攻势给打败了。

我是不相信这个传闻的，与这封柔软的信相比，我显然觉得《白头吟》更像是卓文君写得出来的东西，至少更像是半夜跟人私奔，又厚着脸皮算计自己亲爹的卓文君写得出来的。

另一个传闻就是，司马相如在京城发达了之后，想娶茂陵女为妾，卓文君听到此消息，写了这首白头吟表示恩情断绝之意。

皑如山上雪，皎若云间月。
闻君有两意，故来相决绝。
今日斗酒会，明日沟水头。
躞蹀御沟上，沟水东西流。
凄凄复凄凄，嫁娶不须啼。
愿得一心人，白头不相离。
竹竿何袅袅，鱼尾何簁簁！
男儿重意气，何用钱刀为！

我是知道自己的，我长得又漂亮，人又善良聪明，而且品行高洁，拿那山上雪和云间月来比都丝毫不逊色，听说你有二心了，那咱们就把话说开了，分手算了。今日还在一起相会，他日就已经各奔东西，人生无常啊！这是凡夫俗子没有办法改变的事情，从此以后你娶你的富家女，我嫁我的如意郎，有本事你别后悔！我的心意一直都很简单，就是希望得到一个一心对我的夫婿，我们一起活到老，爱到老。不过男人的心啊，就像那水中簇簇游动的鱼似的，看见哪儿有饵，就往哪儿下口，真是贱！男人说一不二，重的是感情，别跟我提钱——你又不是不知道，难道我还缺钱花不成？

据说诗作之余还写了一封短信，信上写的是：“春华竞芳，五色凌素，琴尚在御，而新声代故！锦水有鸳，汉宫有水，彼物而新，嗟世之人兮，瞀于淫而不悟！朱弦断，明镜缺，朝露晞，芳时歇，白头吟，伤离别，努力加餐勿念妾，锦水汤汤，与君长诀！”

春天到了，百花开了，那些姹紫嫣红的终于要取代我这个朴实无华的了，琴还是那把琴，你曾经对我诉衷肠的琴，然而新声将要代替旧音了，锦水里有鸳鸯，汉宫里有水，整天吃着碗里看着锅里的图新鲜，真让我瞧不起现在的世人，耽于贪心而不知悔悟。琴弦断了，镜子裂了，你我之间也如同这般恩断义绝，就好比早晨的露珠很快就干了，而我的容颜也如同朝露一样凋零了。我这一曲白头吟，是感伤我们之间的离别，从今往后，你好好过你的日子吧，不用记挂我了，锦水浩浩荡荡，我们就这样永别吧！

文君的《白头吟》，有着民歌式的轻浅明亮，像一把匕首爽利地亮在她和司马相如之间。她指责他的负心移情，戳破他虚伪尴尬的面具——“朱弦断，明镜缺，朝露晞，芳时歇”。她连用四个排比来追拟彼此之间行将断绝的恩情。

她不悲啼，连指责，亦心思清明；而又说“努力加餐勿念妾”，既表明态度，又为彼此留了回旋余地。她明白自己仍爱他，其实不想失去他，所以不忘表白自己的深情。这是聪明女子的聪明做法。

我心底还是关爱着你的，希望你离开我之后依然可以衣食无忧，不要有怀念的意思。只是“闻君有两意，故来相决绝”。你若要分手，我绝不纠缠。斩断情丝的坚决不是没有，甚至可以男婚女嫁两不相干。

她并不是一味隐忍、只懂得哭泣的女人。想和一个人白头到老的愿望简单质朴，并不是过分的奢望。所以如果你做不到，就请离开。

女子少有的决绝之美，毫无顾忌地从她的身体内迸发出来，这种美为世所稀。自她之后，女子的决绝竟也成了一种壮烈的美。

锦水汤汤，与君长诀！

这是最后的一搏，如果他不回头，她就放手。

他回来了，白头安老，再离不开。

文君，他用尽最后的声音唤她，轻谧地好像当年，进入她心房时。

那一年，春草重生。

长卿，她看见他闭了眼睛。知道他，永远不能再回来。

可以，从你的身上看透生死，因你的死获得重生的安宁，可是，我确认，不能与你相绝。

长卿，请等待我。

据传司马相如阅毕这一诗一书后，忆及当年恩爱，遂绝纳妾之念，夫妇和好如初。我倒不是很满意这个结局，反正对照这些传闻，可见卓文君的一生都在跟司马相如的负心作战，尽管时时取得成功，但是总是意兴阑珊的。一腔才华，一颗纯洁的心，全部用在挽回一个老是频频想要出轨的男人身上，值得不?

反正我是觉得不值得，但是好在司马相如确实也没胆子真正惹家里的女管家，他只不过是想讨个小妾——按理来说也不过分，却被如此决绝地否了，谅司马相如也不敢为了芝麻丢了西瓜啊！最终也算是自信的女人的全面胜利吧！反正卓文君要钱有钱，要貌有貌，也不缺司马相如一人的宠爱。不过原本就有一种爱，是男人配不起的，在这个浮躁多变、功利世俗的世界里，那些皎若明月的女人，只能选择将就将就了。

闲暇又看了《东京爱情故事》，十二年前曾经看过，那个时候家里的电视刚换上新的。那个时候所看到的莉香，笑得那么美的莉香，今天仍然是那么美。灿烂得好像全世界的阳光都跑到了她的眼睛里。

她只是一直挺直脊背微笑，她没有哭。她洒脱得若无其事，说，你可以跟我说拜拜的。恩，我没关系的。她只是不忍看完治有一点踌躇，不忍他两难取舍，不忍看他有一点痛苦。她替他割掉自己，他终于不需要再犹豫，只是他永远失去了她。

她一直等，一直对他微笑，一直陪着他，偶尔她跛扈地说，我就知道你一定会喜欢我的。是呢，只是，不是唯一而已。用尽心力，也抹不掉他心里的另一个影子。

于是放手，没有人可以再如此竭力地温暖他，没有人再在他熟悉的走廊上对他笑得张扬。是呢，她是这么美好，她的爱太过完美，他永远跟不上她的脚步，只能失去吧。我始终相信，完治更爱莉香，如果莉香是里美，里美永远没有机会。可惜莉香就是莉香，她的感情纯粹到无可匹配。所以她的存在，只是为了让她爱上的男人开眼，世界上是有如此甜蜜美好的爱。就像看一场完美的电影。最后注定剧终，注定错身，注定在他的心里刻下最深的刻痕。让他即使身边伴着别的女人，即使他偶尔会被平凡的小温馨包围得意态满满，他仍然必须在呼吸的缝隙，想念她。虽然不紧凑，但是很绵长。偶尔会在梦里梦见她，这个梦便注定是他最难忘记的梦。

除却巫山不是云。不错。但是没有人可以一辈子待在巫山看云。你注定会下山，回到村落，在炊烟袅袅的溪边洗濯，偶尔欣赏落霞。但是那么远。

我想，莉香一定知道的吧。她才是完治的巫山云、沧海水。只是，既是如此，便注定了只在烟花处他们才能结伴而行，回首往事便如残火明灭。

汤显祖《游园》：面对春光莫自谦

原来姹紫嫣红开遍，
似这般都付与断井颓垣。
良辰美景奈何天
赏心乐事谁家院？
朝飞暮卷，云霞翠轩，
雨丝风片，烟波画船。
锦屏人忒看的这韶光溅！

——汤显祖《游园》

这一出我以为是整个《牡丹亭》里最激动人心的一幕，比柳梦梅的出现还值得人向往，比最后还魂还值得感喟。

正值二八年华的杜丽娘，长于深闺人未知。深闺是枯燥的，也是暗淡的。就像年幼时候的我们，看着窗外的枝头上麻雀跳来跳去都会觉得寂寞难耐，大好春光，却只能埋头诗书，确实令人烦闷。

于是姑娘们开始看言情小说，正如杜丽娘开始读《关关雎鸠》一般，虽说懵懂，然而那其间的滋味却又那么具有诱惑力。那些别人的爱恨情仇，怎么能那么感人肺腑，那么惊天动地呢？年轻的姑娘们看着小说里的完美男主角，有的冷酷，有的温文尔雅，有的霸气，有的阳光，总是难免心动不已。尽管身边没有出现这样的男人，但是已经春心荡漾，梦里依稀会出现一个男人的剪影，模糊却又十足美好。

杜丽娘是古典戏曲中最可爱的少女形象之一。出身和社会地位规定她应该成为具有三从四德的贤妻良母。她出生于一个典型的封建士大夫家庭，家庭里充斥着浓重的封建礼教气氛。她父亲杜宝是个儒生出身的太守，是传统道德的代表人物，为官忠于职守，为人坚持礼教,对杜丽娘管得特别严格，生怕女儿做出什么越出礼教的行为，自己的生活也是一丝不苟——至少表面上是这样。一个青春貌美的女孩儿，在一片大好春光之下却只能被锁在房子里，这样的管教实在是太过了。而母亲甄氏则是个夫唱妇随的贤妻良母式的女子，虽然也爱女儿，但是更怕丈夫。何况，就女子无才便是德的标准来说，她是不懂什么的——她肯定也不知道该如何爱自己的女儿。在这个封建官僚家庭里，父母对她的一举一动都关心备至，她不能越雷池半步。汤显祖特别写了他们对杜丽娘的教育问题。杜丽娘因为春日昼长，白日犯困小憩，杜宝也要训斥她；而甄氏因为杜丽娘去了自家花园，衣裙上绣了一对花，一双鸟，也大惊失色，生怕女儿因此而学坏,并且还给她安排了丫环和道学先生，前者监视她的行动，后者负责她的教育。因此，他们的爱带上了深深的社会功利色彩，目的是要将女儿培养成一个封建社会所要求的模范淑女，至于培养成模范淑女之后做什么呢？大概就是一来免得遭人说闲话，面子上好看，二来也好名正言顺地给杜丽娘找一个门当户对的人家。

而杜丽娘对于外面世界的好奇之心是如此强烈，以至于这样压抑艰苦的环境，也不能阻挡她的热情。这样一来，就等于杜丽娘和她的家庭，乃至整个社会产生了敌对关系。诚然，在我们年幼的时候，叛逆也是常有的事，我们厌恶父母的管教，尤其憎恨他们私自拆阅我们的信件，反感他们阻挠我们交朋友，反感他们有意无意地监听我们的电话。但是，杜丽娘比我们更可怕，因为她没有别人可以求助，她只有独身一人！这样与全世界为敌的勇气是多么可贵！汤显祖在如此描绘杜丽娘的生活环境、周围人物的同时，深刻地揭示了她所面临的对手不是某些单个人物，而是由这些人物所代表着的整个正统意识和正统社会势力。她的人生第一课是《诗经》的首篇《关雎》。传统说法认为它是“后妃之德”的歌颂，是最好的闺范读本,她却直觉地认出这是一支恋歌。事实证明，第一感觉比学术说教靠谱多了。

在婢女春香的怂恿下，她偷偷地走出闺房私自游园。在这次游园之前，杜丽娘进行了一番很隆重的精心准备，感觉这不像是一次简单的出游，而是一次青春的仪式。她先是梳妆打扮了一番，然后对着镜子照着，内心进入恍惚痴想状态，明明是为自己的美色自豪，但又不好意思。打扮本是为人看，但她说“恰三春好处无人见，不提防沉鱼落雁鸟惊喧。则怕的羞花闭月花愁颤”。又怕被人看见。这确实是青春期少女很典型的心理状态。

依稀记得身体刚发育的时候，女生总爱弓着身子，驮着背，生怕别人看出来自己已经成为一个大姑娘了。这种感觉也应该和杜丽娘类似吧？“不到园林，怎知春色如许”，春天的大自然唤醒了她的青春活力。她生活在笼罩着封建礼教的气氛里，在几乎与世隔绝的环境中，眼睁睁地看着青春即将逝去，她却无能为力，不由自主，只好把炽热的感情压抑在心中。

然而一到这满园子的春色中，她内心对于生活的热爱一下子被激发出来，于是发出了震烁千古的感叹：

原来姹紫嫣红开遍，
似这般都付与断井颓垣。
良辰美景奈何天，
赏心乐事谁家院？
朝飞暮卷，云霞翠轩，
雨丝风片，烟波画船。
锦屏人忒看的这韶光贱！

原来这废弃的院子里竟有如此惊心动魄的美丽，我说平日里怎么都感觉不到春天，原来在高墙以外。春天的花这么多，这么美！然而，这么大好的春光，却像这院子一样，只不过是一片无人问津的废墟罢了！没有人关心，也没有人欣赏，这样好的时辰，这样好的春光，却又能怎么样呢？只能任凭自己被辜负罢了！那些赏心乐事，又在谁家的院子里？反正不在我的院子里。

看这眼前的景致啊，云卷云舒，云蒸霞蔚，雨丝夹杂着微风，浩渺的烟波上缓缓飘来画船，可惜我一个闺阁女子看这春光，却觉得如此好的春光白白给糟蹋了！

这一番感慨之后，汤显祖安排杜丽娘在游园之后和情人在梦中幽会。《惊梦》是杜丽娘郁积在心中的热情的爆发，也是她反抗现实世界的实际行动。剧中杜丽娘日常的行为举止，丝毫不违背她作为名门闺秀的身份，她在作品开始时，是一个美丽聪明的少女，带有贵族小姐普遍的特点，温柔、驯顺、稳重等。她本人也打算严格地用礼教来约束自己的言行，她幼小的心灵中，充满了封建礼教。她去游玩空寂无人的花园，还想到“步香闺怎便把全身现”，她性格的这一面是现实环境造成的；但在另一面，当杜丽娘独处深思时，却不由自主地发出对“才子佳人”“密约偷期”的倾慕；在更深的一层，当完全摆脱现实束缚进入梦境时，她的潜在欲望便充分地活跃起来。

主人公杜丽娘在礼教束缚下的复杂细腻的哀愁和坚定执著的反抗性格，被作者以文采瑰丽的妙笔，描绘得淋漓尽致：“原来姹紫嫣红开遍，似这般都付与断井颓垣。良辰美景奈何天！赏心乐事谁家院？朝飞暮卷，云霞翠轩，雨丝风片，烟波画船，锦屏人忒看的这韶光溅。”数百年来，被人们唱得口角生香。

《牡丹亭》的感人力量，在于它具有强烈的追求个性自由、反对封建礼教的浪漫主义理想。这个理想作为封建体系的对立面而出现。善良与美好的东西都属于杜丽娘。汤显祖描写杜丽娘的美貌很成功，而描写杜丽娘的感情和理想的那些片段更具魅力，她不是死于爱情被破坏，而是死于对爱情的徒然渴望。借梦固然是一种手段，然而事实上，在杜丽娘的生命里，还没有柳梦梅这个人——这个形象完全是因为杜丽娘年轻的心对爱情的渴望而催生出来的，凭空造了一个符合自己期许的佳公子来跟自己恩爱。

通过杜丽娘的形象，《牡丹亭》表达了当时广大男女青年要求个性解放，要求爱情自由、婚姻自主的呼声，并且暴露了封建礼教对人们幸福生活和美好理想的摧残。因此，尽管这个剧本在刚出来的时候引起一片喧哗和争议，但是渐渐地，所有的姑娘都在争相阅读这个剧本。

《牡丹亭》自明代上演后，就不知有多少痴男怨女为之伤心泪下，更有一些闺阁淑女如醉如痴地追求起汤显祖来。很多诗话笔记都记载了不少令人感动的事情。例如《石间房蛾木堂随笔》说："杭州有女伶商小玲者，以色艺称，于《还魂记》尤擅长。尝有所属意，而势不得通，遂郁郁成疾。每作杜丽娘'寻梦'、'闹场'诸剧，真如置身其事者，缠绵凄婉，泪痕盈目。一日，演'寻梦'。唱至'待打香魂一片阴雨梅天，守得个梅根相见'，盈盈界石，随声倒地。春香上视之，已气绝矣。"《柳亭诗话》记载说："娄江女子俞二娘，年十七，未适人，酷嗜《牡丹亭》传奇，批注其侧。幽思苦绝，有痛于本词者，愤惋以终。"汤显祖听到这件事还作诗《哭娄江女子二首》哀悼她："画烛摇金阁，真珠泣绣窗。如何伤此曲？偏只在娄江？"第二首云："何自为情死，悲伤必有神。一时文字上，天下有心人"(见《静志居诗话》)。更有不少女子读了《牡丹亭》，始而仰慕作者，愿以身相许，目的达不到便拼死相殉。《黎潇云语》说："内江一女子，自矜才色，不轻许人，读《还魂记》而悦之，径造西湖访焉，愿奉箕帚，汤若士以年老辞……因投于水。"《三借庐笔谈》也记载扬州女子金凤钿，因读《牡丹亭》成癖，写书至汤显祖"愿为才子妇"，因为邮路阻滞，半年之后汤显祖才看到这封书信。深受感动的汤显祖，星夜兼程去找这个女子，谁知金凤钿已忧死一个月了。其他如清人焦循《据说》之类的笔记，也记载了许许多多当时这出剧使人激动感泣的故事，用现在的时髦语来说：红颜"粉丝"可谓多多！倘若有心人加以搜集，简直可以编成一部书了。其中最为著名的就是那句："冷雨幽窗不可听，挑灯闲看牡丹亭。人间亦有痴于我，岂独伤心是小青！"

冯小青是当时一户寻常人家的女儿，一生下来就极其聪敏，她小的时候就有尼姑给她算命说，如果她不识字倒是可以活得久一些，但是冯小青岂止会识字，还好读书，善写诗文。十六岁的时候嫁给杭州的冯生做妾，婚后跟正室的关系处得不好，当然，我们很容易猜测原因——也许正是因为她太聪敏、太漂亮了。后来她被驱逐到孤山佛舍中清修，两年后便病死了。

她也曾有过如花的容颜。

> 捻裾矜靸颜初开，春风未着梨花白。
>
> 数碾玉枕听竹漏，不碎青衫扶桑边。

面容僵涩，步履蹒跚。早已经忘却妾发初覆额的娇羞和明眸皓齿时的天真。只是，那时的风真的很软，软，而且酸腻。像是昭示着一个旖旎纷茫的宿命，无力抗拒便抛却了镌刻艰深凄厉咒语的前身。

只是你单薄的绝色，怎么比得太液池的清冷。你轻浮的柔软，怎么捂得热他枯槁的体温。却是上天的厚礼，不让你消耗殆尽那浅若琉璃的红颜，再在无穷的、无从触碰无力阻挡的滚滚时光车轮中，徒劳地挣扎，失去仪态和矜持地怒吼。

她一个年幼青春的姑娘，就这样被嫁给他人做妾，在大户人家的争权夺势中惨遭蹂躏，我们怎么能够想象她受了多少委屈？

一段红绫，或是一只琥珀杯、一汪碧波万顷的湖水，都可以收留一个美丽而凄迷的灵魂。顺便把那一切的故事、一切的可能、一切的纠葛和冤孽，通通地，通通地晕染成梦境。越墙穿门，在每一个做着相似春梦的少女的红唇中，被俏皮而愉快地咀嚼，那节奏，一如你当年如蔷薇的容颜。

嫁作小妾可能是由于自己家境微寒，丝毫没有半点自由。难道冯小青就没有自己心目中中意的郎君模样吗？难道她甘心把自己的青春献给一个没有爱的男人和一个没有爱的家庭吗？然而，又能怎样呢？她只能辜负了心底的那个少年，屈身嫁入殷实富裕的冯家，投入永无止境的争斗。

我本心思浅薄，不曾想却惯染了风尘。即便清透如月色，也洗不净那微妙刻痕。等着永远不会随着掌心翻动的缘分。那夜，是一缕来自家乡的笛声，搅乱了安谧如湖泊的心。

眼见着争夺、丑恶，却叫我如何抽身而不沾泔水。负君一生心，只是偿还了隐匿心里微弱却倔强的火苗。直到燃尽了，燃尽了我的不甘，燃尽了对这仿佛注定高居我之上权力的好奇与野心，燃尽了我越来越稀薄的意志，燃尽了我最后孤注一掷的激情。

命运，你为何总是这般错乱。总是，只能让人叹息。总是，只能让人回望着——流泪。

杜丽娘选择了为情而死，然而最后在汤显祖的笔下还是换来了生。而她的死又鼓舞了冯小青的柔肠，最终她也茶饭不思至死。也许死亡的那一刻就像做了一场梦一般，杜丽娘梦醒的时候得到了她的如意郎君，而冯小青呢？也许是另一种解脱吧，也许她在梦之彼端，尚且能够和他重逢，那个陌上擦肩而过，却始终没能牵手的少年。

大梦终觉得恍然，那一刻，据说是真实与梦境最缠绵最深刻的交织。是自己与自己最激烈最胶着的融和。所以它永远伴着浩渺如江天暮色般的哀愁，和梅雨缱绻般的无尽迷茫。迷茫又纠结，疼痛又酸楚。像是目之所及却永远也无法触及的人的脸庞。如此美好，却如此虚浮。

我至今仍然觉得，它之所以给尚在床帏恍惚的人们如此大的冲击，是因为——它知道自己的宿命。被遗忘的宿命，渐渐沾上积尘，渐渐封印。直到某一天，在某一个熟悉的地方，遇见一个熟悉的人，砰然敲动你的心脏，以迅猛强悍的力道击溃时间的墙壁，赤裸裸地，让你震颤。

那样的场景，很适合。等我们白发苍苍的时候，在某一棵许过愿的庙前的老槐树下相逢。各自迈着颤巍巍的步子，强自撑着浑浊的眼睛，在对视的时候彼此搜寻记忆，像在搜寻前生的烟尘。艰涩的拨开岁月的重重帷幕，看到了光影流连的年华。终于，有一丝回避，有一丝尴尬，有一丝恍惚，有一丝轻微的颤动。分别后，还是忍不住回望、回望。带着不同的欷歔，和不同的麻木。

在冯小青短短的而又凄惨的一生中，《牡丹亭》和其中的杜丽娘无疑成为一种慰藉和温暖，给了她很多鼓舞。汤显祖说："情之所至，可以生，可以死。"是这样吧？

纳兰性德《金缕曲·亡妇忌日有感》：局外人的伤逝词

此恨何时已？滴空阶，寒更雨歇，葬花天气。三载悠悠魂梦杳，是梦久应醒矣。料也觉人间无味，不及夜台尘土隔，冷清清一片埋愁地。钗钿约，竟抛弃。

重泉若有双鱼寄，好知他，年来苦乐，与谁相倚。我自终宵成转侧，忍听湘弦重理。待结个他生知己，还怕两人都命薄，再缘铿剩月残风里。清泪尽，纸灰起。

——纳兰性德《金缕曲·亡妇忌日有感》

其实纳兰的际遇算是好的，不过有的人确实是这样，在锦绣华袍里，总能体会出那些华美的袭服下面的跳蚤。这一点，纳兰跟贾宝玉倒是有几分相像。诚然，贾宝玉跟纳兰比起来算不得多么富贵，但是至少在金陵是首屈一指了，有一个深谙官营之道的父亲，还有一个一起青梅竹马长大的女子。

他其实拥有着一切，只不过，他渴望的却是人间所没有的。他有锦衣玉食，但是他渴望自由，他轻易拥有功名，但是他渴望有真正的事业，他集万千宠爱于一身，但是他想要的女人，一个嫁入深宫，一个早夭。

是的，上天本来就是不公平的。他把每个人最想得到的东西都打了个五折，问题是，你能不能接受这个打完折的结果？有的人接受了，于是现世安稳，有的人无法接受，于是凄清一生。

就如同贾宝玉，其实在大观园那会儿，他也不是不喜欢薛宝钗，也曾经有过一时半刻倾慕宝钗的豁达、才华，以及丰润的外形。当黛玉香消玉殒了，他娶了宝钗，这状况不是极差的了。然而过了一段时间，他也算是明白，纵使举案齐眉，到底意难平。所谓的“意”是指什么？无非就是一点对于生活的、爱情的、发自内心的要求罢了。尽管很多人告诉你，别向生活要求什么，它给你什么，你就接受什么吧。因为即使你反抗了，不满了，也是没有用的。不过，这世界之所以显得不那么枯燥，不那么让人一看就不想活下去，正是因为还有不少痴人——他们做着看起来不切实际的梦，为一些流水落花的事情悲伤，把世俗的人艳羡的一切抛在脑后，他活在自己的世界里。

黛玉死了，他不能因为她死了，就去将就这个没有她的世界；世界脏了，他不能因为这无法逆转就屈就接受世界的这个模样。尽管也许谁都逃不出生活，但是至少，至少我们可以长存叛逃之心。在一次次清泪尽、纸灰起的日子里，假想自己是一缕烟，离开这个荒谬的、短暂的、而又蛮横的世界。

纳兰也是一样。他比贾宝玉更真实，他早已不是一个孩子，而是一个男子——一个生长在富贵之家，却别有心境的男子。

一直觉得纳兰有句无篇，每阙词都只有这么一两句的点睛，但是偏偏这一两句不可或缺，而且无法复制。这阙词是个例外，也许是悼亡的那天，看见了她的坟墓，又真切地感受到了冰冷的死亡的重量。于是旧恨新仇堆积到了一起，这次的眼泪和怀念都别有分量。

这种遗憾的痛苦到底什么时候才是尽头呢？本来以为可以忘掉的，跟自己说了一千次，淡定点，会过去的，但是那些往事就这样在我以为已经淡忘的时候突然跳出来，尖锐地、猝不及防地刺伤我。那心脏瞬间的麻木，让我觉得生的一切意义都淡去了。我甚至想到去死，你明白吗？因为每一个这样的时刻，我都在想，会不会这一辈子我都得活在这样的疼痛里了？是不是这一辈子我都得活在这样的后悔和遗憾里了？不经过的人根本不知道这种宛若凌迟的痛究竟有多痛。他们以为日子不就是这样么？总有这样那样的伤心事，其实不是的。我简直不能承受，我真想忘记这些，又怕忘记了之后只剩下空虚，于是就在这不能承受的悔恨与痛苦之间游荡挣扎，我再也找不回你了。你知道吗？当我每次告诉自己一次这个事实的时候，眼泪就是这样毫无预警地掉下来，你相信吗？你一定不相信吧。

现在这个节气，刚好是夜半雨歇，枝头上的雨滴，打在树梢上，打在阶梯上，发出沉闷的声响。这个天气适合葬花，因为这满地都是残红，想一想，已经过去三年了。这是一件多么可怕的事情——我已经整整三年没有你的陪伴了，曾经想都不敢想的，我还以为我们的感情会地老天荒呢！真是可笑，结果雨还是这样的雨，而我们早就阴阳永隔了。更令我不敢想象的是，三年了，我竟然都还没有习惯失去你的事实——老天啊，到底什么时候才是尽头，我无数次地梦见你，梦见你的时候那么逼真，我甚至以为那个有你的世界才是真实的，然而醒来才发现枕边是空的。我宁可相信这是一场噩梦，但是一次次醒来，都是徒劳，如果是梦，早该醒了，告诉我，如果是梦，什么时候才会醒？

可能是我太低估了生活的分量，对你到底还是不够好。我知道我总是伤你的心，我总是那么孩子气，我知道的。因此你可能会觉得，回人间有什么好的？有什么意思？还不如阴阳两隔，永不相见呢，就把这些愁也好，恨也好，情也好，都埋在这里吧。算了，无知无觉是一件多么幸福的事情，我就恨我逃不脱这爱恨痴缠。我们曾经约定好，我为你簪一辈子的花，我还在原地等待，而你轻轻松松地就抛弃了这个约定，也好，也好。

可是，我多么想知道你现在过得好不好？如果黄泉也可以送信的话，我也好知道这些年来，你在那边的喜与悲，有没有有人陪你度过？尽管我会嫉妒，我会伤心，但是我还是希望你能够不要那么孤单，有人陪着你，照顾你，也是好的。那样的话，即使我夜里辗转反侧无法入眠，听着琴声，想念你，也是心甘情愿的了。也曾想结一个他生知己，又怕两个人福薄，又欠了彼此的岁月。那么未来的残生又该如何度过，唉，我眼泪都流干了，眼前的纸灰轻轻飘荡，应该会把我满腹的思念带给你吧？

这一阕词，字字血泪，又充斥着无可名状的失落和感伤。她死了，他也爱她。这是属于纳兰别有的一番情思，尽管纳兰后来也娶了关氏，也有侧室严氏，甚至后来当他三十岁的时候遇见了沈氏。一介公子哥，又是地位高高在上，难免的。但是他到底很快就死了，他的词里说："别有根芽，不是人间富贵花。"也许就是这一种零余者或者是局外人的感伤，令他不同于常人吧。

爱情在我们年少的时候，之所以难能可贵，是因为，我们曾经以为我们的相遇、相爱是注定的，一生一世的，不可替代的。我们爱的是这样一个人，只是他。这样单纯美好傻气的理想主义，关于爱情的信仰，也许真的只有那么短的时间才有。

曾经有人写过这么一篇文章，其中有一段说到：

所以，少不更事的时候，我们总以为只有某个特定的对象才能给我们带来这一切，只有他们才能给我们幸福感。而后长大了我们知道并不是这么回事。"好女人多的是，何必呢。"我无数次地听见这句话。这就是所谓的成熟吧。

这一切，也很美好。但这不是我想象中的爱情。

就像我那个倔强的困惑，如果不存在将就凑合的心理考量，如果每个人都是固执的完美主义者，那么怎么可能你喜欢的人也正好喜欢你呢？但是，一旦喜欢，那便是雷打不动的定格。爱情所投射的对象本身基本不会产生多少重大的变化，除非她人品突变，性格突变，样貌突变，而这一切绝对是小概率事件。爱情对象在那里，那么爱情本身便随之恒定。她不喜欢我，那么我也就不喜欢她了，这作何道理？我喜欢的是她这个人，而不是"她可能喜欢我""我们可以像情侣一样生活"这种期盼。

所以真正着眼于对象本身的爱情——我不敢说这是真正的爱情，但这是我理解的爱情——是这样的：她不认识我，我会喜欢她；我们点头相交，我会喜欢她；她拒绝我，我会喜欢她；她反复拒绝我，我还是喜欢她；她不回我信，不听我电话，不回我短信，我还是喜欢她；她和别的男人谈恋爱，我还是喜欢她；她和别的男人上床，我还是喜欢她；她和别的男人结婚，我还是喜欢她；她死了，我还是喜欢她。

因为我喜欢的是她本人，她本人不变，感情就不会也没有理由变。这一切都不会随着她对我的态度、她自身的选择而变化。

但是，这有什么用呢？

“我想学哲学，我想学艺术。”“学这些有什么用呢，能当饭吃吗？”

“我就是喜欢她。”“她又不喜欢你，有什么用呢？”

“这个社会为什么这么不公平？”“这个社会就这样，你说这些又有什么用呢？”

是的，有什么用呢。我们每当面临内心的召唤的时候，这个问句都会鬼魅般如影随形。有时甚至不用父母亲友耳提面命，我们自己就习惯性地自问自责：有什么用呢？有什么用呢？

那要是追问到底，我们生于世间，百年来往，又有什么用呢？

如果生命是有意义的，那么我们内心的召唤就是有意义的。午夜梦回想到她时那满心酸楚难言的悸动，铺开信纸秉笔夜书时那字斟句酌的计较，经年再见面对佳人时那喷薄欲出的情意，这一切都是爱情原本的意义所在，这一切都是生命本身赋予的。

这有什么用？这本身就是最大的意义。

我们年轻时那些美丽的梦，它们往往敌不过这坚硬的世界，我们要将就，我们要放弃，我们要隐忍。比如爱情，谁年少时没有些洁白的向往。但我们敌不过现实的无奈、父母的唠叨、亲朋的压力，甚至敌不过我们自己本身内心的虚弱和不耐烦。然后我们就将其掩埋，扭头它寻，只有等到回首前尘时才泪满衣襟。

我知道，很多人笑我幼稚。就连身边很好的朋友也常常对我说：“我保证，若干年之后你就不这样想了。”当然了，他们一再看着我过了若干年，还是一如既往地这么幼稚。这算幼稚吗？我只是觉得大家的理解不同罢了。

所谓的幼稚，就是爱上一个人，不为任何理由，就是喜欢自己喜欢的，无视那些有用的，不管是功名还是别人的崇拜。

这样的幼稚，是大观园里的贾宝玉，是大漠边孤身一人的纳兰，也是曾经某一个时刻的自己，但是怎么办，我们总是在不断的寻找中不断地失去。

戴复古《木兰花慢》：情到深处是成全

莺啼啼不尽，任燕语、语难通。
这一点闲愁，十年不断，恼乱春风。
重来故人不见，但依然、杨柳小楼东。
记得同题粉壁，而今壁破无踪。
兰皋新涨绿溶溶。
流恨落花红。
念著破春衫，当时送别，灯下裁缝。
相思谩然自苦，算云烟、过眼总成空。
落日楚天无际，凭栏目送飞鸿。

——戴复古《木兰花慢》

一直以为女人的心是幻想完美的，仿佛冬日里窗户上的玻璃冰花，冻就冻得精致无瑕。可是，这颗心又是脆弱的，宁为玉碎，不为瓦全，而玻璃冰花在太阳的趾高气扬下也绝不苟延残喘，瞬时便会消散得无影无踪。因此，女人里面才会有焦仲卿的妻子，不能嫁给心爱的男人，那便绝不苟活于世；才会有杜丽娘，一旦了解爱情虚伪的真相，便以自杀作为信仰的成全。

是的，成全。这个词用得好，我成全了你对我美色的垂涎，那么，请你，成全我对爱情地久天长的幻想。可是，千百年来处于情色之间的男女，又有几个人懂得成全？

这首《木兰花慢》是戴复古写给已经去世十年的亡妻的，说是悼亡词，似乎从文本上讲，绝对正确。可是，我宁可认为，这是一个男人在懊恼、惭愧中度过了十年的忏悔词。

戴复古是南宋有名的江湖派诗人，一生都没有做过官，可谓是一个清闲的文人，可是这个文人却不是老老实实在家读书、享受生活的文人，而是一个喜欢漂泊四方的“浪子”。应该说，在南宋那个程朱理学盛行的时代，他是一个典型的儒家提倡的孝顺孩子，他继承了父亲戴敏才的嗜好，以诗词为生涯。要知道他的父亲嗜诗如命，临终时还对亲朋好友抱怨：“我的病已经没办法治疗了，我也没几天活头了，可惜我的儿子还太小，我的诗将要失去传人了。”别人的长辈临死前总要立遗嘱分家当，可是戴敏才却把精神财富——“诗”留给了自己的儿子。所幸，他的儿子十分争气，是南宋著名的江湖派写手。戴复古从小便喜欢读书写字，还喜欢老杜所提倡的“读万卷书，行万里路”，到处游走，体察民情，交了很多朋友。因此，他才气提高了不少。

可是，便是这“才”，辜负了一个女人。

根据元代陶宗仪所撰的《南村辍耕录》卷四记载：“戴石屏先生复古未遇时，流寓江右武宁，有富家翁爱其才，以女妻之。居二三年，忽欲作归计，妻问其故，告以曾娶。妻白之父，父怒。妻宛曲解释。尽以奁具赠夫，仍饯以词（注：即《祝英台近》）。夫既别，遂赴水死。可谓贤烈也矣！”

这个男人，是花心的。可是，我认为花心的男人稍许可爱，可是欺骗感情的男人便是罪无可恕。戴复古在武宁流浪的时候想必也是思念自己家中妻子的吧？可是，为什么有一个富翁欣赏他的才气，想把自己的女儿许配给他时，他竟欣然应允？是为了钱，还是为了名？他应该是沾沾自喜的，甚至颇有点千里马找到伯乐的感觉，他的才气终于有人欣赏，甚至有妻如玉，这些应该是汉高祖刘邦在落魄时能娶到富家女吕雉才有的待遇吧。他也应该欣慰，从父命才嫁给他的富家女并不嫌弃他的贫穷，并且还悄悄爱上了他。她应该相信他会跟她白头到老吧？毕竟恋爱中的女人智商基本上都不高。

可是，他还是爽约了。过了两三年之后，他便打算回乡，甚至还大言不惭地告诉他的妻子，他之前已经娶过老婆了。请问戴复古，你既然已经娶过老婆了，为什么再娶？这个世间，有些女人甘愿做小妾、做红颜知己，可是有些女人，一生只有一次爱情。仿佛晴天霹雳，自己的丈夫却是别人的老公！相信，每个女人都会愤怒吧，毕竟，被别人欺骗的感觉太不好受了。可是，这个女人会做些什么？她告诉了她的父亲，父亲当然大怒——我都没嫌弃你穷，还把我的宝贝闺女嫁给你，可如今你却给我玩阴的。只是，这个女人此时却强忍着悲愤和伤心，甚至替他在父亲面前说好话。是爱他太深吗？才会忘记了自己才是受伤的一方，仿佛飞蛾扑火般甘愿粉身碎骨，甚至把自己所有的家当都赠送给了丈夫。不，她知道，这个丈夫即将回归——成为别人的老公。可是，可怜的她已经被爱情冲昏了头脑。

临别时，她送给他一首词《祝英台近》：

惜多才，怜薄命，无计可留汝。揉碎花笺，忍写断肠句。道旁杨柳依依，千丝万缕，抵不住，一分愁绪，如何诉。便教缘尽今生，此身已轻许。捉月盟言，不是梦中语。后回君若重来，不相忘处，把杯酒，浇奴坟土。

我欣赏你的才气才会爱上你，可惜，我生来命苦，没有办法留住你。只能把彩色的信笺纸揉碎来写那些断肠词，割裂的仿佛是我自己的心。是没有抱怨吗？不可能。他们也曾恩爱过，也曾花前月下，举案齐眉。她妄想着跟他相濡以沫，可惜，他却早早地要跟她相忘于江湖。“揉碎花笺”，从她知道真相的那刻，她的心便一直在颤抖，她该怎样在余下的日子里忘记他？忘记他们曾经的欢笑，忘记他们曾经的誓言，以及忘记他给她带来的耻辱。

可惜，多少伤痛都抵不过她对他的爱，她看着道旁的杨柳，那些舒缓的枝条在微风中飘荡，仿佛她想拉住他的手臂。可是，千丝万缕，却挡不住他已经婚娶、势必要走的事实。她看着他，想说千言万语，但是，该让她怎么说，又如何说出口，他们便这样将今生缘分散尽，可是她已经轻率地对他以身相许，而这两三年光景、一世名节，他又怎么能散尽？想必当初的那些海誓山盟，也是雾里看花、水中望月，如此不真实吧。

她的心碎了，余生，她真的不知道该怎么过。夫君，请允许我最后叫你一次。今日一别，便是永诀。若是他年，你重游旧地，别忘记了我对你的好，请你把一杯酒浇在我的坟头，而我在九泉之下也就瞑目了。

想必，当她写下这首《祝英台近》时，她已经萌生了死志。这个世间，有一种爱叫做“自己得不到，别人也别想得到”，可是，也有一种爱叫做甘愿放手。

可是，如此成全，这个男人能否担当得起？她的心里只有他，而他的心里还有些什么？有他以前的老婆，可是应该也不甚相爱吧，否则他也不会离家这么久。有他的文人事业吧，才会为了文采沾沾自喜，可惜却做不成状元。他甚至看不透，他的离开使她也活不长久。也许，他没有想到她会为了他而死吧，他不相信这个世间还有如此坚贞的爱情。

只是，她真的死了。在他走之后。她选择了自沉江底，彷佛圣洁的莲花，看不惯这世间的浊陋，便悄悄地凋零。

十年之后，他回来了。依然是落魄的样子，他重游故地，却再也见不到当年的那个人了。

莺啼啼不尽，任燕语、语难通。

这一点闲愁，十年不断，恼乱春风。

重来故人不见，但依然、杨柳小楼东。

记得同题粉壁，而今壁破无踪。

兰皋新涨绿溶溶。

流恨落花红。

念著破春衫，当时送别，灯下裁缝。

相思谩然自苦，算云烟、过眼总成空。

落日楚天无际，凭栏目送飞鸿。

又是一年春光，到处莺莺燕燕，娇啼仿佛歌声，可是，这些鸟儿只有欢乐，又怎么懂得我心里的悲伤？而这些心事、这些闲愁或悔恨，折磨了我整整十年，就算是惹人醉的春风，也会时常把我恼乱。

他终于想起了那个曾经多么深爱过的他的女人，十年了，他终于有勇气回来看看，却发现杨柳仍在，小楼仍在，而她已经不在，甚至他们一起嬉戏题字的粉墙也已经无影无踪，仿佛上帝刻意粗暴地斩断了这个世间他跟她共同的记忆。是在惩罚他吗？这水湾新涨起来的水，碧波荡漾，却散不尽他心里的悔恨。他想起了那日分别，她在灯下给他裁剪春衫，依稀彷佛昨日。可是如今，这春衫也已经破了，她也不在了。这个天地，终究只剩下他孤独一人。

而今，思念她还有什么用啊？世间如此种种，总是过眼便成空。当初尚不能珍惜，失去的时候才知道后悔。可惜，这个世间却永远没有后悔药可买。只是，尽管如此，他看着天之寥廓，落日之苍茫，看着视野尽头的飞鸿掠过，心里还是一阵苍凉，他又想起了他已死的爱情。然而，这个爱情终究是死了，那个曾经笑靥如花的女子也终究是回不来了。

其实，爱情，有时候也是救赎，是相互救赎，救赎了彼此的罪恶，救赎了这世间的一切美好。只是，这个世间，偏偏珍惜它的人很少，尤其是男人。

想起了秦香莲，那个想着相夫教子的好女人。她以为丈夫高中状元日便是她功成名就时，她妄想着那一日，她的丈夫能亲手把她拉起，感谢娘子一生的辛劳。可是，她却想不到，那一日，是另一个女人抢占她丈夫的时刻，该怎么让她喊冤？对方是惹不起的公主。可是，又该怎么让她把这口气咽下去？几年的寒室辛劳，到最后只换来了一纸休书。

而这个世间，偏偏又是男人的主权。

那么，请允许我替女性呐喊，亲爱的男人们，若是爱她，便给她幸福，是永久的幸福。若是不爱，请放手，让她走。这个世间，一个女人通常只有一场爱情，那么，请允许我们女人，要把这场唯一的爱情过得尽量美，就算是烟花散尽，也要让她为情而生。

白居易《井底引银瓶》：为君一日恩，误妾百年身

井底引银瓶，银瓶欲上丝绳绝。
石上磨玉簪，玉簪欲成中央折。
瓶沉簪折知奈何？似妾今朝与君别。
忆昔在家为女时，人言举动有殊姿。
婵娟两鬓秋蝉翼，宛转双蛾远山色。
笑随戏伴后园中，此时与君未相识。
妾弄青梅凭短墙，君骑白马傍垂杨。
墙头马上遥相顾，一见知君即断肠。
知君断肠共君语，君指南山松柏树。
感君松柏化为心，暗合双鬟逐君去。
到君家舍五六年，君家大人频有言。
聘则为妻奔是妾，不堪主祀奉苹蘩。
终知君家不可住，其奈出门无去处。
岂无父母在高堂？亦有亲情满故乡。
潜来更不通消息，今日悲羞归不得。
为君一日恩，误妾百年身。
寄言痴小人家女，慎勿将身轻许人！

——白居易《井底引银瓶》

其实有很多人说过这个问题，那些男人们也考虑到做女人的不易之处，在谈论的时候难免心下戚戚然。说男人最不可辜负年少跟你在一起的女人，因为那个时候你一无所有，而她风华正茂，等到结束的时候，你倍增阅历，而她收获的只有一身伤痕。我很是感激说出这番话的人，甚至怀疑这样的话是不是女人自己编出来告慰自己的，因为男人——不管是古代还是现代，有这份责任心的太不多见了。

就像这本书的主题：悼亡伤逝。然而又有几个人在悼亡伤逝的同时没有软玉温香抱满怀呢？所以女人总是凄苦的，女权运动已经声势浩荡了六十年，仍然改变不了这个事实，弱者就是一个弱者。爱情注定在你的生命里占有很重很重的分量。

白居易也算是对女人有一点怜悯之心，尽管这个爱管闲事的老头总是活在自己的是非曲直的世界里。但是，他在琵琶行里并没有看轻那个卖艺的女人，反而产生了惺惺相惜之感。他写《长恨歌》的时候也抛却了时下流行的女子误国的说法，把一段缺失的爱情当做主题。还有这首民歌《井底引银瓶》，虽然他在序言里第一句话就是很欠扁的说教口吻——白居易确实很爱说教，说写这首诗的目的很单纯，就是为了防止男女随意乱搞婚前性行为。然后用相当悲悯的手法写了一个真实的故事——这一点是真实的，元朝的时候那出著名的戏剧《墙头马上》就是来自于这个故事原型。

即使退一万步说，这个故事是白居易编出来的，那么也只能说这样的现象在当时是相当普遍的了。这是一个更大的悲剧。

故事的开头总是很美好，那个时候富家千金总是喜欢在院子里绑上秋千，在春花烂漫的时候让奴婢推着玩儿，她们则随着秋千的高低起伏欢笑不已，苏轼曾经写过“墙里秋千墙外道，墙外行人，墙里佳人小”，活脱脱地勾勒出那些踏春的少年对墙内女子的怀想。固然，我认为墙里的佳人十有八九也是故意笑得这么大声、这么悦耳的。哪个少女不怀春嘛！何况长得貌美的女子，对自己的姿色更是有一种有恃无恐的骄傲，那种骄傲可以算是勾引，也可以算是炫耀。

很显然，这个故事的女主角长得相貌出众，从小就被夸做美人坯子，动静皆宜，风情万种。这样的女子肯定是在夸奖里长大，双亲和家里的老奴也一定一直向她灌输以后找个如意郎君之类的话——她焉能没有杜丽娘伤春的心？空长得貌美如花，见过的男人不是老爸就是兄弟，怎么不叫人丧气呢？

不过，怀春归怀春，她那个时候是幸福的，年幼时候的小心思根本就无伤大雅，即使你恋慕某一个一看就知道没有希望的同窗，或者暗恋一个儒雅的老师——彼时你也许是觉得那样单方面的相思很苦涩，其实那只不过是年幼的我们还没有体会到生活中的各种滋味——这些顶多算是闲愁的情绪，简直是甜蜜的。

至少她还能幻想一下那个如意郎君的模样，大不了这个不行就推翻了重新塑造一个。在想象里，他是完美的，三百六十度地贴近你的需求。但是，当一切成为真的，就不是那么快乐的事情了。那些预演过的、设想过的、学习过的，完全不作数，他就这样有一天突然地来了，骑着高大的白马，站在大道外的柳树下，抬头微笑地看着她。那个时候她在干嘛？在弄青梅，靠着短墙，玩得正自在。林夕形容得好："你在我旁边，只打了个照面，五月的晴天，闪了电。"也许是因为在梦里，她已经想了千百遍他的样子，所以当他出现的时候，他像是披覆着一种预言。

我想她第一眼就爱上他了。而他呢？也许也是被她那动人心魄的美貌给俘虏了，也许就是双目相接的那一刻，天雷勾动地火。他对她招手，她就沦陷了。于是每天不管风雨，她都会倚在这矮墙边等他——假装无动于衷地在玩青梅，好像浑然不介意似的。其实早已头重脚轻，耳聪目明，好像后脑勺都长着眼睛似的。

不过他有的时候会经过，有的时候却不经过。男人总是有这样那样的事情，可不像女人一般，一旦陷入爱情，整个时间都凝固了，只有他在身边的那些分分秒秒才是流动的。于是她开始茶不思，饭不想，她一有时间就去那座矮墙边等。等他偶尔经过的时候对她笑一笑，她却只能假装别过脸去，感觉他的目光慢慢地盯着她，穿透她，一直到他"嗒嗒"的马蹄声远去，她才敢回头，贪恋地看着他的背影。无论读什么言情小说，故事里的英俊少年她都只能想到他的样子，再也没有从前那澎湃的想象力了。也许仔细看来，他的眉毛也没有斜飞入鬓，并不完全符合百分百先生的样子，但是她爱上他了，就把一切标准泯灭了。

也许某一天，他牵着马缰靠近了她的矮墙，跟她说了第一句话。渐渐地，他们仿佛约定似的，隔几日就会说一会儿话，这些时光成为她生活的重心。但是无奈，他未成功名，而她家境殷实——也许这些并不是他没有向她提亲的理由，但是事实就是这样，他没有向她提亲，而只是她跟他私奔了。直到现在，还是有这么个说法：一个男人对女人最大的尊重就是娶她，给她婚姻。连这么开放的时代都这么想，何况那个时候？只能说，两个原因，一是这个男人根本不爱她，没把她当回事；二是，这个女人实在太豪放了。

不过相爱的时候，种种理由都是可以被接受的。何况一个啥都不懂的女子？她自打爱上他，他的一切都变得有理有据，他的辜负是出于苦衷，他的冷淡是出于压力——总之，什么理由都用尽了。她还是相信他，她仅存的一点理智就是用来逼他发誓，逼他形容他对她的感情——要知道，如果誓言有用，那么人生还需要过吗？

知君断肠共君语，君指南山松柏树。

感君松柏化为心，暗合双鬟逐君去。

她问，你对我的心意如何？他说，好比那南山松柏，万古常青。她的最后一丝理智也终于崩溃了，于是她不要什么名分，相信了他的苦衷，便跟他偷偷地跑了，到了一个人生地不熟的地方。谁说女人胆小，在爱情的盲目鼓动下，悬崖峭壁她也敢走。

后果可想而知，这根本就不需要用脑子想，面对一个无名无份的婚姻，她擅自跑去他家住下算什么呢？小妾？恐怕他的父母对她的感觉更多的是倒贴过来的，不要白不要吧？于是她没有能够成为与他举案齐眉的夫妻，也没有得到一个媳妇应有的尊重。过了几年，她的青春逝去了，他连好听的话都懒得说出来骗骗她，感情一日比一日淡化。

她终于明白了青春时期爱情的荒谬，她终于知道他不是一个值得托付终身的人，然而又能如何？她除了继续无名无分地留在他家里任劳任怨，还有别的出路吗？当年私奔的时候，父兄并不知情，好歹她也是名门千金，这下让她如何回去面对家人的伤心和责问？曾经她以为迟早会好的，迟早她会被明媒正娶，这样她跟父母也好歹有个交代，谁能想得到欢爱逝去之后，现实竟然是如此的残酷和冷漠。

在这首诗里，我们无法看出那个男人是什么性格，他为什么不给她一个名分？为什么轻易地就不爱她了。但是这个女人的形象却昭然，一个为爱痴狂的傻女人——这样的例子比比皆是，不遑多举。

白朴在《墙头马上》里面把这个故事改编成了一则小喜剧，当然，老百姓都喜欢喜闻乐见的大团圆。不过，里面男主角的形象倒是更加丰富了，裴少俊，倒不是不爱她，只不过生性懦弱游移。父母也够现代的，竟然不准恋爱，主张先立业后成家，于是他只能把女主角李千金藏在家里的后院里，结果娃都生出来了，裴家二老都不晓得这么回事。

当然，世上没有不透风的墙，当秘密被揭穿之后就是李千金和裴爸爸的据理力争——而裴少俊，只能充当一个打酱油的看客身份。不能说他不爱她，只是远远不够罢了。这个戏里最后的结局是好的，因为裴家发现李千金原来是尚书的女儿，而且裴少俊果然考上功名了，那么一切矛盾都已经不存在了。这是一种戏剧家的仁慈，也是戏剧家的下贱，不惜为了这部戏的好看而粉饰太平。其实明眼人都能看得出其中的凄楚，一个跟着男人私奔的女人，是没有好果子吃的。

恩爱这种东西是最靠不住的，女人向男人索取的最本质的东西就是婚姻和财产——所以现在很多男人感叹女人现实，事实上如果他们能躬身自省一下，比一比自己的感情跟金钱的保质期就完全能够理解这个现状了。

所以白居易虽然挺讨人厌，但是说的最后一句话也还是实在的，“姑娘们，如果那个男人没有要娶你的意思，千万别轻易献出自己的身体”。

沈复《浮生六记》：全中国最美的女人

侯非侯，王非王，千乘万骑归邙山，狡兔死，良弓藏，我之后，君复伤，一曲广陵散，再奏待芸娘。

——沈复《浮生六记》

说起芸娘，那必定是古代女人美好贤淑的典范之作了，这份美好不仅来自她本身，还来自沈复对她的记述。于是现实中的芸娘跟沈复眼中的芸娘重合在一起，芸娘之所以有意义，乃是因为沈复对她进行了纪念。她的一切存在，只不过是她是他的妻子而已，如果他不来纪念她，那么她就失去了形状。而他是否只因对她的怀念而有价值呢？显然不是，他有功名、有国、有家。当然，中国古代的爱情不是那么均衡，他们不是靠互相描摹得以存在的，它自有一种脆弱的攀附之美，无以言表。

这一点于芸娘而言固然算是幸事，然而于中国古代洋洋几千年的妻子们来说，能被记住的终究只是男人们的九牛一毛，难免显得凄切。另一方面，妻子存在的意义只是符合丈夫的审美，并且成为他生命中的常备粮，一直到死了以后，他收集一下她的生平，开始怀念她的仁慈、她的贤淑、她的美貌。

芸娘不是一个令人惊艳的形象，也多亏了沈复少年多情的性子，才处处珍惜她的点滴细微之美好。她拘于礼，甚至颇有些迂腐之气，每每跟沈复相敬如宾，言谈之间多讲“得罪了”之类的话。不是一个放得开的性子。也不像李清照那么才华横溢，她敬重白乐天和李白的诗在沈复眼里，都只不过是有趣和可爱而已。他终究是把她当成弱者来爱护、珍惜的，而不是一个平等对话的个体——然而这究竟是不是一件好事就又值得商榷了。按理来讲，引发出男人保护欲的女人才是合格的女人。而平等对话下的男女之情都带着现代社会特有的算计和硝烟，不那么单纯唯美了。

和沈复在一起之后，芸娘虽然仍旧时时不改敦厚的本性，但到底渐渐变得轻灵活泼了，当然这一面只有亲近之人才能看得见。待沈复外出的时候她也曾经女扮男装，偷偷跟着老公出门溜达，沈复出远门，她也磨着想要一同前往。沈复也算是个情之所至的痴种了，所谓一日不见如隔三秋，整天黏在一起也不嫌够，相处的每一分每一秒都如同挂着糖浆一般，黏黏腻腻的。也正因为碰上了沈复，芸娘才如此美好吧？假设换上一个无趣些的，中国就要失去一个最美的女性了。

再后来芸娘竟然帮沈复物色其他的小妾，这一点放到现在在大部分人来看都觉得无法理解，至少在门面上无法理解。其实想想古今皆然，古代的时候管得松，男人三妻四妾也属于平常；如今法律上管得严，有能力的男人也照样是家里红旗不倒，外面彩旗飘飘，可见这就是物种的天性，没道理可讲。依我看，解决之道不在于存天理灭人欲，而在于男女平等就可。当然，这是题外话了。

芸娘对沈复的感情显然不是现在我们所能够理解的爱情，毕竟在现代社会里，爱情是带着强烈的占有欲的。不过他们双方都不觉得别扭，也算是一件难得的事。至于合理与否，则不是我们能够说了算的。爱情是一段只属于自己跟对方的双人舞。

“每一座城都从它所面对的沙漠取得形状。爱情也是如此。”

这句话来自卡尔维诺《看不见的城市》，这本书符合一切关于远方、奇幻、隐喻、符号之类的遐想。文字像诗一般，让你想背下来，文字的每句话背后似乎又隐含着更多的含义，可以调动起你脑中一切积累的丰富意象，他们像藤蔓一样四处缠绕，让你思考得欲罢不能，然后你发现这巨大的城市群像无限延展的迷宫，你走不出去。但是当你读完了，你又会发现这些群像不过是沙堆的城堡，你用手一推，或者只是轻轻一吹，它们又倏忽坍塌不见了，眼前是一片清澈澄明。

从北京看那些小城市，俨然是世外桃源。可是在小城市定居的同学说，他上次回北京，第一次发现北京有这么大这么美。我又突然想到我初二第一次去上海，被高楼大厦的强大气场彻底震撼到的情景。其实，城市只在那里，我们只是从自身的沙漠里去描摹他们的形状罢了。

人与人之间又何尝不是如此。很多人遇见另一半的时候，或者交朋友的时候，正好身处荒漠，然后看见一株小草就觉得自己发现了绿洲，要不是适当的时候遇见这个人，生命就是另一番天地。消沉的时候遇见明媚，麻木的时候遇见生机，疲惫的时候遇见舒适，混乱的时候遇见聪慧。他们被我们的境遇赋予了价值，你可以说这是主观的，但不可否认他们的真实。我们的爱人，我们的朋友，就是如此被我们赋予了各样的形貌，让我们如此喜爱依赖。

有时候会想，一个优秀的人会被那么多的人夸奖，或者是聪明，或者是可爱，或者是阳光，或者是通透，等等等等。如果作为夸的人中的一个，难免会觉得沮丧，因为觉得别人和自己一同分享这种夸赞，让你显得如此平凡。但让这种夸赞不平凡的理由只有那个人对你有不平凡的感觉，只要是这样，你说的随便一句话便都成了他莫大的荣耀。只有这样，你的称赞，以及你们之间的关系才有了非同寻常的意义。才能让彼此觉得满足。友情或爱情这种关系，都得依靠这种相互对形状的特殊描摹，才能产生。

因此，芸娘的美好正是得益于他们之间的爱情，每一个人之所以独一无二也是因为她在某一个人眼里是不可替代的。她的美好不是出于她的功用——比如说，她作为妻子的身份；比如说，她可以给我补衣服；比如说，她可以陪我排遣寂寞，她可以帮我孝顺父母，她可以为我传宗接代——爱情就是，她就是她，她之所以美好，在于她本身的样子。我是因为她才爱她，不是因为她成全了我的什么需要而爱她。不然，何以芸娘很多性格并不符合沈复的性格还能如此如鱼得水?

不过，前缘种后果，正如沈复自己所说：情深不寿。老天是这个世界上最善妒的人。他为万事万物设下的规律就是均衡，因此中国传统文化对“适度”强调得十分要紧，比方说乐而不淫，哀而不伤。大意就是欢喜和悲伤都不能过度，就礼仪的角度，固然是过度了就不美了，然而就天理的角度，过度的欢喜确实也往往伴随着悲剧的发生。

于是芸娘就这样早夭了，一方面我们得庆幸，她最美好的一面被属于她的那个人慢慢采撷，没有一丝浪费；另一方面我们庆幸沈复也没有浪费一点芸娘的美好，还通过那一点一滴包含深情与回忆的笔触，将一切生活琐事诗化了。今天我们读它的时候，不禁以为是在读一本言情小说，男才女貌，情投意合，美得像一幅画。

邓雅《梦故妻》：家与爱

岁晏江乡梦故妻，
梦回愁绝听鸣鸡。
菱花不照双鸾舞，
松月谁怜一鹤栖。
黄叶故山埋骨地，
白头孤枕悼亡诗。
伤心最是门前水，
呜咽长流无尽时。

——邓雅《梦故妻》

春节的时候，闲适在家，偶然见报纸上说老外很诧异中国人春节时大规模地返乡大迁移，仿佛丧家之犬惶惶间东走西顾。多少在外流浪的人日夜在火车站排队买票，与黄牛党斗智斗勇；又有多少农民工没钱买票，宁愿开着破旧的摩托车回家。我想，老外真正不理解的，应该是中国人的团圆吧。

是的，团圆。

此时正值冬季，外面应该是冰天雪地冻彻心扉的吧，而家里面那温暖的火炉旁，那一盏黄灯的柔光，照亮了一家人欢聚、安祥的脸。王安石曾经说过："千门万户曈曈日，总把新桃换旧符"——家，是新年里团聚的港湾，也是心中永远抹不去的眷恋。然而，天下不如意者十之八九，失去至亲的人，恐怕便不会这么安然端坐于萦绕着欢天喜地气氛的屋中了。

正如我们的邓雅，这位生在明代的文人。正是一年岁尽时，在江南的故乡里，到处弥漫着新年的气息，如此熟悉温暖的场景，可是偏偏家中那曾经熟悉的人却再也不见了。而夜，也强大得如怪兽一般，与内心的孤寂对峙。灯晃了一下，词人仿佛看到妻子如往常一般坐在那里，对自己含羞而笑，可是，一眨眼却是从梦中醒来。待细细地听，这东方欲晓，鸡也开始打鸣了——而又有多少寒夜，便是在这无尽的思念与孤独中度过的。

佛家所云人生八苦中，便有着“爱别离”一苦，芸芸众生，比不得无感情的动物，情之一脉，更是与天地同寿。然而，至亲至爱之人的离开，却是人怎么都控制不得的，万物无常，不可避免。佛家倒好，跳出了尘界，说看破了一切便什么都不是，空即是色、色即是空，摆明了有点吃不到葡萄，就不理葡萄的感觉，说到底也只是置身事外罢了。可是，凡世俗人，又有多少能逃得过情的魔咒?

恐怕也曾耳鬓厮磨，岁月里的记忆包裹着亡人的笑声吧？所以才会这般恋恋不舍，曾经的柔情也魂牵梦绕。恐怕也曾发誓有生之年要一起度过，看尽地老天荒吧，所以才会在应该团聚的新年里，孤单一人，倍感凄凉。可是，我相信，诗人在此时，仍然会感激上天，让他有这个可恋、可想、可忆的人——情之不舍，这才是千百年来人类心底里最大的“劣根”。

这夜，我在思念着你，思念着你的笑容、你的脸、你的发、你的手。可是，昔日的恩爱消散在弹指之间，在这个团聚的夜里，你却让我一个人在这凄凉世上。我见不得菱花镜里映衬着双鸾鸟比翼齐飞的倩影。而寂寞的黑夜里，那皎洁的月儿只顾着对影自怜，又哪里看得到我仿佛野鹤般孤独一人！我想起了你的埋骨地，那静悄悄的黄叶下是你曾经柔软的身躯。可是，这年复一年想你的煎熬使得我白发已生，你却依旧只出现在我的梦中。只有门前那流水，整日整夜呜咽地流过，恰如我思念你的心不分昼夜。

我们无从想象历史中的邓雅究竟是一个什么样的男人，这个男人生卒不详，流浪在元末和明初之间，是一个沉默着的山野文人。他应该是平凡的，妄想着“一亩地，三分田，老婆孩子热炕头”的局面，不再理会红尘俗世，便如陶渊明一般“采菊东篱下，悠然见南山”。他也应该是没有见过多少世面的，史书中记载着邓雅一则典故，说，明朱元璋统治的洪武年间，皇帝把邓雅征入京城，命令他写《钟山诗》。邓雅当然不负所托，挥笔既就。皇帝看了之后非常高兴，以手拍案，高声朗读起来，皇帝可能也是太激动了，吓得邓雅反倒惊惧起来，以为皇帝生气了，频频叩头，别人把他扶出了东华门，他才清醒过来。如此平凡细微的汉子，恐怕也是听着老婆的话，希望便这样共度一世。可是，命运偏偏给他开了一个残酷的玩笑，他钟情的妻子还是死了。死在他的前头，死在这无声的岁月里。

黄叶片片，爆竹声声。别人的笑，自己的泪。别人的团圆，自己的孤单。这个世间，到底什么才是永恒的温暖？

古往今来，情之一事，确难说清。有抛弃了身家性命与爱郎私奔的卓文君，也有生死相随的绝世虞姬，更有欢愉第一、世俗第二的赵飞燕，女人对感情的执著始终胜过性命。稍微具有儒家道德典范的学人们还能写些悼亡诗词，思念一下故人，而其他的男性却不免厌旧喜新了。有些还反倒不如动物的感情来得凶猛热烈。

想起了一对大雁，金人元好问特意在《摸鱼儿》中写明：“泰和五年乙丑岁，赴试并州，道逢捕雁者云：‘今旦获一雁，杀之矣。其脱网者悲鸣不能去，竟自投于地而死。’予因买得之，葬之汾水之上，累石为识，号曰雁丘。”两只大雁在天上飞得正高兴呢，偏偏有猎人把它们打了下来。想必，两只鸟也曾拼死挣扎过吧，可是最终的结果却是只能活一个。然而，逃出来的大雁却“悲鸣不能去，竟自投于地而死”，是啊，曾经的双宿双飞到如今只能凄影单只，生命便如同少了一只翅膀无以缀聚，那剩下的时光又将如何度过？

“问世间、情是何物，直教生死相许？天南地北双飞客，老翅几回寒暑。欢乐趣，离别苦，就中更有痴儿女。君应有语，渺万里层云，千山暮雪，只影向谁去？”

我们也曾经同欢乐，共患难，这世间万路，千山苍雪，所幸都陪在彼此身边。只是，世情如霜，那眉眼间闪着贪婪之光的猎人，又怎么会懂得我们相伴相守的幸福？

而动物尚且如此，那人，情何以堪？所幸，我们的金庸老爷子在《神雕侠侣》里把这精神大大发扬了一把，造就了两个情圣，一个是杨过，一个是李莫愁。

十六年后，杨过终于还是从断肠崖上跳下，这一跳改变了男人不殉情的历史。世间苍茫，也许这个世界上还有人需要自己，还有人挂念、关心、甚至喜欢自己。可是，真正了解自己，真正与自己相濡以沫的妻子却是终究不在了。而这个世间，是再也没有什么值得自己留恋的了。跳下去吧，像那只大雁，为情而生，为伴而亡。

而李莫愁呢？女人心，海底针。这针，是恨的，也是绝情的。金庸未免有点残忍，李莫愁刚一出场便是一副蛇蝎心肠，灭人家满门，甚至连借宿的都不放过。不过，也许真应了那句话，伤得越深，是因为爱得越深。想当年，李莫愁也是江湖美女一枝花呢，她是放弃了掌门之位、背弃了师门之后才跟陆展元在一起的，代价不可谓不大！可是，她得到了什么？情郎携她人之手离开，而她有家归不得，独自一人在江湖飘荡，如何能让她不恨？然而，如此绝情女子挂在嘴边的却是这句“问世间、情是何物，直教生死相许？”——想必，她也是羡慕着大雁的生死与共吧，甚至，她宁愿十几年后站在陆展元身边甘愿与之共赴黄泉！可惜，当年那个怜她、爱她的陆郎终究是不见了。连着那对“生死相许”的大雁，也在她心中遥远得仿佛桃花源一般。

其实，人世间的感情也确如这对大雁一般，脆弱、情痴、缠绵生死。生在一起时，便觉得人世间的快乐莫过如此，而一方死后，便是一句“愁来天地翻”，“戚戚寒景，茕茕一人。”想必，当救不了爱人杨贵妃的唐玄宗只能在晚年闲坐宫中，忏悔着自己的过往时，当他“上穷碧落下黄泉，两处茫茫皆不见”发疯般地寻找心爱之人时，才真正体会到了我们作者“菱花不照双鸾舞，松月谁怜一鹤栖”的孤独心情。

然而，就算素月仍在，门前流水不改旧时波，那个记忆中缠绵的人，那个印在内心深处、宛如骨肉般清晰可触的人终究还是不在了。而我们，真该学一下大雁，生亦尽欢，死亦尽情。

《西北有高楼》：知音与寂寥

西北有高楼，上与浮云齐。
交疏结绮窗，阿阁三重阶。
上有弦歌声，音响一何悲！
谁能为此曲？无乃杞梁妻。
清商随风发，中曲正徘徊。
一弹再三叹，慷慨有余哀。
不惜歌者苦，但伤知音稀。
愿为双鸿鹄，奋翅起高飞。

——《西北有高楼》

虽然现在人不怎么用知音这个词了，但一提到知音恐怕大多数人第一个想起的念头便是那本专门搞煽情的杂志，以及声称自己爱看知音等人文社科类产品的凤姐了。每想到这儿，我都深恨糟蹋中国古典文化的现代“文化”人。

知音是多么美的词，比知己尤甚。当然，知己一词也被“红颜”“蓝颜”两顶帽子折腾得不像话了。你只要皱皱眉，他便知道你心中所想，你微笑，他便能感同身受，你词穷得只剩下叹息的时候，他能够用语言还原你曲折婉转的心路。

最早的知音桥段当然还是避不开众所周知的“伯牙子期”之事了。

伯牙原姓俞，名瑞，伯牙是他的字，春秋战国时期楚国郢都（今湖北荆州）人。

历代文献关于伯牙的记载颇多，最早见于荀况的《劝学》篇：“昔者瓠巴鼓瑟，而沉鱼出听；伯牙鼓琴，而六马仰秣”。用夸张的手法极言其音乐演奏的生动美妙。

俞伯牙从小非常聪明，天赋极高，又很喜欢音乐，他拜当时很有名气的琴师成连为老师。

学习了三年，俞伯牙琴艺大长，成了当地有名气的琴师。但是俞伯牙常常感到苦恼，因为在艺术上还达不到更高的境界。俞伯牙的老师连成知道了他的心思后，便对他说，我已经把自己的全部技艺都教给了你，而且你学习得很好。至于音乐的感受力、悟性方面，我自己也没学好。我的老师方子春是一代宗师，他琴艺高超，对音乐有独特的感受力。他现住在东海的一个岛上，我带你去拜见他，跟他继续深造，你看好吗？俞伯牙闻听大喜，连声说好！

他们准备了充足的食品，乘船往东海进发。一天，船行至东海的蓬莱山，成连对伯牙说：“你先在蓬莱山稍候，我去接老师，马上就回来。”说完，连成划船离开了。过了许多天，连成没回来，伯牙很伤心。他抬头望着大海，大海波涛汹涌，回首望岛内，山林一片寂静，只有鸟儿在啼鸣，像在唱忧伤的歌。伯牙不禁触景生情，由感而发，仰天长叹，即兴弹了一首曲子。曲中充满了忧伤之情。从这时起，俞伯牙的琴艺大长。其实，成连老师是让俞伯牙独自在大自然中寻求一种感受。

俞伯牙身处孤岛，整日与海为伴，与树林飞鸟为伍，感情很自然地发生了变化，陶冶了心灵，感悟到只有真正体会到了艺术的本质，才能创作出真正的传世之作。后来，俞伯牙成了一代杰出的琴师，但真心能听懂他的曲子的人却不多。

有一次，俞伯牙乘船沿江旅游。船行到一座高山旁时，突然下起了大雨，船停在山边避雨。伯牙耳听淅沥的雨声，眼望雨打江面的生动景象，琴兴大发。伯牙正弹到兴头上，突然感到琴弦上有异样的颤抖，这是琴师的心灵感应，说明附近有人在听琴。伯牙走出船外，果然看见岸上树林边坐着一个叫钟子期的打柴人。

伯牙把子期请到船上，两人互通了姓名，伯牙说："我为你弹一首曲子听好吗？"子期立即表示洗耳恭听。伯牙即兴弹了一曲《高山》，子期赞叹道："多么巍峨的高山啊！"伯牙又弹了一曲《流水》，子期称赞："多么浩荡的江水啊！"伯牙又佩服又激动，对子期说："这个世界上只有你才懂得我的心声，你真是我的知音啊！"于是两个人结拜为生死之交。

伯牙与子期约定，待周游完毕要前往他家去拜访他。一日，伯牙如约前来子期家拜访他，但是子期已经不幸因病去世了。伯牙闻听悲痛欲绝，奔到子期墓前为他弹奏了一首充满怀念和悲伤的曲子，然后站立起来，将自己珍贵的琴砸碎于子期的墓前。从此，伯牙与琴绝缘，再也没有弹过琴。

在《吕氏春秋》和《列子》中，记载有伯牙与钟子期的故事,一直为后世所传诵。

据《吕氏春秋·本味篇》记载：伯牙鼓琴，钟子期听之，方鼓琴而志在泰山，钟子期曰："善哉乎鼓琴！巍巍乎若泰山。"少时而志在流水。钟子期曰："善哉鼓琴，洋洋乎若流水。"钟子期死，伯牙摔琴绝弦，终身不复鼓琴，以为世无足复为鼓琴者。

明代小说家冯梦龙在《警世通言》这一本书中，用生动的笔触描写了这个动人的故事：

伯牙善鼓琴，钟子期善听。伯牙鼓琴，志在高山，钟子期曰："善哉，峨峨兮若泰山！"志在流水，钟子期曰："善哉，洋洋兮若江河！"伯牙所念，钟子期必得之。子期死，伯牙谓世再无知音，乃破琴绝弦，终身不复鼓。

在子期墓前，伯牙曾经写下了一首短歌，来悼念自己的知音钟子期：

忆昔去年春，江边曾会君。今日重来访，不见知音人。但见一抔土，知音不是靠相处而得来的点点滴滴日久生情的情感，也不是廉价的将就，它如此苛刻，因为如此稀少。

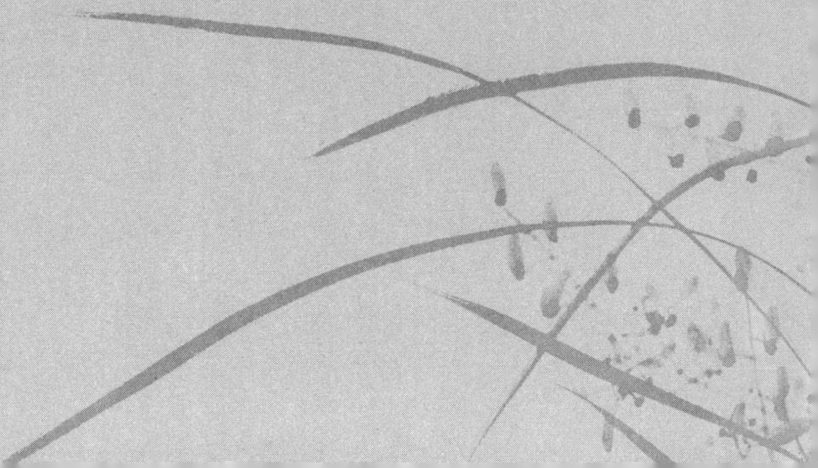

西北有高楼，上与浮云齐。
交疏结绮窗，阿阁三重阶。
上有弦歌声，音响一何悲！
谁能为此曲？无乃杞梁妻。
清商随风发，中曲正徘徊。
一弹再三叹，慷慨有余哀。
不惜歌者苦，但伤知音稀。
愿为双鸿鹄，奋翅起高飞。

——《西北有高楼》

惨然伤我心！伤心伤心复伤心，不忍泪珠纷。来欢去何苦，江畔起愁云。此曲终兮不复弹，三尺瑶琴为君死！

《琴操》、《乐府解题》记载有伯牙学琴的故事：著名琴家成连先生是伯牙的老师，伯牙跟成连学了三年琴悟性方面却没有太大的长进。成连说自已只能教弹琴技艺，而其师万子春善移情，便带伯牙去东海找万子春请教移情之法。可伯牙到了东海，并未见到万子春，只看见汹涌的波涛，杳深的山林和悲啼的群鸟，伯牙心中豁然一亮，感慨地说："先生移我情矣！"于是创作了《水仙操》。

歌手王力宏似乎对知音这个概念特别重视，最早的时候就写过一首歌"淋我淋过的雨，吹你吹过的风，比风雨还亲密，两个人的影子，在同一个天地，拥有一样的回忆"。"我想你的难题，你写我的日记，比爱人还亲密，我还没说可惜，你已经在叹息，不可思议的默契"。继而又在新电影《恋爱通告》里狠狠地抒发了一下伯牙子期的知音之感，他表达的未免玄而又玄了，然而不可否认，现实中有这样的情感。

这首古诗也是一首表达知音难觅的情怀的诗，那是一个少年，在异乡孤独的路上，大约是一个慨叹着"何不策高足，先据要路津"的汉末文人，面对的却是一个君门深远、宦官挡道的苦闷时代。是骐骥，总得有识马的伯乐才行；善琴奏，少不了钟子期这样的知音。壮志万丈而报国无门——在茫茫人世，没有什么比这更教人嗟伤的了。

从那西北方向，隐隐传来铮铮的弦歌之音。诗人寻声而去，蓦然抬头，便已见有一座"高楼"矗立眼前。这高楼是那样堂皇，而且在恍惚之间又很眼熟："交疏结绮窗，阿阁三重阶"——镂刻着花纹的木条，交错成绮文的窗格；四周是高翘的阁檐，阶梯有层叠三重，正是诗人所见过的帝宫气象。但帝宫又不似这般孤清，而且也比不上它的高峻：那巍峨的楼影，分明耸入了飘忽的"浮云"之中。

那"弦歌"之声就从此楼高处飘下。诗中没有点明时间，按情理说大约正是夜晚。在万籁俱寂中，听那"音响一何悲"的琴曲，恐怕更多一重哀情笼盖而下的感觉吧。这感觉在诗人心中造成一片迷茫："谁能为此曲？无乃杞梁妻！""杞梁"即杞梁殖。传说他为齐君战死，妻子悲恸于"上则无父，中则无夫，下则无子，人生之苦至矣"，乃"抗声长哭"竟使杞之都城为之倾颓（崔豹《古今注》）。而今，诗人所听到的高楼琴曲，似乎正有杞梁妻那哭颓杞都之悲。其实若我说，也未必就有这么悲哀，只不过境随心变罢了，心情不好的时候听什么都是哀乐，心情好的时候听什么都开心。可见这少年人很是苦闷。

这首歌的起承转合都是那么婉转凄凉，让人听着忍不住揪心。想必这样富丽堂皇的楼上端坐着一个貌美如花的少妇吧？不知道为了什么事而如此悲伤，从这袅袅的琴声中甚至能够听见她的叹息声，一唱三叹，慷慨有余哀。他并没有过多地为这个女人感到惋惜痛苦，他想的是另一出：你看，你的心思全被我听出来了，你的琴音里全都是无人能懂的寂寥，而恰巧今天我从楼下经过，竟然听得懂你的寂寞。我再反过来想自己，这些异乡漂泊的岁月，心里有多少压力和愤懑，失望、希望，又有谁能懂？如今这些酸楚和委屈，全在你的琴声中得到了诠释，怎么不叫人欣慰？我真想跟你一起高山流水，自在徜徉啊！

后来有人戳破了这个拙劣的谎言，声称这明显就是杜撰出来的一个女子，只不过为了慰藉自己孤独的心境罢了。一个功名不顺、孤独漂泊的异乡少年，一直挣扎在社会的底层，心中满怀抱负和理想，却只能在生活面前低下头去，没有人懂他，甚至根本没有人愿意听他说句话，于是他便编出了一个景象，月夜听琴，知音难觅。

这个世界上你可以跟很多人发生友情，友情来得很容易，对于男人来说，基本上一起扛过枪就可谓出生入死的好兄弟；又或者一起穿过开裆裤，被老师罚站过，从小一起长大——这些偶然而又必然的事件总会给人的一生带来友情。爱情——且不管是原价、打折还是清仓甩卖，总会有适合你的爱情出现。然而知音一词却依旧纯洁得像天山上的一朵雪莲花，只供念想，想要获得，却极为考验天时地利人和。否则蕙质兰心如宝姐姐，又如何抵不过黛玉呢？无非是黛玉懂得宝玉的用心，且一直到长大了，还不改初衷罢了。

何况，刻薄些来讲，也不是人人都配得上有知音的。有的人活了一辈子也没有对知音的需求。把人的灵魂比作一间房子，有的人即使大门开着敞着也未必有人能有兴趣进来 瞅一眼——本来无一物，还求什么知音呢？他连自己都不知道自己是什么。因此知音算是一种高级的需求，比爱情高级，比友情高级。黛玉死了之后，宝玉也是万念俱灰，因为在这人浮于事混乱肮脏的世界上，唯一一个懂他的人去了。

知音不是靠相处而得来的点点滴滴日久生情的情感，也不是廉价的将就，它如此苛刻，因为如此稀少。

纳兰性德《疏影·芭蕉》：优质偶像伤往事

湘帘卷处，甚离披翠影，绕檐遮住。小立吹裙，常伴春慵，掩映绣床金缕。芳心一束浑难展，清泪裹、隔年愁聚。更夜深、细听空阶雨滴，梦回无据。

正是秋来寂寞，偏声声点点，助人难绪。缬被初寒，宿酒全醒，搅碎乱蛩双杵。西风落尽庭梧叶，还剩得、绿阴如许。想玉人、和露折来，曾写断肠句。

——纳兰性德《疏影·芭蕉》

中国人似乎不像美国人那样喜欢出身低贱、浪子回头、历经大起大落然后成就传奇的人物，那太富于美国梦了，中国人喜欢出身高贵、富有才华、一帆风顺和优质偶像。那满洲正黄旗出身，身为武英殿大学士明珠的长子、一等侍卫、一品武官的纳兰容若算是让人羡慕地将这一切条件囊括的幸运儿了。

奇怪的是，这个人从来都没有感到快乐。据说他在三十岁的妙龄死去时，父亲明珠老泪纵横，翻看儿子所作的诗词，这位精明一生，最擅长揣测圣意和左右逢源的宰相并不明白他宠爱的儿子为何会如此不快乐。

又有人说，纳兰容若的词全以一个“真”字取胜，写情真挚浓烈，写景逼真传神。看他的词，处处泪眼婆娑，落英缤纷，一句一叹，几乎断肠。

再看他的照片——纳兰容若，这名字这出身这词作，让所有人都以为他该是个玉树临风的大帅哥，应该有个贾宝玉一样长于妇人之手的脸，很可能像《雷雨》中喜欢四凤的周萍一样软弱或者像同样喜欢四凤的周冲一样不谙世事。可从那副《容若侍卫小相》中，我明明能看到一个拉长脸的瘦削的男人，考究的衣服、手持的玉如意、鲜红的顶戴花翎只突出了他一脸的愁容，看神态又有从容之感，实在无法想象这是个年仅二十多岁的青年。

我觉得这幅小相没有表现出纳兰容若的愁，也没有表现出他的美。事实上，我对清代的画像和民国的摄影技术都心存巨大的不满，因为慈禧太后显然不应该那么丑，各位皇帝长得不应该那么相像，李鸿章曾国藩们不该气质那么差……我还是更愿意相信曹寅写过的：“忆昔宿卫明光宫，楞伽山人貌姣好”。楞伽山人就是纳兰性德的号。在多情看客的心中，钟汉良饰演的翩翩公子哥才符合人们对纳兰容若的向往。

去年夏天我去首都剧场看话剧《知己》，饰演顾贞观的是冯远征，饰演纳兰容若的是一位并不知名的演员，这两位的友谊给双方都平添了传奇的色彩。只见舞台上涂了太多白粉的冯远征仍五官清晰，身子单薄，身着一长衫，只需一个偏激的表情就能将那文人的迂傻与耿直演绎出来，很让人信服。

此剧一个好处就是没有把顾贞观弄成个“高大全”的圣人：他被管家两句话就弄得忽悲忽喜；他对明珠和纳兰性德言语耿直，充满了一肚子的不合时宜；他喝酒；他响亮地下跪；他和侍女之间那份落难公子的爱情——虽然不可避免让我想到了各种传统戏曲和张贤亮，都让我感到丝丝的娱乐气息。于是，我知道顾是人，一个活生生的人，且是文人。这也是此剧的最大成功处——塑造了一个典型文人形象。文人嘛，身体瘦削、面目清淡，手无缚鸡之力，敏感、多情，头脑简单，易被控制和利用，却也可以在单薄的身子里藏着随时可喷发的火山，使其足以以血肉之躯挺立于天地之间，义薄云天。有点傻，有点无辜。

可纳兰容若不是这样的人。虽然他是清朝写词国手，但他首先是个一品御前侍卫。这让人想到尔康，在琼瑶的原意里，福尔康本是个比五阿哥完美得多的角色。话剧里的纳兰容若果然没有辜负观众的期望，一身华丽的服装，颀长的身材，一张年轻英俊的脸，虽然他在剧中只是打酱油的配角，却引起了我太多的遐想，远远超出话剧本身。

据说他表妹入宫。一直觉得郎骑竹马来，绕床弄青梅是多好的一幅场景，再精明的人小时候也有可爱之处，小孩子能懂什么，就在过家家中轻易许下了一个个“若得阿娇，必以金屋藏之”的誓言。大凡堂妹表妹之流总是有种说不清的感情，然而长大后的汉武帝终于和阿娇翻了脸，喜欢上了一个又一个的新人。我总是觉得以前的堂妹表妹天生就带着一种暧昧，有着可以作姻亲的可能性。

如果真如传闻那样自己心爱的人奉命入宫，那真是世界上最遥远的距离不是天与地的距离，而是明明就在眼前，明明知道相爱却不能在一起。然而御前侍卫到底是与别人不同，与那玉人相见倒不是不可能。若从此一刀两断、音信全无倒也死心了，让永恒的时光冲刷走疼痛尖锐的棱角，让这种先前的悲痛化作绵绵无绝期的思念，那痛苦自然会慢慢降低程度，回归可以容忍的范围。可如果偶尔能见得一面却又添了多少可能性，这渺茫的希望如同藕丝，千丝万缕，明明知道弱得不可能靠得住，却叫人从心里无法割舍，于是就欺骗起自己来，总是有希望的，一切都是有可能的。

于是就一遍遍深陷于回忆中。喜欢回忆的人是不幸的，至少是现在过得不如以前好。总觉得回忆像一个个漂浮的小岛，来去无影，时隐时现，不可捉摸。回忆时汹涌的感情就像时涨时落的潮水，带来巨大的冲击，而它本身变幻莫测。有谁能理解一座小岛的孤单呢，就像有谁能猜得透大海的心思？

回忆的小岛周围都是大海，思绪可以无边无际地向外伸展，面对旧人和那个曾经的自己如何不落泪下来。

在这首词中，湘妃竹做成的帘子被卷起，看到屋檐下摇曳的芭蕉，绿影婆娑，遮住了屋檐。隐约能看到春日和风中的一个背影，裙裾飞扬。绣床金缕，空阶夜雨，梦回无眠烘衬愁情。一时间镜头又回转到闺阁绣床。眼前的芭蕉叶子难以舒展，不知道紧裹着的是心结还是泪水。这么久的时间过去了，如何才能重聚？夜已经深了，听得外面空寂的台阶上声声的雨滴，我的梦都无所依凭。

本来就是寂寞萧索的秋日，偏偏加上雨打芭蕉，人的情绪如何能平静。有彩色花纹的丝被无法温暖我的心，好容易喝醉了一会儿又全然清醒，只听得杂乱的蟋蟀声和交叠的捣衣声。无情的西风将庭中的梧桐叶吹落殆尽，但还剩下了一些绿荫。

酒之所以好喝就在于它难喝。这是《伤城》里的句子，我只记住了这一句。那么多的人借酒浇愁，实在是因为别无他法。而微醺的境界最美，最适宜悦己，飘飘然若仙，愁苦往事皆是不相干的路人。又或者大醉，人生难得几回醉，不醒人事，倒也可以一了百了。可不论什么样的酒终究会醒，醒来一切照旧，那种惆怅也许还会伴随着头晕疲劳和恶心。如果不幸这醒来时在半夜时分，再添点雨打芭蕉，不断魂是不太可能了。

我最恨下雨天。下雨天只想藏在家里，隔着窗户看着外面的人和树，都替他们感到难过。那么多冷雨，弄得一身疲惫，躲都没处躲，又能有什么趣味。不如收了心就呆在屋子里，哪儿也不去，拉上帘子，什么都看不见，灯也不打开。不如就这么睡去，什么都看不见，什么都不知道。而雨天最好的是没有什么人来打扰，每个人都只想回到自己的一方小天地，以求平安度过。

自己跟自己在一起的时候，自己面对的就是一点真心。宋谢懋《蓦山溪》说："飞云无据，化作冥蒙雨。"这样的秋雨一点一滴打在芭蕉叶上，滴到空寂的台阶上，也就在人的心里溅起了一朵朵的水花。反反复复，无穷无尽。

当然，这首词也很可能是给他的发妻卢氏的。有关一个三十岁就早逝的感情丰富的优质偶像最爱谁的话题从来就没有停止。正史可考的纳兰性德的妻妾，共有四位。原配卢氏，两广总督卢兴祖之女，成婚三年后亡故。续弦官氏，一等公颇尔喷之女。侧室颜氏，为纳兰性德长子富格生母。最后一位为江南才妓沈宛，为好友顾贞观帮助所纳，因身份血统不得入府，被安置于德胜门。到底他最爱的人是入宫的表妹，还是温婉的卢氏，还是后续的官氏颜氏，还是三十岁遇到的沈宛？

多么？不多么？人到底不太可能只喜欢一个人的。

大多数人倾向于他最爱卢氏，结婚三年，琴瑟和谐，卢氏于最美的年龄溘然长逝，给纳兰容若留下无尽的哀思。他的悼亡之作主要是给她的。我是相信这个说法的，一个人如果想让另一个人长期怀念，如何消失比如何出现更重要。那些最好的东西、最无法触及的悲痛，都是无法拥有或者已经失去的东西。

卢氏死得虽然早了，却死得恰到好处，成了他心头上永远的床前明月光，发出神圣的光芒。以后的女人再美再有才华甚至再年轻，怎么可能完美过一个已经不在人世的女人呢？

甚至是他自己。“世间好物不坚牢，彩云易散琉璃脆”。他满打满算不过活了三十一年。没有看到大家庭的分崩离析，在年轻的时候就一病不起，很快死去。

我们总是对英年早逝的人心怀悲悯。那么多的才华还来不及展露，那么多的场景还未来得及看到，那么多的地方没有去过，奇怪的新事物没有尝试过，还有很多情感没有生发……而这样的人在他们短暂的一生中狠狠地烧一把火，用我们这些平凡人的碌碌无为、浪费资源衬托得他们更加伟大和悲剧，于是我们这些人就自惭形秽了，感叹一句，哎呀哎呀。

又据说很多人都想过死。虽然说未知生，焉知死，可在如今这样一个混乱可就是不出英雄的年代，谁也说不好明天的新闻会是什么惊天动地的大事。也许一次飞机、一次火车，或者睡梦中的一次地震、海啸都能宣告生命的结束。就好像很多人登机后关手机前的最后一件事总是发个我爱你，这也是清醒地面对一切死亡可能的态度。

反正每个人从出生起就主动地挪向坟墓。既然活着是这么辛苦，既然富贵荣华缠身皆非所求，既然已经见惯了生死离别，那么在最美丽的时候死去，还真能当一朵娇艳的干花，一块琥珀中被定格的蜘蛛，过了许多许多年还发出阵阵的幽香。

留下了多少年后一堆花痴女人的欷歔不已。

纳兰性德《望海潮·宝珠洞》：风流总被雨打风吹去

漠陵风雨，寒烟衰草，江山满目兴亡。白日空山，夜深清呗，算来别是凄凉。往事最堪伤，想铜驼巷陌，金谷风光。几处离宫，至今童子牧牛羊。

荒沙一片茫茫，有桑乾一线，雪冷雕翔。一道炊烟，三分梦雨，忍看林表斜阳。归雁两三行，见乱云低水，铁骑荒冈。僧饭黄昏，松门凉月拂衣裳。

——纳兰性德《望海潮·宝珠洞》

宝珠洞位于京郊著名风景区八大处公园。八大处，顾名思义，主要名胜共八处，皆依山而建，依次上升，宝珠洞为第七处。山势并不险峻，爬上去对一般人而言并不难，而处处显出皇家气质。我有个朋友挚爱八大处，她因考试和工作两次前往烧香均奇迹般有求必应，事后均信守承诺资助一百大元的她从此自信与八大处建立了良好的战略伙伴关系而屡屡向我推荐。而我是有我的雍和宫的。不过在某次我告诉了某人后，某人处于跳槽的关键时刻，一下动了心思，于某个雪后的周末拉着我去了。在许愿台他许了个什么愿我不知道，我出于人道主义顺便帮他许了个更好的愿——那简直是不可能的——事后竟也成了。

从此我对八大处有种莫名的敬畏。谁知道皇家选择这里建设园林有多少条理由呢，那几百年前的龙气现在也许还在山谷中凝结和盘旋呢。世界上有那么多无法解释的神秘力量与现象，人类实在只是小孩子，科学也只是一种视角罢了。

现在还记得宝珠洞寺前有一座木质结构的牌楼，匾额镌“坚固林”和“欢喜地”六字，均为乾隆皇帝御笔。此处并不见得多么雄奇，为何受到如此重视，实在引人遐想。宝珠洞临崖而建的大殿不过两层，观音殿后有一石洞，不甚宽广，官方所谓“约四米，洞内砾石如珍珠黑白杂陈，晶莹闪烁”，我感觉并不深刻，但据说因此该洞以宝珠命名。当时已经是将近日落，雪和夕阳时分适合拍照，高度又适宜远眺京城美景，早就听说过的“京西小泰山”之誉，虽实在纯属自娱自乐，倒也有点合适。在此眺望北京城，我当时因为看到中央电视塔而欷歔不已。

不能不想起那些缤纷的传说。相传康熙年间有一海岫禅师在此梵修，跟皇帝颇有渊源，多次觐见，后又有驱香妃冤魂缠绕后宫的举动，故名“鬼王菩萨”。他自然熟知宫廷内幕，后来大限来临，他坐化于宝珠洞内，皇帝来了，见洞内他的肉身法像栩栩如生，目视京城，心中不安，设佛像遮挡视线，又以佛堂和御笔嘉奖来限制他的活动范围。

伴君如伴虎，看，任你再是高人，到底还是被防着的。

再看着现在洞内的汉白玉雕像，偏偏还给弄了个红绸子——我最恨人们给好好的雕像披挂个涤纶的半脏的假红绸子。你能想象出许多年前纳兰容若扈从康熙幸游八大处宝珠洞的情景吗？似乎康熙在人们心目中第一印象是一个瘦削英俊的少年，雄心壮志，富有谋略，身边有着鳌拜、吴三桂、葛尔丹，又或者还有着蹦跳的韦小宝……然而，他是皇帝，创业兼守成的康熙大帝。同时在他的光芒旁边，另一位心高气傲的大才子也发着自己的光。

不只是我，太多的人热衷于揣测这位少年天子与比他小仅仅一岁的纳兰容若的关系。他们如此亲密，容若的御前侍卫职位从三品到一品的荣升速度之快令人惊奇，他们一起南下北上，东来西往，足迹遍达长白山、五台山、泰山以及苏杭等地，两人诗文应和之作实在不少。有多情者甚至编造了两人断背的小说：两个璧人相知相许，心心相印，又各有身份与使命，共同出生入死，终于一人早逝，千古遗憾让我们这些没有立场的人看了也叹可惜。

多好的题材，光是清朝的政治风云就够跌宕了，再加上年龄相仿两位美少年，一位是天子，一位是才子，都是绝顶聪明的人，朝夕相处，有感情也未可知。

所以，我竟然也不反感这样的故事。反正历史的本来面目谁也不知道，人们看到的都只是自己愿意看到的样子，从有限的事实枝干上，每个人都在添枝加叶，注入自己的情感。

然而纳兰容若绝非多情的小布尔乔亚们想象的多愁多病的文弱贵公子。他可是正黄旗的明珠长公子，响当当的御前侍卫。他的师傅徐乾学说："从吾游者亦众矣，如容若之天姿之纯粹、识见之高明、学问之淹通、才力之强敏，殆未有过之者也。"据说这位御前侍卫，箭术骑术十分精湛，每狩猎，发箭未有不中者。

现在他和皇帝在宝珠洞游览，站在平坡上向远处眺望，隐隐可见的永定河像一条纤细的丝带。它的两岸有大片荒沙和土岗。附近的八宝山、石景山、田村山等连绵起伏。这里一向是皇家圣地，只是明代的贵族墓地、元代的贵族陵园已经逐渐荒废，汉墓更被人遗忘。元大都遗址至今仍在，讲述着北京城往昔的繁华。改朝换代，繁华变废墟，总是无可阻挡的事。回想当年，无论是少年天子还是容若不可能不为所动。

可我总觉得容若会想起他的家族叶赫部。叶赫因慈禧名动天下，其实叶赫部是女真部族在松花江流域逐渐发展起来的四个大部落之一。努尔哈赤与叶赫部尔虞我诈，虽有联姻，不过是政治需要，而叶赫部终被努尔哈赤消灭，不再成为一个独立的部落而归入正白旗下。话说叶赫那拉部的美女众多，不管是皇太极的生母、因美色惹众多部族混战的大龄美女东哥，还是后来的慈禧都是属于叶赫，不知道这个家族和爱新觉罗到底有多少爱恨情仇，只知道狗血的八卦剧情连绵不断，贯穿了整个大清朝的兴亡。

身为叶赫的子孙，容若还曾陪皇帝到东北扫墓，看了自己家族曾经的光荣与如今的失落，他心里的孤独像一根喜阴的藤萝，更加阴郁和茂盛了。如今的自己虽荣耀至极，终究不过是不参政、不统领军队的虚职，大丈夫当志在四方，岂止是金殿前伴君左右？也许身为御前侍卫是因为正好被控制得更严密和方便罢了。

想到这，我又毫不留情地推翻先前那种断背之恋了。是的，无论时光怎样流转，如何江山易主，改朝换代，政治永远都是世界上最复杂最肮脏的东西。叶赫与爱新觉罗之间，臣子与君主之间怎么可能有真正纯洁的感情呢，不过都是尔虞我诈，互相猜疑、防范、利用罢了。

一个人的痛苦，虽具体不可知，但对于一个男人来讲，不出功名与爱情。纳兰容若于钟鸣鼎食之家、温柔富贵之乡，却一直陷入痛苦之中，到底是因为壮志难酬还是永失我爱，又或者二者兼有之？

一个出身富贵人家的人的悲伤是很难化解的，因为无关物质，这就是所谓“凡是用钱可以解决的问题都不是大问题”，这也许就是他的文章与词作均有富贵气却无一人说做作的原因。与温庭筠那些同样喜欢写富贵陈设的词相比，纳兰容若的词一向以真胜出。而此词以咏诗怀古的苍凉之心给我们揭示了另一个纳兰容若。他站在命运的手掌心，拥有太多的东西，却都不是他想要的。

后来，在十年浩劫中，纳兰容若的坟墓被掘开，据说棺材挖出时已经被盗墓者挖了一个不小的洞，贵重的殉葬品早被洗劫一空，墓地被夷为平地，栽种玉米小麦，墓碑被生产大队拿去充当台阶。

卢氏的墓碑字面朝下，幸未损坏。而纳兰容若的那块却是字面朝天，被各色人等长期踩踏，等到后来已经字迹模糊了。又据说北京的掌故家、民俗学家金受申某日在安定门内酒馆喝酒，见一洋车夫披破棉袄持一极精细之碗前来买酒。金索其碗观看，见碗底有红印鸳鸯社字样，极惊问：您家的坟地在皂甲村吗？车夫答是。金心知车夫确为纳兰性德后人无误。叹息说：纳兰氏后人一至于此乎！

我们看了这样的小故事，不禁也感叹一句：风流总被雨打风吹去。

突然又听说那英、那威、叶嘉莹、叶光岑等均为叶赫后人，心中又颇有点安慰。似乎那些王谢风流还能有些丝丝缕缕的因袭。只是不能多想，一想就又是一阵欷歔。心里明知那个最差评价也是“公子能文”的璧人永远消息了，他从来不曾衰老，却有一颗难以挽回的悲伤的心。

走在这看似平凡的土地上，心里反反复复默念着“家家争唱《饮水词》，纳兰心事几人知”，于是自己也好像有了心事，脚下的每一步都有些慎重。

到底人在北京，总不能不收敛点。

姜夔《江梅引》：漂泊者将在爱情里无所皈依

丙辰之冬，予留梁溪，将诣淮南不得，因梦思以述志。

人间离别易多时。见梅枝，忽相思。几度小窗幽梦手同携？今夜梦中无觅处，漫徘徊。寒侵被，尚未知。 湿红恨墨浅封题。宝筝空，无雁飞。俊游巷陌，算空有、古木斜晖。旧约扁舟，心事已成非！歌罢淮南春草赋，又萋萋。漂零客，泪满衣。

——姜夔《江梅引》

江梅是梅花么？是的，它是梅花的一种，但是如果你把它简单理解成江边的梅花，那你不但在事实上错了，还严重违背了小资精神。范成大有个《梅谱》，详列各个梅花品种，但分类的眼光与其说是植物学的，不如说是诗人的。他说江梅也叫野梅，体现的是山野清绝之趣，花朵较小，清瘦有韵致，香气最清。

这种分类手法，充分体现着老百姓和小资的一大区别。比如喝咖啡，老百姓会说“来一杯咖啡”，小资会说“一杯蓝山”，虽然专家说中国从没进口过真正的蓝山咖啡豆，但“蓝山式”就足够情趣了。细节决定小资，所以小资的眼里不存在作为泛称的咖啡，而只有一个个具体的咖啡品种，小资的诗里也不存在作为泛称的梅花，而只有江梅、雪梅这样的细分。

江梅的特点，一言以蔽之，是清瘦、孤傲，所以在这个基础上就可以拟人了，见到江梅而想起来的女人必然是骨骼清奇的。纳兰有过这么一阕词："欲问江梅瘦几分。只看愁损翠罗裙。麝篝衾冷惜余熏。可耐暮寒长倚竹，便教春好不开门。枇杷花底校书人。"说要问江梅到底瘦成什么样了，只要看看那女子的裙子是不是又显肥了。这个修辞非常巧妙，用后半句来揭示前半句所谓的江梅其实是指一位江梅一样清瘦、孤傲的女子。而她的瘦，不是因为发育不良，而是因为"愁"。

很多年前一个文艺女青年把全中国的女人都弄得神经兮兮的，她的名字叫安妮宝贝，她激赏穿着棉布裙子、光脚、枯瘦的女人。那样的枯瘦是对生命丰腴的一种嘲笑，是对万物寂灭的一种祭奠。这样的女子是不幸福的，她们甚至对幸福嗤之以鼻，认为万事万物冷冷清清如同一场游戏，根本没有真正的幸福可言，幸福只不过是上天用来麻痹民众苍生的一个可笑的把戏。

不过，被女权运动蛊惑了好几个世纪的女人自然是跟宋朝的女人不一样，即使多愁善感如同林黛玉，或者叛逆倔强如同杜丽娘，最终期待的还是"愿得一心人，白首不相离"，爱情是她们苍凉的生命的唯一皈依，即使是对生命有别样体悟的女子，仍然把自己的生命捆绑在一个可能会给她幸福的男人身上。

因此我们假设，姜夔那天看见了一株江梅，想到了这个女子，也是这么一个清冷的、瘦弱的、多愁善感而又悲观的女子。这样的女子如此美好，美好得令人无法直视。人世间有多少相遇就有多少别离，无数次擦肩而过，无数次两两相望，无数次天涯海角。于是他在这么一个晚上，看见了梅枝，忽然就想起她。她皱起的眉头、忧郁的眼神。思念一旦起来就无法遏制，只能任由它越来越凶猛。那些一起走过的小桥和青石板路，在细雨濛濛的早上一起看着日出，在深夜点上蜡烛，谈心或者毫不尴尬地沉默。而今又到了深夜，却只有我一个人了，一个人睡觉的时候万分寒冷，然而我在梦中找了你千百遍，又哪里顾得上自己的寒冷呢?

下片"湿红"三句，用的是晏几道的词意，薄薄的信纸，沾着泪水写成。太多太多想说的话，反而下笔无语，曾经你弹琴的时候我总爱在一边看着，现在琴也不在了，信也一封比一封少。穿梭在我们曾经走过的大街小巷里，只有那些古树和斜阳依旧万古不变，而我们的约定，那些一起划过的小船儿早就已经物是人非事事休了。唱了会儿歌，春草凄凄，人已不在，想一想我这些年的飘零，泪水沾满了我的衣袖。

飘零客，是不该有感情的吧？因为自己本身就是浮萍，又怎么能去指望有稳定不变的海誓山盟呢，来来去去匆忙的人，把自己的影子投射到了我们身上，温度和笑容一起在昙花一现之后凋落。

他是一个漂泊者，少年孤贫，屡试不第，一生辗转江湖，虽然算不得饥寒交迫，但是仍然一生困顿，终于布衣。作为一个男人，衣食住行尚且不得完全保全，又哪里来的机会和情调去花前月下。他拿什么来捍卫他的心动？完全他的誓言？于是不如不见，与其在消耗中结束，不如就留下擦身而过的温度，然后保留着初见时的心跳吧。

史料里说，白石生平有一段情事，铭心而刻骨，常于其文字中露出鳞爪，而总是语焉不详。半个世纪前，夏承焘先生细细寻绎勾沉，终于使这段情缘较为完整地浮出水面。大致的情况是，姜白石早年曾客居合肥，与一对善弹琵琶的姊妹相遇，从此与其中一位结下不解之缘，却因白石生计不能自足而不得不游食四方，遂无法厮守终老。姜白石诗中提及此一情事的，只有《送范伯讷往合肥》绝句三首，而他的词中，据夏承焘先生的研究，与此情有关的有二十二首之多，占其全部词作的四分之一，足见其萦心不忘。前人多因不晓得这件事，常常怪他的诗难懂，王国维甚至有“白石有格而无情”之讥评。意思就是说，姜夔的词虽然写得好，但是不太有感情。

情到浓时情转薄，有谁能够体谅一个飘零客那战战兢兢的灵魂。爱情是用来慰藉孤独的一剂良药，这混乱的、自私的世界上，多的是为了排遣寂寞而凑对的男男女女，他们不管明天，只顾现下的欢愉。用拥抱亲吻和体温，以及半真半假的爱情来装点自己贫瘠而空虚的生命。但是有一种人他不是，他认真得有点过分，也许在他初遇她的时候就被她的美好吓到了，他的第一反应就是躲开。那样一个瘦弱的、忧郁的姑娘，仿若他最爱的江梅一般，带着料峭的寒意，不像是人间该有的绝色。

那个痴痴傻傻的少年一见之下就倾心了，但是他挣扎过，也退缩过，一切障碍终于都抵不过年少时澎湃汹涌的情感，于是他们相爱。相爱真是美好，仿佛这世界上没有比少男少女的爱情更重要的事，可是之后会有争执，会有隔阂。他给不了她想要的未来，他也有他的孩子气、固执和偏执。没错，他是一个才华横溢的词作者，但是同时他也是一个理想主义的青年——他甚至会有点愤世嫉俗，有点不合群——这些都是热恋的时候她所看不到的。尤其是，任何一个男人，在卸下伪装之后都会变成一个孩子，而他，又是那种尤其脆弱、尤其敏感的，这些让任何一个姑娘在爱情的光芒褪去后，都会觉得无法承担。

爱情不是他该靠的岸啊，孤独的孩子注定一生孤独。也许这就是命运给他的驱逐吧。当然，历史总是含糊而又温情的，它可没提到这些，它只是说为了生计，他必须四处云游——然而，稍微想想就知道，生计在哪儿不能寻觅到呢？最重要的是，他有没有足够的理由留下罢了。恩爱散去，面临现实问题的时候，这个男人终于知道，一个理想主义者是不该有家的。那个琵琶女又何尝是一般人家，就像那个被冠以“艳遇之城”的丽江古镇里，那里的酒吧歌手和本地姑娘早已经习惯了客人们来到，带着他们对露水姻缘的憧憬，带着对于浪漫的、非现实爱情的期待，像度过一个悠长假期一样享用每一次相遇。他们的眼里写满了别离，目睹太多别离的心脏又该是何等坚硬。

因此这对于那个琵琶女来说也许不算是多么要紧的一次离别吧，但是对于姜夔来说，这生第一次惊天动地的相遇，就这么湮灭了。他需要用很长很长的时间来适应并且遗忘，然后慢慢享用这一次燃烧的后遗症——他再也无法倾心去爱一个女人，只是因为这一次他清楚地看见了，他只是一个过客，对于人生、对于爱情都是。

他甚至没有勇气也没有信心像陆游一样写大量的诗词来缅怀唐婉，也不敢像晏几道一样点名道姓地怀念那些萍水相逢的歌女们，他只是把这些情感悄悄地埋在诗词的深处，只有自己看得出来。唐婉曾经名正言顺地是陆游的妻子，何况，最后她的离开并不是自愿，而是被陆游的母亲赶走的——而晏几道相逢那四个歌女时，又有几次投入了真情实感了呢？无伤。晏几道与其是在想念那些歌女，不如说是在想念自己的年华。而姜夔，这个曾经写下“二十四桥明月在，冷月无声”的男人，终究是太过于珍重这次相逢了。

如果你曾经试过很看重某件事，你就体会过在下笔时闪烁其词的感受。你既不敢夸饰你们之间的感情，因为生怕她其实并不爱自己，这一切的感受只不过是自己的自作多情；也不敢低估了你们之间的感情，因为生怕对不住相处的点点滴滴，于是不说，于是隐晦其词，于是只能在夜深人静的时候写一首假装跟她没有关系的诗，却每一个转折都带着她的影子。

少年都变成了青年，这一生就很快过完了。那些漂泊着的、靠岸了的人们，心中都有一段不想提起也不想忘记的往事。就让我们什么都不要说，只在夕阳下山的时候，叹一口气，在唱歌的时候，露出一个讳莫如深的笑容罢。